文春文庫

秘密

池波正太郎

文藝春秋

目次

別れ霜……七
三年後……七八
炎天……一一六
夜の秋……二一〇
名月……二七〇
初《はつ》雁《かり》……三〇九
千住大橋……三四三
解説　里中哲彦……三九四

秘密

初出　「週刊文春」昭和61年2月6日号〜9月11日号
単行本　昭和62年1月文藝春秋刊

本書は平成2年1月に刊行された文春文庫の新装版です。

本作品の中には、今日からすると差別的表現ないしは差別的表現ととられかねない箇所があります。しかし、作者の意図は、決して差別を助長するものではないこと、また著者がすでに故人であることに鑑み、あえて原文のままとしました。

文春文庫編集部

別れ霜

一

陽光が強烈であった。

白くかがやく太陽は、これも白い大空に浮かび、光芒《こうぼう》をはなっている。

青草に埋もれた丘の上へ、白刃をふりかざして駆けのぼって来た男を、待ちかまえていて、袈裟《けさ》斬《ぎ》りに斬った。

斬られた男は、両腕を突きあげるようにして口を開け、斬った片桐宗春《かたぎりそうしゅん》をにらみつけた。

斬られた男の手から落ちた大刀は、夏草の中に落ち、男の右肩から、鮮血がふき出した。

うらめしげな、憎悪の視線を片桐宗春に射つけたまま、男は草の中へ仰向けに倒れた。

宗春は男に近寄り、男の喉もとへ大刀を突き入れ、止《とど》めをした。

男は、息絶えた。

息絶えて尚、白い眼をむき、宗春をねめつけているかのようだ。

宗春は刀を鞘《さや》におさめ、悠然として丘の道を下りはじめた。

「ばかめ」

宗春は道を下りつつ、つぶやく。

「ばかめ。ばかめ、ばかな、ばかな……」

そのとき、背後に、異様な気配を感じ、宗春は振り向いて、

「あっ……」

目をみはった。

丘の向う側から、一陣の黒い雲が頭を出し、白い空へ浮きあがったかと見る間に、草の中の男の死体が、むっくりと起きあがり、黒雲の中へ吸い込まれて行ったではないか。

黒雲が速度を早めたのは、このときである。

黒雲は、片桐宗春を追って来る。

「あっ……あぁっ……」

宗春は丘の道を走り下りながら、逃げ込む場所をさがしたが、どこにもなかった。

見わたすかぎりの草、また草のつらなりだ。

黒雲は、宗春の頭上へせまった。

このとき、黒い雲の中から、抜身《ぬきみ》の大刀があらわれた。

宗春は身をもがくようにして、走りつづける。

だめだ。抜身の大刀は黒雲からはなれ、宗春の青々と剃《そ》りあげた坊主頭へ突き立った。

「ぎゃあっ……」

片桐宗春の叫び声は、よほどに、ひどいものだったらしい。

「もし……もし先生。いったい、どうしなすったのですよう」

その声と、自分をのぞき込んでいる女の顔に気づいた宗春が、

「あ……」

「先生。ねえ、しっかりしておくんなさいなね」

「夢か……」

冷汗に濡《ぬ》れた胸肌から喉もとへ、そして自分の坊主頭へ手をやった宗春が、

「まだ、生きていたか……」

「まあ、いやな……よほどに悪い夢を見なすったのだねえ」

女は、この小千住《こせんじゅ》の遊女屋〔松むら〕の抱え女郎で、名をおたみという。

肌の色が抜けるように白くて、細身の、おたみの躰《からだ》は、よく嫋《しな》った。

朝になったが、まだ明けきってはいない。

薄暗い部屋の中に、雨音がこもっている。

「雨か……」

「あい。つい先刻《さっき》、ふり出しましたのさ」

「起きていたのか、お前」

「先生の寝顔に、見とれていたのですよう」

「雨はよいなあ」

「先生は物好きなんだから……」

おたみは、片桐宗春の寝間着を、わざと乱暴に引き開けて、宗春の胸肌《はだ》を唇《くち》で吸った。

「おい、よさぬか」

「いいじゃありませんか」

「よせといったら、よせ」

「それなら、こうしてやる」

「あっ……これ、ばかなまねをするな」

「……」

それから、しばらくして、片桐宗春は〔松むら〕を出た。

道を向う側へわたり、宗春が振り返ると、松むらの二階座敷の窓を開け、おたみが顔を出し、しきりに手を振った。

宗春は、うなずいて見せてから、松むらで借りた番傘をひらき、歩みはじめた。

このとき……。

宗春の顔が番傘の中へ隠れてしまった、その一瞬前に、松むらのとなりの煮売り屋から出て来かけた町人ふうの男が、道の向う側に立っている片桐宗春の顔を見るや、はっとして戸障子の陰へ身を寄せた。

春も闌《た》けた雨の朝、それも早い時刻なので、人通りも少い。

町人ふうの男が出て来かけた煮売り屋の戸障子は、すでに前から開けはなたれていたことだし、宗春は、自分の顔を見た男が、あわてて身を隠したことに気づかなかった。

〔松むら〕のおたみは、二十《はたち》になったそうな。

ここ一年ほどの間、宗春は、おたみとなじみの仲になっている。

いま、片桐宗春が歩んでいる道は、奥州・日光街道へつづく街道で、千住は江戸よりの第一駅となってい、宿駅としての発展も早かった。

荒川に架《か》けられた千住大橋をはさみ、橋の南の、つまり江戸の方《かた》を「小千住」とよび、橋をわたった向う側を「大千住」とよぶ。

江戸の浅草の外れの縄手《なわて》を経て中村町、小塚原《こつかっぱら》の表通りを千住大橋の南詰めから、橋向うの大千住にかけて、種々雑多な商家や、遊女屋が軒をつらねている。千住の繁昌《はんじょう》ぶりは、むかしから、だれ知らぬものとてない。

(雨はよい。なんといっても、雨はよい)

番傘の中へ頭を突き込み、傘の下に見える道を歩む、宗春の頬《ほほ》に浅いえくぼが生まれた。えくぼができたとき、三十三歳の片桐宗春の笑顔は、無邪気な少年のようになる。

「雨はよいな。傘をさして歩けるから……」

宗春は、口にのぼせた。

(傘はよいなあ。顔を隠しても怪しまれぬから……)

と、これは口に出さず、胸の内でつぶやいた。

片桐宗春は、此処《ここ》から、さほど遠くはないところに住む町医者である。このあたりへ住みついてから、まる二年になる宗春であった。

片桐宗春には妻がない。したがって、子もない。

二

宗春は、中村町へ出たところから、街道を右へ曲がった。

すぐに町家はなくなり、行手は一面の田地《でんち》となる。

右側の彼方に、牛頭天王《ごずてんのう》と称する飛鳥明神社《あすかみょうじん》・拝殿の大屋根が見えた。明神社の祭神は大己貴命《おおなむちのみこと》だとかで、このあたりの産土神《うぶすな》だという。

飛鳥明神のまわりには茶店もならび、料理茶屋もあるが、いずれも藁《わら》か茅《かや》で屋根をふいてあり、このあたりまで来ると、江戸の外れとはおもえぬほどに田園の風趣が濃い。

しばらく行くと、また、大通りへ出る。

この通りは、通新町から三ノ輪を経て、上野の山下へ向う大道で、これが千住からの奥州・日光街道へむすびついているのだから、その賑《にぎ》わいも相当なものだ。

むかしは、この大道が奥州街道だったとかで、ここへ来ると江戸の内となる。

片桐宗春は、足を速め、この大通りを突切った。

早朝だが、この大道をはさむ両側の商家は、半里先の上野山下まで、びっしりとつづき、早くも旅人が行き交っていた。

酒飯《しゅはん》の店の中には、一日中やすむことなく商売をしているところもある。

宗春が歩む細道の両側は、ふたたび、田園の風景となった。

ふりけむる、あたたかい雨の中を宗春は足の速度をゆるめ、のんびりと歩む。

道は曲がりくねって、北へ向う。

宗春が、右手の田圃《たんぼ》道へ入った。

田圃道の突き当りは、こんもりとした雑木林で、林の中にも道がついていた。

林の中をぬけた宗春の前に、茅ぶき屋根の一軒家があらわれた。

この家は、このあたりの名主で三木《みき》庄兵衛《しょうべえ》という老人が隠居所として建てたものだという。

宗春は、三木家から、この家を借り受けていた。

三間《みま》の小さな家だが、そのうちの二間しかつかっていない。

（ひとりものに、三つの部屋は多すぎる）

からであった。

裏手の戸を開け、中へ入ると、薬の匂いがこもっている。

宗春は、戸に鍵をかけたりはしない。

たとえ、泥棒が入っても、

（好きなものを、持って行くがいい）

なのである。

ただ、金だけは困る。

いま、宗春が持っている金は合わせて五十両ほどだが、いざというときに、何といってもたよりになるのは金なのだ。ことに片桐宗春にとっては……。

持金は、だれにもわからぬ場所に隠してある。

裏の戸を開けて中へ入るとき、いつものように宗春は振り向き、あたりの気配に耳をすませ、眼をくばった。

このような習癖が身についてしまってから、何年になるだろう。

四坪ほどの、ひろい台所に接した六畳の部屋が宗春の居間で、ここには囲炉裏が切ってある。

その向うの六畳には、各種の薬や薬籠《やくろう》（薬箱）などが整然と置かれてあった。

この部屋と小廊下をはさんで、四畳半の小部屋があり、宗春は使用していないが、いつでも旅立てるように、旅仕度一揃《ひとそろえ》とわずかな衣類が置いてあった。

宗春は帯に手《た》ばさんでいた短刀を脱し、羽織をぬいだ。

それから、着ながしの着物の裾を帯へはさみ、足袋《たび》をぬぎ、片襷《かただすき》をかけ、台所へ出て行った。

先ず、二つある竈《かまど》のうちの大きなほうへ水を張った大釜をかけ、火をつけた。

それから台所の土間へ盥《たらい》を出し、外へ水汲《く》みに出た。裏手の、台所の戸口のすぐ前に石井戸がある。

台所と井戸の間を何度も行ったり来たりして、宗春は大きな二つの水瓶《みずがめ》へ水を汲み込んだ。

垣根の外の楓《かえで》の木が花をつけている。暗紅色のさびしげな、小さな花だ。

水を汲み終えた片桐宗春が、台所の戸をしめた。

そのとき、台所の向うの雑木林の中で、ちらりとうごいたものがある。

人影だ。

先刻、小千住の煮売り屋の戸の陰から、宗春を見ていた男であった。

男は饅頭笠《まんじゆうがさ》をかぶり、合羽をつけ、足袋跣《たびはだし》という姿で、木蔭から水を汲む宗春を見ていたのだ。

ということは、小千住の〔松むら〕を出て、この家へ帰って来た宗春の後を、つけて来たことになる。

小柄な、蟹《かに》の甲羅《こうら》のような顔をしている男は、両眼がぎょろりと大きい。

「ふうん……」

男は、声にもならぬ声を鼻から出し、雑木林をぬけて何処かへ立ち去った。

雨が強くなってきた。

片桐宗春は、大釜の水が湯になると、これを土間の盥へ移し、戸締りをしてから裸になった。

この家の表口を、宗春は全くつかわない。出入りは裏手にきまっていた。

盥の中の熱い湯の中で、宗春はあぐらをかいた。

宗春は、町の湯屋へは行かぬ。

冬でも、こうして盥の行水をしているわけだが、風邪もひかなかった。

細身の、すらりとした姿の片桐宗春だが、裸になると、筋骨は意外にたくましい。その左の肩先に、浅い刀痕《とうこん》があった。宗春の、この躰は、どう見ても単なる町医者のものではなかった。

見る人が見れば、

（かなり、武術の修行をしている）

と、おもうにちがいない。

屋内にこもる雨音を聴きつつ、宗春は手ぬぐいで熱い湯を肩先へかけ、両眼を閉じた。微《かす》かに、白粉《おしろい》の匂いがただよっている。宗春の肌身についた、おたみの移り香《が》であった。

宗春は何も彼も忘れきって、湯のぬくもりにうっとりしているかのように見えた。

行水をすませてから、今度は朝餉《あさげ》の仕度にかかった。

残っていた味噌汁の鍋に冷飯を入れ、囲炉裏へ移しておいた火にかける。

着替えをして、肌着も取り替えた。

この家へ帰ってから、これまでの宗春は、女同様の手ぎわのよさで、家事をしている。

鍋の中のものが煮えたってくると、これに生卵を二つ割り入れ、戸棚から、前日に食べ残したらしい、きざみ沢庵の入った小鉢と、茶わんや箸《はし》を取り出し、盆にのせ、炉端へ坐り込んだ。

長い間、ひとり暮しをつづけてきた宗春にとって、こうした作業をすることは、さして、

（苦にならぬ……）

らしい。

家の中は何処《どこ》も彼処《かしこ》も、きれいにととのっている。この家に女の手がないとは、到底、考えられぬほどだ。

沢庵をきざみ、これに切り胡麻をふりかけるようなことを、ひとり暮しの男はしないものだ。

朝餉をすますと、宗春は、ごろりと炉端へ横になった。これも、ひとり暮しの気楽さが身についてしまったからなのであろうか。

そのころ……。

片桐宗春を尾行し、その住居《すまい》を突きとめた男は、かぶっていた笠を捨て、金杉《かなすぎ》の店屋で番傘と高下駄を買ってから、上野山下に近い下谷・坂本二丁目の軍鶏鍋屋《しゃもなべや》〔桜屋《さくらや》〕へ入った。

三

軍鶏鍋屋の〔桜屋〕は、初夏になると、鍋をやめて川魚や鰻《うなぎ》、泥鰌《どじょう》などで酒をのませ、飯を食べさせた。

このあたりは夜半《よなか》でも客があるから、八ツ半（午前三時）ごろまで、店を開けている。

それから店を閉め、少しやすんでから、五ツ半（午前九時）には、また店を開ける。

五年ほど前に開店したのだが、安価なのと、

「桜屋はうまいぜ。それに、酒がいい」

たちまちに評判となって、近辺の人びとまでやって来るようになり、いつも店の中には客があふれていた。

店は階下が十坪ほどの入れ込みになってい、板の間に畳表を敷きつめた客席の真中に踏み板を置き、三人の小女《こおんな》が、きびきびと酒や食べものを運ぶ。

あるじの助次郎《すけじろう》は、四十前だそうだが、朝から夜半まで、みずから庖丁《ほうちょう》をとり、小肥りの躰《からだ》を縦横《じゅうおう》にうごかし、板場の中ではたらきづめにはたらきぬいている。

女房のお米《よね》も同様で、板場の若い者一人を相手にこま鼠《ねずみ》のようにはたらくし、女ながら庖丁もつかう。

いま、桜屋は昼どきの客で、混雑もひととおりのものではない。

鍋に煮える鶏の匂いが充満し、客のはなし声で店の中が割れ返る中に、

「へえ、いらっさあい」

「ありがと存じまあす」

小女たちの高声《たかごえ》がひびく。

蟹の甲羅のような顔をした中年男は、桜屋へ入ると、番傘を土間へ置き、真中の踏み板をわたって板場へ近づいて行った。

板場の横手に細い梯子段《はしごだん》があり、これをのぼりきったところに小さな客座敷が一つだ

けあるのだ。

その梯子段へ足をかけた男が、板場ではたらいているあるじの助次郎へ、

「おい、助や。相変らず繁昌だな」

声をかけた。

助次郎は、男を上眼でちらりと見たが、返事もせずに庖丁をつかっている。

女房のお米のほうは、男に気づいて、

「おや義兄《あに》さん。いらっしゃいまし」

あいさつをした。

「お米。酒をたのむぜ」

「へい。いま、すぐに……」

うなずいた男が、梯子段をあがって行くのを見送ってから、庖丁の手をとめぬままに助次郎が、

「お米。あいつに口をきくのじゃねえ」

「何をいってるんだ。お前さんの実の兄《あに》さんじゃないか。あいさつをしないわけにはいかないやね」

「おらあ、あんなのを兄だとも身寄りだともおもっちゃあいねえ」

と、助次郎は眼をむいた。

なるほど、顔はあまり似ていないが眼玉の大きいのだけは、二階へあがって行った男の眼玉そのものであった。

「お前が、なまじ、あいさつなんかをするものだから、野郎め、のこのこ、とやって来やがるのだ」

「だってお前さん……」

お米も葱《ねぎ》を切る庖丁の手をとめずに、

「別に勘定をはらわないわけじゃあなし、お前さんのように嫌な顔はできないよ」

「いいや、いけねえ。あいつを寄せつけちゃあいけねえ」

助次郎の顔も、お米の顔も汗に光っている。

この夫婦には、子供がなかった。

そのとき表の戸障子が開いて、浪人者がひとり、桜屋へ入って来た。

浪人は三十そこそこに見えた。

総髪《そうがみ》の手入れもよく、着ながしだが、身につけているものも小ざっぱりとしている。

これを板場の中から見た助次郎が、舌打ちをして、

「また、来やがった」

と、つぶやいた。

浪人は、板場へ近づきながら、小女に、

「来ているか？」

「へえ……」

「うむ……」

うなずくと、これも梯子段をあがって行った。

四

雨が小ぶりになってきた。

蟹の甲羅のような男は、小女が運んで来たばかりの軍鶏鍋を突《つっ》きながら、酒をのんでいる。

浪人者も酒をのみながら、

「おい、伊助《いすけ》……」

と、男をよんだ。

「何です、石井さん」

「昨夜は何処《どこ》へ行った？」

「千住で、ね……」

「いい女《の》がいたか？」

「まあね」

「渡り中間《ちゅうげん》なぞというのは、いい商売だなあ」

「まあ、ね……ことに、下屋敷詰めときては、こたえられませんぜ」

「おれも、いっそ、両刀を捨てて、渡り中間になろうか……」

「おお、怖《こわ》え」

「うふ、ふふ……」

「ねえ、石井さん。今朝がたね、大千住から橋をわたり、小千住の煮売り屋で飯を食って出ようとすると、おもしろいものを見た」

「何を？」

「へへ、へへ……こいつ、うまく行くと、金になるかも知れねえ」

「どんなはなしだ？」

「ま、もう少し考えてみねえと、ね」

「はなして聞かせろ」

「ま、いずれ、そうなりゃあ、石井さんにも一役買ってもらうかも知れませんがね。それよりも、今日、此処《ここ》へ呼び出したのは、どんなことなので？」

「助《す》けてくれるか？」

「金になることなら、何でも」

それから一刻《いっとき》（二時間）ほど、二人は、ひそひそと密談をしていた。

先に〔桜屋〕を出たのは伊助であった。

伊助は梯子段を降りて来ると、板場の助次郎へ、

「おい、助」

「……」

「そんな、嫌な顔つきをしなくてもいいじゃあねえか。今日の勘定は、上の浪人さんがもつそうだ。鍋の中のものを替えてやりな。これから飯を食うのだとさ」

こういって、伊助は桜屋を出て行った。

助次郎が吐《は》き捨てるかのように、

「あいつら、また何か、悪事の相談でもしていやがったにちげえねえ」

「ほうっておきなよ、お前さん」

と、お米。

それから一刻ほどして、伊助の姿を青山の通りに見出すことができる。

現在の港区・北青山、当時の久保町《くぼちょう》のあたりに、丹波《たんば》・篠山《ささやま》五万石、青山下野守忠高《あおやましもつけのかみただたか》の下屋敷（別邸）がある。

この大名の下屋敷があったので、青山の地名が生まれたという説もあるが、それはどうやら故事《こじ》つけのようだ。

ともあれ、伊助は、宏大な青山家の下屋敷の裏門へ行き、

「おれだ。いま帰った」

声をかけると、門番が潜《くぐ》り門《もん》を開け、

「お帰り」

「すまなかったな」

伊助は、紙に包んでおいた金を門番へわたした。

「すまないな、いつも……」

「なあに。その台詞《せりふ》は、おれがいうことだ」

にやりと笑って、伊助は下屋敷の一角へ姿を消した。

この時代の日本は、徳川将軍の天下のもとに、いわゆる「三百諸侯」とよばれる大勢の大名が諸国をおさめていたわけだが、その諸大名は、いずれも将軍の居城がある江戸に公邸（上屋敷）をもつ。

これは、徳川将軍への奉仕のためであるが、さらに大名たちは、定期的に、自分の領国から江戸の公邸へ出て来て忠誠をしめし、役目があれば、これを勤める。

そしてまた、領国へ帰って行く。

大名たちは、公邸のほかに、中屋敷や下屋敷とよぶ別邸を将軍と幕府からもらっているが、これらの別邸は、平常、ほとんど使用されぬといってよい。

使用されぬが、ほうっておくわけではない。御殿もあるし、家来も詰めており、伊助のような〔渡り中間〕もいる。

武家の中間というのは、下男や小者《こもの》の少し上の身分ということになっていて、むろんのことに侍《さむらい》ではない。ずっと以前には、こうした下ばたらきの中間も、それぞれの大名の領国の者がつとめたそうだが、いまは人手が不足して、どうしても専門の口入れ屋から雇い入れることが多い。

この、雇われ中間を〔渡り中間〕という。

雇われ者だから、厭《いや》になれば、さっさとやめ、また別の大名なり武家屋敷へ雇われて行く。近年は、ろくに身もともわからぬ連中が渡り中間になって、気ままなつとめをしており、ことに別邸へ配置されたものは、上の目がとどかぬので、勝手ほうだいにやっている。

別邸では、夜がふけると、彼らの〔中間部屋〕が博奕場《ばくちば》になる。それが悪いことはわかっていても、上では黙認のかたちなのだ。

何となれば、彼らに出て行かれてしまうと困るからで、それもこれも、大名屋敷における下ばたらきの男たちは人手不足なのである。

伊助も、そうした〔渡り中間〕のひとりであった。

五

夕暮れ近くなって、雨は熄《や》んだ。

そのころ、片桐宗春の家を訪ねて来た男がいる。

渋い上田紬《つむぎ》の小袖《こそで》に黒い羽織。きれいに剃《そ》りあげた坊主頭は、片桐宗春と同じで、この男も、どうやら医者らしい。

名前をいってしまおう。

男の名は、滑川勝庵《なめかわしょうあん》といい、この近くの三ノ輪に住んでいる町医者であった。

三ノ輪で「勝庵先生」といえば、だれ知らぬものとてない。

年齢は、宗春より三つ上の三十六歳だが五つも六つも老けて見える。眉毛《まゆげ》が濃く、鼻がふとい。両眼は澄みきってい、邪気がない。

滑川勝庵は、肥った躰をゆするようにして雑木林の中を抜け、宗春の家の裏手へ近づいて行った。

そこで、あたりに眼をくばってから、台所口の戸を三つ叩き、

「もし……滑川勝庵でござる」

低く、声をかけた。

すると、戸が内側からひらき、勝庵を家の中へ迎え入れた。

片桐宗春の隠れ家を知っているのは、家主《いえぬし》の三木家の、ごく少数の人のほかには、滑川勝庵ひとりといってよいであろう。たまさかに、近辺の農婦などが、この雑木林の中

へ入って行く片桐宗春を遠くから見かけることがあっても、別に気にもとめない。

「若先生。昨夜は他行中《たぎょうちゅう》のようでしたな」

と勝庵がいう。

「昨夜、此処へまいられたのか？」

「はい」

「それはすまぬ。申しわけのないことだ。いささか、用事があって……」

「千住あたりに？」

「まさか……」

二人は、顔を見合わせ、くすくすと笑い合った。

「若先生……」

「あ……その若先生は、もう、やめて下さい。いまの私は、あなたのおかげで、どうやら生きているようなものなのだから……」

「ですが、若先生だから、若先生と申しあげているのです。あなたの御父上は、この勝庵の師でござる。なれば、あなたは若先生ということになる」

勝庵は口をへの字に曲げ、きっぱりという。

宗春は、苦笑を浮かべるよりほかに仕様《しよう》もなかった。

江戸へ移り住んでから二年の間に、宗春は何度か、若先生とよぶのはやめてもらいたいとたのんでいるのだが、勝庵は耳をかさぬ。

勝庵にとって、片桐宗春は、たしかに若先生になるわけだが、

（それは、もう遠いむかしのことだ……）

と、宗春はおもっている。

いまの宗春にとって、滑川勝庵は恩人といってよい。

この隠れ家を、他には内密で、三木家から借りてくれたのも、勝庵であった。

三木家の現当主も、片桐宗春の秘密を知らぬし、深い事情もわきまえていない。

それでいて、かつての隠居所を貸してくれたのは、一にも二にも滑川勝庵という町医を信頼しているからにほかならぬ。

三木家・当主の妻女の難病を、勝庵が癒《なお》したのは五年前の夏のことであった。

このあたりで、滑川勝庵の名が知られるようになったのは、そのときからだ。

勝庵は江戸の生まれだが、宗春はちがう。

宗春は近江《おうみ》の彦根《ひこね》城下で生まれたが、父の片桐宗玄《そうげん》は若いころから諸方を遍歴するのが好きで、江戸にも二度ほど住んでいたことがあるそうな。

勝庵の父で、これも町医者であった滑川元敬《げんけい》と知り合ったのも、そのときらしい。

滑川元敬は、息子の勝庵が二十歳になったとき、

「わしが心をゆるした友、片桐宗玄殿は、いま京都に住みついている。ぜひとも、宗玄

殿の手許《てもと》で医者としての心がまえを体得してまいれ」

こういって、勝庵を京都へさしむけた。

このとき、片桐宗春は十七歳であった。

なるほど、こうなれば、宗玄が「大《おお》先生」で宗春は「若先生」ということになるが、当時の片桐宗春は父について医術をまなぶよりも、別のものに熱中しており、

「仕様のないやつじゃ」

と、父の宗玄は、よく勝庵にこぼしていたものである。

その「別のもの」とは、剣術であった。

見方によっては、剣の道へ踏み込んだがために、片桐宗春の人生が狂いを生《しょう》じたと、いえないこともない。

六

片桐宗春は、十五歳のときに、近所の町道場で剣術の手ほどきをうけたのが、

「病《や》みつきに……」

なってしまった。

父の宗玄は、息子を医者にしたかったし、少年の宗春に、少しずつ、医薬のことを教えていたのだが、

「こうなっては、もはや仕方もない」

滑川勝庵が、京都へ来たころには、

「匙《さじ》を投げた……」

かたちになっていたようである。

ちなみにいうと、片桐宗春の母は、その四年前に病死している。

勝庵が京都へ来た翌々年に、宗春は剣術の修行をするため、父の手許をはなれてしまった。

父・宗玄は、すでに、あきらめていたかして何もいわぬ。

そこで滑川勝庵が、

「若先生に、申しあげたいことがある」

片桐家から、さして遠くはない下鴨《しもがも》の糺《ただす》の森へよび出し、

「少しは、大先生のお胸の内を察してあげなさい」

意見をしたが、宗春は耳をかさず、いきりたつ勝庵を見て薄笑いを浮かべているものだから、当時は血の気が多かった勝庵が、

「若先生。私が大先生にかわって、あなたを懲《こ》らしめてやる!!」

飛びかかり、なぐりつけようとしたら、三つ年下の片桐宗春から、まるで子供のようにあしらわれて、ついには草の上へ投げつけられ、気を失ってしまった。

ところで……。

片桐宗春が剣の修行におもむいた先というのは、丹波《たんば》の国の田能《たのう》というところであった。

田能は、京都の西方四里ほどの山村で、明神岳とよぶ山の南麓《なんろく》にある。

この田能の村外れに、石黒素仙《いしぐろそせん》という小野派一刀流の剣客《けんかく》が道場をかまえており、その名は京都にもきこえている。

山の中の道場である。

体裁も何もなく、大きな山小屋のようなものなのだが、石黒素仙の剣名を慕って諸方から剣士があつまり、半年、一年と滞留をして修行をつむ。

石黒素仙は、たとえば何処かの大名が、

「ぜひとも召し抱えたい」

さそいをかけてきても、田能の山中からうごこうともせぬ。

そうした人物だけに、江戸表では、その名を知るものがあまりないけれども、近辺の諸藩の家来の中には、藩庁の許可を得て、田能へ修行に来る者が少くない。

七十に近い石黒素仙だが、矍鑠《かくしやく》として若い剣士たちの教導にあたっていた。

片桐宗春は、石黒素仙の道場へ来ても、年の内に三、四度は京都の家へ帰って来た。

何しろ、田能から京都まではまことに近いし、父の反対を押しきって手許をはなれた宗春だが、そのようなことにはこだわらぬ。

ふしぎなもので、宗春と勝庵とは糺の森以来、胸の内が通じ合って仲よくなった。

さて、石黒道場へ来てから、宗春はある人から見初《みそ》められた。

女に見初められたのではない。

男……老人に見初められたのである。

この老人は、石黒道場がある丹波の国・篠山五万石、青山下野守《しもつけのかみ》の家来で、名を夏目《なつめ》彦右衛門《ひこえもん》という。

夏目彦右衛門は、篠山藩の京都屋敷に詰めている家来であった。

篠山藩・青山家は、古いむかし、朝廷につかえていたこともあり、京都の烏丸《からすま》六角下ルところに屋敷をかまえている。

篠山藩では、以前から、家来のうちで剣術に出精《しゅつせい》している者を、交替で石黒道場へ修行に出していた。

こうしたわけで、京都屋敷に勤務している夏目彦右衛門が、毎年一度、田能へあらわれ、石黒素仙にあいさつをする。

このときに、篠山藩から、修行中の家来にかわって、石黒素仙へ礼金がとどけられる。

もっとも、この礼金は家来たちの寄宿費にあてられ、それ以上の金は、素仙が断じて受けとらぬ。これは他の諸藩も同じであった。

片桐宗春が石黒道場へ来て二年目に、田能へ来た夏目彦右衛門は、初めて宗春に気づき、言葉をかわした。

彦右衛門は宗春を、ひどく気に入って、

「京へ、お帰りの折は、京都屋敷のほうへお立寄り下され」

と、さそった。

宗春も彦右衛門に好感をおぼえ、つぎに家へ帰ったとき、篠山藩・京都屋敷へ夏目老人を訪問した。

夏目彦右衛門が決意して、本満寺《ほんまんじ》裏の片桐家をたずねたのは、この年の暮れである。

彦右衛門は、気が早い。

片桐宗春が長男で、しかも、たった一人の子だということをしらべもせず、

「何としても、それがしの養子にいただきたい」

と、父の宗玄に申し入れた。

夏目彦右衛門は、妻と娘に先き立たれて、独身《ひとりみ》だという。

「あのときは、おどろきましたなあ」

いまも、滑川勝庵がそういうのだ。

「申しこみをするほうもするほうだが、受けるほうも受けるほうです」

すなわち、宗春が長男と知っておどろき、ひどく落胆している彦右衛門を凝《じっ》と見まも

っていた片桐宗玄が、

「さほどに、せがれめを、お気に入って下されましたか……」

「はい。気に入りました。何としても……」

「せがれには、このことを？」

「まだ、申し入れてはおりませぬ」

「ふうむ……」

低く唸《うな》った宗玄が、淡々と、

「せがれがよいと申すのなら、さしあげても、よろしゅうござるよ」

と、いったのだそうな。

つぎの間で聞いていた若き日の滑川勝庵は、びっくりしたという。

「なれど、それでは、片桐家の跡が絶えてしまいますぞ」

「なあに……わしの代で絶えてもかまいませぬよ。人の世は、三代、四代とつづけばよいほうで、あとは、ほとんど無縁も同然となってしまいます」

「ははあ……」

さすがに彦右衛門が目をみはるのへ、片桐宗玄はこういった。

「なれど、あの変り者で、つむじまがりのせがれめが承知いたすか、どうか……」

七

「あのときは、むろんのことに私は断わった。だが、夏目の養父《ちち》が実に執念ぶかく、月に一度は田能へ来て、私を説きふせようとする」

片桐宗春は、隠れ家へ来た滑川勝庵と、酒を酌《く》みかわしつつ、

「それに、実家《さと》の父・宗玄が、その場で、私を養子に出してもよいとこたえた、その父のこころがはかりかねた。こちらも若い。たった一人の息子を養子に出すなどとは、まったくもって、ひどい父親だとおもいましたよ、ふ、ふふ……」

「ごもっともで」

「それならばひとつ、夏目の養子になってやろうと、ね……」

一時は熄《や》んだ雨が、また、ふり出してきたようだ。

「つまるところ、私は、夏目の養父に説きふせられてしまった」

「そのために、飛んだことになってしまいましたなあ」

と、勝庵は嘆息を洩《も》らした。

「そのために、いま、あなたに迷惑をかけている」

「若先生、あなたも気が早い。私は少しも、そのようなことを考えてはおりませぬよ」

「わかっています。なれど、一つところに長く棲《す》みつくのはよろしくない」

「……」

「諸国を逃げまわって暮す身の、何で、このようなことをしているのかとおもうやも知れぬが……これはこれで、たのしみもある」

「ほう……？」

「逃げるたのしみです」

父ゆずりの淡々とした口調で語る片桐宗春を、滑川勝庵は声もなく見つめた。

ときに、明和《めいわ》二年（西暦一七六五年）の晩春の或日である。

宗春の養父・夏目彦右衛門も、実父の片桐宗玄も、いまは、この世を去っていた。

翌日、雨はあがった。

薄日が洩れる、あたたかい日和《ひより》になったが、道の泥濘《ぬかるみ》は、かわき切っていない。

この日の昼すぎに、宗春は隠れ家を出た。

茶色に近い、渋味の黄八丈《きはちじょう》に黒の羽織、白足袋《たび》に日和下駄《ひよりげた》という姿で外へ出た片桐宗春は、浅目の塗笠《ぬりがさ》をかぶっている。

左手に提《さ》げた包みの中には、小型の薬籠《やくろう》（薬箱）が入っていた。そして、帯には短刀ひとつをたばさむという、これは当時の医者の風体《ふうてい》とおもってさしつかえない。

昨日、滑川勝庵が紹介してくれた病人を診《み》に行く片桐宗春であった。

いまの宗春は、滑川勝庵が、

(これならば、若先生の身に危いことは起るまい)

見きわめをつけた患家《かんか》を紹介されることによって、生計をたてている。

宗春も医薬の道については、素人《しろうと》ではない。

年少のころ、亡父・宗玄から、ひととおりのことを教えられていたし、いまも時折、おもうことだが、

(医術と剣術とは、関係《かかわり》がないこともない……)

ような気がする。

宗春が病人を診断するときの、勘のはたらきはするどくて、しばしば、滑川勝庵をおどろかせることがあった。

剣の道に深く入れば入るほど、万事に勘のはたらきがするどく、しかも正確になるものなのだ。

もっとも、薬の知識と用いかたなどについて、宗春が勝庵の指導をうけることは、めずらしくない。

勝庵が紹介してくれた患者は、下谷・池之端《はた》仲町の高級袋物《ふくろもの》をあつかう店で、閑清堂《かんせいどう》の老主人・吉野屋清五郎《よしのやせいごろう》であった。

吉野屋清五郎は、根岸《ねぎし》に寮(別荘)をもっている。

そのころの根岸は、「鶯《うぐいす》の名所」であった。

大通りから西へ入ると、たちまちに景色は一変し、まるで田舎のようになってしまう。

竹林や木立、畑や地蔵堂、寺院の屋根が散見するだけで、

(これが江戸か?)

おもうほどの閑寂《かんじやく》さだ。

南には上野山内の杜《もり》をのぞむ、風雅な別天地であった。

片桐宗春は、金杉《かなすぎ》上町のあたりから、大通りを西へ曲がった。

この大通りを先へすすみ、坂本町へ出れば、左側に軍鶏鍋《しやもなべ》屋の桜屋がある。

吉野屋清五郎は六十歳で、四日ほど前から根岸の別荘へ保養に来ていたが、どうも、躰のぐあいがよくないので、このあたりにも名がきこえている滑川勝庵へ使いを出したところ、

「私も、いま、医者の不養生で体調がよろしくない。診たてに間ちがいがあってはなりませぬから、しかるべき立派な医者を代りにさしむけましょう」

勝庵は、そのように返事をしておき、片桐宗春の隠れ家を訪ねたのであった。

勝庵が書いてくれた略図によって、吉野屋の寮はすぐにわかった。

竹林を背にした藁《わら》屋根の、小さいが、なかなかに凝《こ》った造りの寮である。

宗春が、吉野屋の寮へ入り、あるじの清五郎の診察をはじめた。ちょうどそのころに、

「ちょいと、おたみさん。入っていいかえ?」

と、小千住の遊女屋〔松むら〕の、おたみの部屋へ顔を出したのは朋輩《ほうばい》女郎のお八重《やえ》である。

お八重は、おたみよりは年上で二十五、六に見えた。

二人とも、昼すぎのいま、客もなかった。

「ねえ、おたみさん。つい先刻《さっき》まで、私のところにいた客がね、妙なやつなんだよう」

「へえ……?」

「四ツごろに来て、私を抱きもしないで、いろんなことを尋《き》きやあがるのさ」

「どんなこと?」

「お前さんのこと」

「あら……」

「お前さんの生いたちだとか、身寄りはないのかなんて……」

「いやだねえ、お八重さん。気味がわるい」

「ね、そうだろう」

「どんなやつ?」

「小さな男で、年のころは四十をちょいと出ているかねえ。大きな眼玉をぎょろぎょろさせて……お前さん、おぼえがあるかい?」

「……ないねえ」

「それにさ、一昨夜《おとつい》のほれ、お前さんのお客の、あの好いたらしいお医者さま」

「宗春先生のこと？」

「そう。その先生のことも、さりげなく尋《き》いていたよ」

「まあ、いやだねえ」

「安心おし。何も、しゃべりゃあしないから……だって、お前さんの身性《みじょう》がどんなものか、あたしゃあ、ほんとうに知らないのだもの」

「………」

その小柄な中年男は、

「へっ。こういうところの女は、みんな、口が堅《かて》えのだからな」

それでも怒ることもなく、笑いさえ浮かべながら、

「ま、少しだが取っておきねえ」

気前よく、お八重に心づけをわたし、

「お前と昼遊びをしてえのだが、急に用事をおもい出した。近えうちにまた来る」

こういって、帰って行ったのだそうな。

「ありゃあ、ただものじゃあない。うっかりと関わり合わないほうがいい」

お八重は、自分にいいきかせるようにいって、何度もうなずいた。

おたみは無気味なおもいがしている。

お八重のところへあがった、おぼえのない客が自分と、

（それに宗春先生のことまで……）

尋ねたというのは、いったい、何のことなのであろう。

八

下谷・池之端仲町の袋物屋〔閑清堂・吉野屋〕といえば、江戸でもそれと知られた店である。

袋物とは、煙草入れや財布、巾着《きんちゃく》、鼻紙入れなどのことで、革細工《かわざいく》の品物もあつかう。

吉野屋の袋物は、腕のよい職人（袋物師）を抱えていて意匠が目新しく、他の袋物屋が、すぐにまねをしたがるそうな。

その上、京都や、ときには遠く長崎あたりから、めずらしい品物を仕入れて来るので、

「吉野屋のものを、いったん使い出したら、もう他《ほか》の店のものは使えない」

「高いが飽きない。何しろ細工がよいからね」

などと評判が、まことによい。

その吉野屋の主人・清五郎は六十歳で、背丈がすっきりと高く、細面《ほそおもて》で色が女のように白い。

「吉野屋の旦那は、若いころ、さぞ女を泣かせたろうね」

「いや何、いまでも、さかんなものらしい」

「ほんとうか、あの齢で？」

「あの道に、齢はないよ」

そうしたうわさも、ないではない。

清五郎は五年前に妻を亡くしている。

「少し疲れたから、気休めをして来る」

こういって、吉野屋清五郎は根岸の寮へ来たのだが、その翌日から、はげしい下痢《げり》におそわれた。

「なあに、いつものことだ。すぐに癒《なお》る」

清五郎は中年の女中おむらにいい、常用の薬をのんでいたが、一向に下痢はとまらなかった。

そこで、

「このあたりで、よく耳にする勝庵先生とやらに診てもらおう」

清五郎がいい出し、老僕の喜十《きじゅう》が滑川勝庵の家を近所で聞き、使いに走った。

勝庵の代診にあらわれた片桐宗春は、丹念に診察をし、症状を聞いて、神経性の下痢と診断した。

「御商売のことで、いろいろと大変でありましょう。頭をやすめる暇もないということで……」

「はい、まったく、先生のおっしゃるとおりなのでございます」

「この下痢は、それが原因《もと》なのです。心配はいらぬが、かと申して、ほうっておいてはいけませぬ」

「ははあ……」

「ま、薬も進ぜるが、先ず、そこへ横におなりなさい」

「こうでございますか？」

「右肩を下にして……そう、それでよろしい」

それから何をするのかとおもったら、宗春は吉野屋清五郎の躰に指圧をはじめた。

「ううむ……これは、どうも……何とも、その、よい気持ちで」

「ここは少々、痛いのでは？」

「あ、痛《つ》つつ……」

「ここは？」

「ああ、とても、よい気持ちが……」

片桐宗春は、この指圧の術を田能の石黒素仙によって教えられた。

田能の石黒道場に寄宿している門人が病気にかかったりすると、石黒素仙が、

「そこへ寝るがよい」

寝かせて、すぐさま指圧をしてやる。

軽い病気なら、薬をつかわず、たちまちに癒してしまったものだ。すぐれた剣士は、男の肉体の構造をよくわきまえている。したがって躰のツボも心得ているわけだから、宗春は素仙のすることを見ているうち、自然に指圧の術をおぼえてしまったのだ。

ともあれ、吉野屋清五郎は、すっかり片桐宗春が気に入ってしまったらしい。

「明日も、また、おいで下さるのでしょうね？」

「まいります。薬はそのときでよろしいかとおもいます」

「はい、はい。先生のよろしきように、お願い申します」

さて、ここで、ちょっとことわっておきたい。

片桐宗春は、滑川勝庵以外の人びとには、山田宗春と名乗っている。山田という姓は多い。どこにでもある姓なのが、宗春は気に入っていた。

しかし、この小説では、彼にふさわしい〔片桐宗春〕の姓名で通したいとおもう。よほどのことがないかぎり……。

やがて、片桐宗春は吉野屋の寮を辞した。

寮を出た宗春は、石神井《しゃくじい》川の用水に沿った道を北へ行き、三ノ輪の滑川勝庵宅へ立ち寄り、吉野屋主人の診断を告げ、薬の調合について相談をするつもりであった。

宗春が寮を出て間もなく、金杉の通りから根岸へ入って来た一人の女が、吉野屋の寮を訪ねて来た。

宗春が、もし、現代の時間で二、三分も寮にとどまっていたなら、否も応もなく、この女と顔を合わせたことであろう。いや、合わせたにちがいない。

それは文字通り「ほんの一足ちがい」のことだったのである。

顔が合っていたら、女も宗春も、どのようなおもいがしたろう。

二人は、たがいに見知っていた。

いや、むかしは、単なる知人《しりびと》ではなかったのだ。

けれども、この女に吉野屋清五郎が、

「あまりに下痢がとまらないものだから、このあたりの医者に診てもらった。それが、まことによい先生だった。山田宗春先生というのだがね」

告げたところで、女は別に関心をあらわさなかったろう。

それも当然で、前述のごとく、この姓名は偽名だからで、女が宗春の顔を見れば、

(あ、夏目《なつめ》小《こ》三郎《さぶろう》さま……)

と、おぼえていたろう。

女は、むかしの物事を忘れやすい生きものだというが、よもや、この名を忘れはすまい。

片桐宗春が知っていたころの女は、名を初乃《はつの》といったが、いまは、お初である。

むかしは侍の娘であったが、いまは町女房の姿をしていた。

むかしは、どちらかというと太り肉の、血色のよい、いかにも健康そうな娘であったが、いまは細身の、すっきりとした肢体《じし》に上品な衣裳をまとい、薄化粧が冴《さ》えている。

九

滑川勝庵の家は、三ノ輪の大通りから西へ入ったところで、薬王寺《やくおうじ》という寺の北側にあった。

朝から日暮れまで、患者が絶え間もないほどにやって来るものだから、待合の部屋も大きく、診察室も完備していた。

だが、勝庵の居室は六畳間のみで、助手をつとめる、若い医生の白石又市《しらいしまたいち》は待合部屋に眠る。

勝庵は、三十六歳の今日まで独身であった。

以前には、縁談を持ちこむ人もいたけれども、勝庵は、

「町医者に女房はいらぬ。そんなものと一緒に暮すのは時間《とき》のむだだよ」

頭から受けつけないものだから、このごろは、

「勝庵先生は、腕はよいが変り者だから、」はなしにならない。

縁談が絶えてしまったようだ。

片桐宗春は、勝庵宅の裏口から入り、しばらく待った。

患者の診察が一段落し、勝庵が居室へ入って来て、

「若先生。朝のうちは、暖かったのだが、急に冷えてきましたな」

「さよう」

「春も闌《た》けたというのに、突然、冷えこむ。これが病人にはこたえます」

「まったく……」

宗春は、吉野屋清五郎の診断をつたえ、勝庵の意見を尋《き》いた。

「若先生のお見立てでよいとおもいます。薬が足りませぬか？」

「いや、大丈夫です」

そこへ医生の白石が、

「こんなもの、いかがです？」

自分が手打ちにしたうどんの煮込みを、土鍋《どなべ》ごと持ち運んで来た。

これを茶わんにとり、葱《ねぎ》を振りかけ、生卵を落して食べる。

「お前は、一日に何度食べれば気がすむのだ」

いいながらも勝庵は、うどんへ手を出し、

「若先生も、いかがです？」

「いただきましょう」

「白石は、いろいろとつくってくれます。こいつ、医者より料理人になったほうがいいとおもうのですよ」

白石又市は髭面《ひげづら》をなでまわしつつ、肥った腹をゆすりあげるようにして、大声で笑う。

「お前、そんなに笑うから腹が減るのだ。ちがうか？」

「大きに、そうかも知れませんなあ。うわ、は、はは……」

「すぐにそれだ。お前が笑うたびに、米櫃《こめびつ》が悲鳴をあげている。ちがうか？」

「おそらく、そうでしょう」

この師弟は、いつも屈託がない。

片桐宗春も、独身暮しを長くつづけているだけに、

（ここへ、女がひとり、入ってしまっては勝庵さんの暮しが台無しになってしまうだろう）

と、おもう。

白石又市は、まだ少年のころに、京都から江戸へ帰った滑川勝庵の手許《てもと》へ来て、はじめは下男のようにはたらいていたのを、

「少し、おれが仕込んでやろう」

勝庵が、医薬についての手ほどきをしてやったのである。

片桐宗春は、白石手打ちのうどんが旨かったので二杯も食べ、この日の午後は患者も

絶えたものだから、勝庵とゆっくり雑談をたのしみ、夕暮れ近くなって辞去した。

宗春は、表通りへは出ず、石神井用水へ架けられた小さな橋をわたり、畑道を帰って来た。

隠れ家の裏手へまわり、いつものように、あたりの気配をうかがう。

これはもう、宗春の習性になってしまっている。

いつも、戸締りをしていないから戸を開けるときも、屋内の気配をうかがう。

それなら、何故に戸締りをしないのか……。

当時の日本家屋の戸締りなぞは、高《たか》が知れている。

(戸締りなぞ、してもしなくても同じことだ。襲われるときは、ふせぎようがないのだから……)

その覚悟だけは、しているつもりであった。

台所の土間へ入り、戸を閉めたときは、別に何も感じなかったのだが、台所に接した居間へあがった片桐宗春の眼が、煌《きら》りと光った。

宗春は薬籠の包みを置き、わずかに腰を落し、右手が帯へたばさんだ短刀の柄《つか》へそろりとかかる。

そのまま、宗春は身じろぎもせぬ。

しかし、その両眼は、屋内の其処彼処《そこかしこ》を注意深く見まわしている。

（おかしい。いつもとはちがうような……）

居間へあがったとたんに、宗春は感じた。

独り暮しの、棲《す》み慣れた家だから、どのように些細《ささい》な変化、異常があっても、するどい宗春の勘のはたらきは、それを見逃すはずがない。

（はて……？）

屋内に、潜んでいる人の気配もない。

炉端のあたり、煙草盆の位置など、すべて宗春が家を出て行くときのままであった。

ややあって、宗春の躰が動き出した。

依然、短刀の柄《つか》に手をかけたまま、つぎの間から小廊下へ出た。

家を出るときは暖かったのに、いまは冷えこみが強《きつ》い。

まるで、冬がもどったかのようだ。

小廊下をへだてた小部屋にも変りがなかった。隠してある金にも異常がない。

また、居間へもどった宗春は、微かにくびを振った。

宗春の小鼻がひくひくとうごいている。何か、嗅《か》ぎなれぬ匂いがするのであろうか。

もう一度、台所の土間へ下《お》り、戸を開けた。

夕闇がただよう雑木林の中にも、石井戸の陰にも、人の気配はない。

（気の所為《せい》か……それにしても……？）

居間へあがったときの、妙な感覚を、宗春はおもい返そうとしているかのように眼を閉じた。

閉じたまま、ふたたび、くびを振って、

「此処《ここ》も、そろそろ……」

と、宗春の口から、つぶやきが洩《も》れた。

この隠れ家を去って、江戸をはなれ、また以前のようにつづく流浪の旅に身をゆだねることを、宗春は想ってみた。

（それも、このごろは面倒になってきたな）

それなら、いっそのことに、

（討たれてやるか。それも、さっぱりとしてよいのだが……）

よいのだが、それでは腑《ふ》に落ちない。

討たれてしまえば、相手が正当になる。

正当なのは宗春のほうだが、それなのに、逃げまわらねばならない。

夏目家の養子となり、義父も実父も病死して後、宗春は義父同様に篠山藩・青山下野守の京都屋敷に詰めていた。

あとは妻を迎え、子をもうけて、自分の跡つぎにすれば、養子としてのつとめを果すことができる。

そう考えていた矢先に、片桐宗春は人を斬殺してしまった。殺し合うほどの理由は双方になかった。はじめは単なる酒の上の口論といってよかった。

それが刃《やいば》をまじえることになったのは、すべて、物のはずみというものである。

この、物のはずみというものの恐ろしさは、人の一生を全く狂わせてしまうことがあるのだ。

どちらが殺されても恨みが残らぬようにと、立合人を三人もつけ、斬り合いを見とどけてもらったにもかかわらず、殺した相手方の恨みは残った。殺した相手の弟は、二人の助太刀と共に、片桐宗春を探しまわっている。

この夜から翌朝にかけて、宗春の身には異変が起らなかった。

翌朝も寒かった。

冷えきった土の上に、別れ霜が降りていた。

十

片桐宗春が、正規の決闘によって殪《たお》した相手の名は、

「堀内貫蔵《ほりうちかんぞう》」

と、いう。

堀内貫蔵の父は、篠山藩五万石の家老のひとりで、堀内源左衛門《げんざえもん》だ。

篠山藩には、藩主・青山下野守の親族である青山摠右衛門《そうえもん》をふくめて三名の家老がいる。

その中でも、堀内源左衛門の勢力が強い。

殿様の青山下野守も、

「いちもく置いている……」

とのことであった。

実力もある。

領国の物産を開発し、大いに利益をあげ、一所懸命に、藩の政事にも手腕をふるっているので、殿様は堀内家老を絶対に信用していた。

こういう権力者の長男・堀内貫蔵を、宗春は斬殺してしまったのだ。

原因は、酒と将棋である。

役目でもないのに、丹波・篠山から京都屋敷へ遊びに来た堀内貫蔵は、邸内の長屋に起居して、取り巻きを引き連れ、京都を遊びまわっていたが、或日に、

「今夜は、飲もうではないか」

京都屋敷に詰めている藩士数名を、長屋へ招いた。

片桐宗春（当時は夏目小三郎）も、その中のひとりであった。

みな、よい機嫌で酔った。

堀内貫蔵は、剣術も得意だが、将棋をさすことが大好きで、

「さあ、まいれ」

つぎからつぎへ、相手を替えて、将棋をさす。

そこは勢力強大な家老の長男というわけだから、

（こんなときには、負けてやったほうが無難だ）

わざと負けて貫蔵に花をもたせる藩士もないわけではなかった。

それにしても、堀内貫蔵の将棋は、

（相当のものであった）

いまも宗春は、そうおもっているほどだ。

やがて、宗春が貫蔵の相手をすることになった。

宗春は、手かげんをしなかった。

局面は、宗春有利のうちに展開しつつあった。

そのとき、堀内貫蔵が小用に立った。

酒も飲みすぎていたし、水もかなり飲んだようで、貫蔵は先刻から何度か小用に立っている。

貫蔵が小用に立ったので、二人の将棋を見物していた藩士たちも、はなれて行った。

貫蔵が、もどって来た。

貫蔵は将棋盤を見据《みす》えていたが、

「や、これは?」

と、いった。

自分が小用に立ったすきを見て、片桐宗春が密《ひそ》かに駒の一つ(香車)をうごかしたというのだ。

宗春は、あきれて、

「御冗談を……」

「いや、たしかにうごかした。おれの目に狂いはない」

「あなたの目は、どうかしている」

「何……」

叫ぶや、立ちあがった堀内貫蔵が、いきなり将棋盤を蹴《け》った。

駒が乱れ飛び、そのうちのいくつかは宗春の顔や躰にあたった。

「何をなさる」

「おのれ、小用に立ったすきを見て、卑怯《ひきょう》なまねをしたな」

「根も葉もない言いがかりをつける、あなたのほうが卑怯ではないか」

「黙れ!!」

片桐宗春も、かなり酒が入っていたから、「黙れ」といわれて「おゆるし下さい」とはいえぬ。

叫び合い、怒鳴り合ううち、堀内貫蔵が、

「外へ出ろ。この上は、腰の刀《もの》で決着をつけてくれる」

「およしなさい、ばかなことだ」

「ばか。ばか呼ばわりをしたな」

「それがどうした」

「うぬ!!」

貫蔵が、落ちた駒をつかみ、宗春の面上へ叩きつけた。

くびを振ってかわしたが、それでも二つ三つの駒は宗春の顔を打った。ここにいたって宗春も、

立ちあがって、

「よろしい」

「なれど、これは果し合いでござるな？」

「いかにも」

「立合人をつけていただこう。それでないと、後々《のちのち》、双方に恨《うら》みを残すことになる。勝負に負けても恨みを残さぬこと、よろしいか？」

「よいとも」

貫蔵は、すぐさま、二人の立合人をえらんだ。

宗春も、かねてから親しくしていた藩士の加藤吉之助《かとうきちのすけ》をえらんだ。

二人の決闘は、翌朝の未明におこなわれた。

場所は、本願寺の西方、朱雀《すざく》村に近い野原であった。

片桐宗春と堀内貫蔵は、朝露にぬれた夏草を蹴散らして斬りむすんだ。

激しい斬り合いであったが、時間は短かった。

宗春の一刀に、頸部《けいぶ》の急所を撥《は》ね切られ、声もなく貫蔵は倒れ伏した。

片桐宗春も左の肩を、貫蔵によって浅く切り裂かれていた。

貫蔵が息絶えたのをたしかめ、

「おのおの。昨夜から今朝の果し合いまでの始終を、しかとごらんなされたな」

宗春がいうと、三人の立合人は声もなくうなずいた。

事件は、ただちに、丹波・篠山城下へ急報され、藩の目付役《めつけやく》が二人、十名の藩士を従え、京都屋敷へ急行して来た。

同時に、片桐宗春は屋敷内の〔締り所《しまりじょ》〕へ押し込められた。

翌朝から、宗春の取り調べがおこなわれた。

むろんのことに、宗春は三人の立合人の名を告げ、同席の上、証言をもとめた。

二人の目付は、

「暫時《ざんじ》、待て」

といい、いったん退席をしたが、半刻《はんとき》（一時間）ほどしてあらわれ、立合人の三人は、

「そのようなことは、まったく、身におぼえがない」

と、申したてていることを告げた。

「さようなことの、あるはずがござらぬ。これへ、呼んでいただきとうござる」

「いい逃れは無用。明朝、篠山の御城下へ護送する」

調べは、一方的に終った。

宗春は（しまった……）と、おもった。

三人の立合人は、おそらく、堀内家老の威勢をおそれ、目付たちに脅《おど》されて、証言することをやめたのであろう。そして堀内家老は、片桐宗春を亡き息子の敵《かたき》として、さらには篠山藩の犯罪人として処刑するつもりなのにちがいない。

処刑とは、切腹にきまっている。

それこそ、

（冗談ではない。これが、侍《さむらい》の世界か……いや、それに気づかなんだおれの不明だ）

ぐずぐずしてはいられなかった。

牢格子《ろうごうし》のはまった締り所へもどされてしまったら、きびしく錠《じょう》をかけられ、どうにもならぬ。

目付役が、

「引っ立てい」

と、いった。もはや罪人あつかいである。

取り調べがあった部屋から締り所へ向う途中で、片桐宗春は用便をうったえた。

取り調べが長かったので、むりもないことだとおもったのであろう。

前に一人、後ろに二人ついた護衛の藩士が宗春を厠《かわや》の前へ連れて行き、

「早く、すませるように」

と、いう。

うなずいた片桐宗春は、いったん、厠へ入ったかとおもうと、つぎの瞬間、反転して飛び出し、三人の藩士を突き退《の》け、走り出した。

後のことを、いまも宗春はよくおぼえていない。これが人の多い篠山の城内や江戸藩邸であったら、逃げようとしても、どうにもならなかったろう。

屋敷の外へ走り出て、裏門を目ざし、宗春は必死で駆けた。駆けぬいた。

背後の叫び声が、いつしか遠くなり、宗春は、組みついてきた裏門の門番二人を投げ飛ばし、潜《くぐ》り門《もん》を開け、外へ飛び出した。

そして、片桐宗春は、ついに行方知れずとなったのだ。

家老・堀内源左衛門は激怒し、次男の源二郎を呼び、

「兄の敵を討て」

と、命じ、屈強の藩士二名を助太刀として同行させ、仇討《あだう》ちの旅へ出発させた。

これが、ちょうど七年前のことであった。

十一

七年後の春も過ぎようとしているいま、片桐宗春は、吉野屋の根岸の寮へ通い、主人・清五郎の治療にあたっている。

清五郎の下痢は、三日目にとまった。

「先生。おかげさまで、すっかり元気になりましてございます」

血色もよくなり、食欲も出て来た吉野屋清五郎は、ことに宗春の指圧療法が気に入ってしまい、滑川勝庵を通じて、

「どうか、この後、池之端仲町の店へ帰りましてからも、三日に一度は宗春先生に来ていただき、治療を受けたいと存じます。まことに失礼ではございますが、御礼のほうも、じゅうぶんにさせていただきますでございます」

と、申し入れてきた。

勝庵は宗春に、

「若先生。吉野屋を中心にしてやってみたらいかがでしょう。そのほうが、諸方へ顔を

出さずにもすむし、却《かえ》って好都合というものではありませんか」

すすめたが、宗春は黙っていた。

滑川勝庵は、かねてから、宗春を手許に引き取り、何もさせずに匿《かくま》っておきたいのだが、それは宗春が承知をしなかった。

「何もせずに、凝《じっ》と匿われていたら、退屈死《たいくつじに》をしてしまう」

それもあるし、できるかぎり、勝庵に迷惑をかけてはならぬと、宗春は考えていた。

何よりも、自分を「兄の敵」としてつけ狙《ねら》う堀内一行《いっこう》が、勝庵宅へ斬り込んで来たときのことをおもうと、とても世話にはなれぬ。

宗春が斬った堀内貫蔵の弟・源二郎も、相当に剣術をつかうが、助太刀としてつきそっている本田弥平《ほんだやへい》・児玉権之助《こだまごんのすけ》の二藩士が強い。二人とも、宗春と同門で、田能の石黒素仙の許で修行を積んだ剣士だが、

(おれとは、桁《けた》がちがう)

宗春は、かねてからそうおもっている。

自分の正当をつらぬくため、いっそ、堀内源二郎を返り討ちにしてもよいのだが、本田と児玉がついているかぎり不可能であった。

だから、四年ほど前に、木曾街道で堀内一行と、ばったり出合ったとき、宗春は一目散に逃げたものだ。

先日も、吉野屋清五郎を初診した日に、隠れ家へもどった片桐宗春は、

（おれの留守に、だれかが、此処《ここ》へ来た……）

直感をおぼえた。

しかし、その後は何の異常もなかった。

追われている者は、猟師の鉄砲を怖れる獣のように直感がするどくなる。

けれども、人間は獣ではない。頭脳のはたらきがあるものだから、直感がはたらきすぎて、よけいな心配をしたり、あやまちをおかしたりすることもあるのだ。

たとえば、旅の旅籠《はたご》で眠っているようなとき、部屋の外の廊下を近寄って来る忍び足に、

（来た……）

はっとして飛び起きると、それは、客の部屋へ抱かれに行く女中の忍び足だったりする。

こうした経験は、何度もある宗春だが、

（なれど江戸も、もう二年になる。そろそろ居所《いどころ》を変えたほうが……）

そのおもいが、あの日以来、強くなってきている。

片桐宗春が初診以来、四日目に吉野屋の寮へあらわれたのは八ツ（午後二時）ごろであったが、その、ほんの少し前にあの女・初乃……いや、お初が吉野屋から出て行った。

お初は、前夜に寮へ来て、泊ったらしい。

吉野屋は、お初のことについて宗春には何もいわなかった。

この四日間に、宗春とお初は二度、顔を合わす機会があったのだが、一足ちがいで実現しなかった。

もしも、この時点で二人が再会していたなら、どうなったろう。それは筆者にもわからぬし、片桐宗春にもわからなかったにちがいない。

この日、宗春は吉野屋清五郎に、

「明日もまいりますが、もう、治療はよろしいとおもいます」

「滑川勝庵先生へ申し入れましたことを、お聞きおよびでございましょうか?」

「うけたまわった」

「それで?」

「はあ……」

宗春は微笑を浮かべ、清五郎が「本気で思案をしていただきたい」というのへ、うなずいて見せてから、寮を辞去した。

もとより宗春には、吉野屋のお抱え医者になるつもりは毛頭なかった。

吉野屋の寮を出た宗春は、田地の細道づたいに、隠れ家へ向った。

その姿を、雑木林の木蔭から見とどけていた男がいる。一見、このあたりの百姓かとおもえる風体《ふうてい》なのだが、この男は三日間も、それとなく、遠くから片桐宗春の隠れ家を見張り、宗春が出て来れば、これを尾行していたのだ。

注意ぶかい宗春だが、近寄って来ない男だけに、まったく気づかなかった。

男は三十前後で、篠山藩の下屋敷にいる中間《ちゅうげん》の伊助ではない。

男は、宗春が隠れ家へ入るのを見とどけると、何処かへ行ってしまった。

そして、この夜、坂本二丁目の例の軍鶏鍋屋《しゃもなべや》・桜屋の二階小座敷に、この男と伊助と、それに浪人・石井常七《つねしち》の三人が落ち合い、酒をのみながら、声をひそめて長い密談をかわしていたのである。

十二

同じ夜。

片桐宗春は、隠れ家で酒をのんでいる。

この夜も、まるで冬のように冷え込みが強《きつ》い。

湯豆腐の鍋を炉にかけて、その豆腐だけが酒の肴《さかな》であった。

ゆっくりと宗春はのむ。

もう、四合ほどはのんでいたろう。

のみながら、しだいに、宗春の胸の内に決意がかたまりつつあるかのようだ。

（やはり、江戸から出て行こうか……）

このことであった。

先日の、自分がいないとき、この家に何者かが入ったという直感が、どうしても、ぬぐいきれないのだ。

あれから何事もなくすぎているし、自分の気の所為《せい》であるやも知れぬが、どうも、どこか見えぬところから、

（見られている……）

ような気がしてならない。

むかし、京都にいたころ、朝廷へも出入りをしていた或る学者が亡父の患者で、

「これはまだ、日本ではあまり知られていない学問なのだが、人間には、それぞれ星というものがある」

その星が九年ごとにまわっていて、たとえば善悪の旧事が一度にあらわれたり、そのために危険がせまる年が九年に一度は、まわって来るものなのだと、その老学者が亡父に語っているのを、少年の宗春は小耳にはさんだことをおぼえている。

堀内一行に追われる身となってからは、ことさらに、この少年のときの記憶が鮮明になってきたのである。

逃避行をはじめてより、一つところに二年も足をとどめているのは、いまがはじめて

の片桐宗春なのだ。

それというのも、やはり、江戸に住み暮すことが、宗春の身についてしまったからなのであろう。

そして何よりも心強いのは、自分の秘密をわきまえていて、援助を惜しまぬ滑川勝庵が、

(傍《そば》についていてくれる……)

これが、どれほど宗春にとってたのもしいことか、知れたものではない。

そもそも、当時の日本では、現代のような機械力によって道路をつくったり、高い山の上にビルディングを建てたりすることができる時代ではない。

人間の通る道、人間が住み暮す場所というものがきまっていたのだ。

人口も少い。

したがって知らぬ土地へ、なじみのない者が住み着けば、たちまちに目立ってしまう。

だから、敵討《かたきう》ちの旅に出ても、探しやすいのだ。

しかし、江戸のような大都市ともなれば、はなしは別である。

現代と同じく、諸国から種々雑多な人びとが、徳川将軍ひざもとの江戸城下へあつまって来るし、余所者《よそもの》が住み着いても、目立たぬ。あまり怪しまれないところがある。

片桐宗春が、無事に二年間を江戸ですごせたのも、このためだ。

前にのべたように、丹波・篠山藩の屋敷は江戸にもあるし、いうまでもなく藩士も大勢いるが、彼らは江戸詰めといって、ほとんど領国の篠山へは帰らぬ。殿様の青山下野守が江戸へ出て来るときは、篠山から家来がつき従って来るけれども、片桐宗春は、ずっと京都屋敷につとめていたので、篠山にいる藩士たちを多く知っていない。

夏目家の養子となり、篠山藩士としてすごしたのは五、六年ほどでしかない宗春だけに、たとえば江戸詰めの篠山藩士が、道で宗春とすれちがっても、おそらくわからないだろう。

だが、片桐宗春が堀内家老の長男を斬殺したことは、江戸屋敷にも通じており、江戸詰めの人びとの中に、宗春を見知っている者が来ているやも知れないのだ。

酒をのみ終えた宗春は、鍋に新しい豆腐を賽《さい》の目に切って入れ、火が通ったところを散蓮華《ちりれんげ》ですくいあげて碗へ移し、塩を振ってから、炊《た》きたての飯を上から入れた。かきまぜて二杯、食べ終えてから、ゆっくりと茶をのむ。

のみながら、凝《じっ》と、何事か思案にふけっている。

ややあって、立ちあがった宗春は納戸《なんど》へ行き、灰色の布に包まれた小さめの行李《こうり》を引き出した。竹と柳を編んでつくられた旅行用の荷物入れである。

旅行のための最小限の必需品が、きちんと中におさめられていた。

矢立《やたて》、折りたたみにできる小提灯《こぢようちん》と〔大日本・海陸行程細見〕と題した小冊子、下着、銀の小さな入れ物の三種の薬、これは革製の袋におさめてある。

それに、これも折りたたみになる木製の枕だ。組み立てると英語のX字のようになるわけで、売ってもいるが宗春のは彼が手づくりにしたものであった。枕だけは、どうも自分に合ったものでないと、よく眠れない。

これらの品々をあらため、行李におさめてから、片桐宗春は深いためいきを洩らした。住みごこちのよい江戸をはなれる気持ちが、もう一つ、かたまってこないらしい。なじみになった小千住〔松むら〕の抱え女郎・おたみの顔が宗春の脳裡《のうり》に浮かんでいる。

この夜、片桐宗春はなかなかに寝つけなかった。

寝つけぬままに、朝を迎えた。

朝といっても、まだ、あたりは薄暗い。

どういうわけか、今朝も冷え込んでいて、うすい霜が降りた。

明るくなるまで寝ていようかとおもったが、眠れぬ夜は寝くたびれてしまって、蒲団《ふとん》の中に身を横たえていることに飽きてくる。

(少し早いが、起きてしまおう)

宗春は起きて火を起し、顔を洗おうとしたが水瓶《みずがめ》に水がなくなっていた。

そこで、手ぬぐいを肩に、総楊子《ふさようじ》(現代の歯ブラシのようなもの)を口にくわえ、台所の土間へ下りた。

このとき、裏手の物陰から、音もなく戸口へ近寄った男がいる。

十三

片桐宗春の隠れ家の裏手に潜み、宗春が起き出して来るのを待ちかまえていた曲者《くせもの》は三人である。

一人は例の、篠山藩・下屋敷にいる中間の伊助だ。

一人は百姓姿になり、宗春を見張っていた男で、棍棒《こんぼう》を持っている。あとの一人が伊助と密談をしていた石井浪人であった。

いま、宗春が起き出し、台所で火を起す物音をきいて、先ず、石井浪人が左手に棍棒をつかみ、台所の戸口へぴたりと身を寄せたのだ。

三人とも頬《ほほ》かぶりをし、脇差を腰にしている。

伊助は、細引の縄を手にしていた。

宗春が台所の戸締りを外し、戸を引き開けたとき、石井浪人が左手の棍棒を右手に持ちかえた。

宗春が、戸の外へ半身を出した。

その瞬間、石井浪人は一歩退《しさ》りざまに、右手の棍棒を宗春の左肩へ打ち込んだ。

半身を外へ出した途端に、宗春は戸口外の左手に異常の気配を感じ、身を引くよりも、前へ飛んだ。

石井浪人の棍棒は風を巻いて、むなしく空《くう》を叩いた。

「ぬ!!」

立ち直って棍棒を振りかぶった石井の胸元へ、振り向いた片桐宗春がぱっとつけ入った。

つけ入ったかと見る間に、どこをどうされたものか、

「うわ……」

石井浪人は棍棒を落し、もんどりを打つようにして投げ飛ばされていた。

そのとき宗春は、

(これは、堀内一行ではない)

直感をした。

堀内たち三人ならば、このように呆気《あっけ》もなく投げ飛ばされるわけはないし、そもそも棍棒なぞで立ち向って来るはずがない。

棒ではなく、刃《やいば》でなくてはならぬ。

宗春は戸を背にして身を屈め、あたりを見まわした。

棍棒を持った見張りの男は、宗春の早わざにびっくりして、逃げ腰になっている。

桔梗色《ききょう》に明けかかる払暁《ふつぎょう》の木立の中から、

「いけねえ、ちがう」

叫んだのは伊助であった。

「な、なに、ちがうだと……？」

辛うじて棍棒を拾って起きあがった石井浪人は、じりじりと後退しつつ、

「ばか!!」

と、木立の中へ怒鳴っておいて、身を返すと、たちまちに逃げ出した。

木立を出たところに町駕籠《まちかご》が一つ、彼らを待っていた。

「おい、いけねえ。お前たちは勝手に逃げろ」

伊助は木立から出て、田圃《たんぼ》道を走りつつ、人相のよくない二人の駕籠舁《か》きへ声を投げておいて、走りつづける。

彼らは、宗春を殺すつもりではなかったとみえる。

棍棒でなぐりつけ、気絶した片桐宗春を駕籠へ入れて何処かへ運ぶつもりだったのだ。

道理で、堀内源二郎一行ではないはずだ。

石井浪人が、追いついて来て、

「おい、伊助。こりゃあ、どうしたことだ？」

「か、顔から躰つきから、あんまり、よく似ていたものだから……」

「ばか。しっかり、たしかめなかったのか」

「小千住の女郎屋から出て来るところを、遠目に見て、間ちがいないと、おもった……」

「留《とめ》の野郎なんかに見張らせず、お前がやればよかったのだ」

「でも石井さん。あれだけ似ていて、しかも同じ町医者なのだから、あいつを、よく知っている者でも間ちがえるよ。そもそも、あいつは、あんなに強かねえものな」

「ばか、ばか」

「すまねえ、石井さん。追いかけて来ねえようだ。あ……ああ、苦しい。息が切れる……少し、ゆっくりと逃げましょう」

「畜生。とんだ、ばかを見てしまった……」

「これから桜屋へ行って、一杯やりましょうや」

「留は、何処へ行ったのか……」

「なあに、後からやって来ますよ」

彼らが逃げ去ったあとで、片桐宗春は井戸端で歯をみがき、洗面をしながら、あたりの気配をうかがった。

異常はない。

雀の声がしてきはじめた。

台所の内へもどり、戸を締めたとき、宗春の決意はかためられた。

自分に襲いかかった彼らは、何者なのだろう。

「いけねえ、ちがう」

と、木立《こだち》の中から叫んだ伊助の声は、宗春の耳へもとどいていた。

(人ちがいだったのか?)

してみると、

(私に、よく似た男がいるらしい)

先日来、どうやら自分は遠くから見張られていたらしい。宗春の直感は狂っていなかったのである。

見張られていたとなれば、片桐宗春の風体《ふうてい》を見ても、これが町医者だとだれにもわかるはずであった。

(私に似た町医者が、あの曲者どもに、つけねらわれていた……)

ことになるではないか。

これもまた、あまり気味のよいはなしではない。

いずれにしても、これ以上、江戸に住み暮さぬほうがよい。

(今年の、私の星まわりには、よほどに気をつけぬといけないかな……)

いったん決意をすると、宗春の行動は早かった。

朝餉《あさげ》の膳にも向うことなく、手早く旅仕度にかかった。納戸の畳を一枚あげ、その裏側に縫いつけてあった胴巻の金五十両を外《はず》し、腹へ巻きつけた。

そして、滑川勝庵には、

(どのように、あいさつをしようか?)

と、考えた。

会えばとめられるにきまっているし、自分の決意もくずれそうな気がしてならぬ。

旅仕度を終えると、宗春は勝庵にあてて短い手紙を書いたが、今朝、曲者たちに襲われたことはしるしていない。勝庵が心配をするからだ。

旅仕度をして塗笠をかぶり、草鞋《わらじ》をはき、例の小荷物を肩にした片桐宗春は、台所の土間に立ち、まる二年も棲んだ隠れ家を、ゆっくりと見まわした。

少しずつ、空が明るみはじめた。

宗春は、だれにともなく軽く頭を下げてから、外へ出て行った。

やがて……。

片桐宗春は通新町の表通りへ出て、小さな魚屋へ入った。

かまえは小さいが、新鮮な魚介が自慢の〔魚定《うおさだ》〕という店で、あるじの定八《さだはち》夫婦は、宗春とも滑川勝庵とも親しい。

「おや、先生。何処へおいでなさるんで？」

定八の女房が、宗春の旅仕度を見て問いかけるのへ、

「ちょいと水戸まで行くが、十日ほどで帰る」

「さようで……」

「この手紙を、勝庵先生へとどけてくれぬか」

「ようございますとも」

「たのんだぞ」

「行ってらっしゃいまし。お早く、お帰りを……」

「うむ」

宗春は〔魚定〕を出て、小千住の方へ足を向けた。

小千住の〔松むら〕の表戸は、まだ締まっている。

二階のおたみの部屋の雨戸も閉ざされていた。

今朝の遊女おたみは、どのような客の腕の中で眠っているのであろう。

〔松むら〕の前を行き過ぎ、筋向いの近江屋という旅籠《はたご》の軒下へ来て、宗春は足をとめ、
おたみの部屋を見やった。

ようやくに朝の日が昇って来た。

（おたみ、達者でおれよ）

宗春は、胸の内につぶやいた。

早立ちの旅人の姿も、ちらほらと街道にあらわれて来はじめた。

「今朝も冷えるねえ」

「ごらんよ。また霜が降りている」

「いやだねえ、ほんとうに……」

「桜花《はな》も散ったっていうのに、こんな気ちがい陽気なんだから、今年はきっと、ろくなことはないよ」

近江屋から出て来た女中たちが語り合う声を背中に聞いて、片桐宗春は朝の日ざしを浴び、千住大橋を北へわたって行った。

三年後

一

夏が来ると、町医者・滑川勝庵のきげんがよくなる。

大好物の茄子《なす》を、ふんだんに食べられるからだ。

煮てよし、焼いてよし。漬けものや塩もみもまたよく、

「こんなものが、どうしてこんなにうまいのだろうな。ちがうか？」

勝庵が、医生の白石又市にいうと、白石は、

「夏はよいですなあ。夏ともなれば滑川家にも、いささかは金が残ります」

「え？」

「先生には、茄子さえ食べさせておけばよいのですから……」

「お前も少しは目方が減っていいだろう。ちがうか？」

「ほんとうです」

「お前の顔は、京の加茂茄子に似てるなあ。そうだ、今日から、お前を白石加茂市と呼ぶことにしよう、どうだ、加茂さん」

などと、他愛《たわい》もない。

その日の朝。

白石又市は、根岸の奥の新堀村《しんぼりむら》に住む顔なじみの百姓を訪ね、しこたま、夏野菜を仕入れて来た。

新堀村は、日暮里の崖下にある。

「お宅の先生は、よくまあ、茄子を食わっしゃるだねえ」

百姓の女房も、おどろいているのだ。

「あれも一つの病気だね」

「へえ、そんな病気があるのかね？」

「ある。茄子病患者というのだ」

「へへえ……」

買った野菜を籠《かご》へ入れ、これを右肩に担いだ白石が帰路についたのは四ツ（午前十時）ごろであったろう。

途中に万随院《まんずいいん》という寺があり、北からの小道と、白石又市が歩む小道とが、この寺の背後で一つになる。

日が高くなり、肥満している白石の顔や腕に汗がふき出してきた。

(ああ、これだから、おれは夏がきらいなのだ)

白石は汗をぬぐいつつ、細道を雑木林の中へ入った。

道は、この木立をぬけると万随院の裏手へ出る。

白石又市が木立をぬけ出したとき、北のほうの小道をゆっくりと、こちらへ歩んで来る男がひとり。真新しい菅笠《すげがさ》をかぶり、その下から、無造作にたばねた総髪《そうがみ》がのぞいている。

白の上布《じょうふ》を着ながしにして夏羽《なつば》織《おり》、白足《しろた》袋《び》。帯には短刀一つ。

その男が、雑木林の中から出て来た白石又市を見るや、ちょっと足をとめた。そして、眼の前を行き過ぎようとする白石の肩をぽんとたたき、

「白石さん。相変らず、元気ですね」

声をかけた。

「えっ。あなたは?」

振り向いた白石が、男の笠の内をのぞき込み、

「あっ、こりゃあ……」

「久しぶり……さよう、まる三年になりますね」

「そ、宗春先生……」

「はい」

うなずいて、片桐宗春は菅笠をとり、顔を見せた。

「あれから、四度目の夏が来ましたね。早いものだ」

「いつ、江戸へ？」

「三日前に……」

「それなら、なぜ、早く勝庵先生のところへおいで下さらなかったので？」

「旅の疲れを癒してからとおもいましてね。汗だらけ埃《ほこり》だらけで参上するのもいかがなものかと……」

「ど、どうして、そんな斟酌《しんしゃく》をなさるのです。あれからうちの先生は、毎日のように宗春先生のことを案じておられましたのです」

「すまなかった。あのときは、短い手紙ひとつを残したきりで、江戸を発《た》ってしまい、何やら後めたい気持ちで、おたずねをしにくかった」

「これから、うちへおいでになるのでありましょうな？」

「そのつもりで、出てまいったのです」

「さ、早くまいりましょう。うちの先生、どんなによろこぶことか……」

白石又市は、先へ立って歩み出しながら、

「で、いま、何処にいらっしゃるので？」

「荒川の向う岸の沼田《ぬまた》に、小さな旅籠《はたご》があって、ひとまず、其処《そこ》へ草鞋《わらじ》をぬぎ、こうして古着などを買って身につけたのも、旅姿を勝庵どのに見せたくなかったものだから……」

「宗春先生は、おしゃれなのですなあ」

「いえ、何、江戸では旅姿が目立つから……」

「目立ってもいいではありませんか。なぜ、すぐにおいで下さらなかったのです？」

片桐宗春の秘密について、むろんのことに白石又市は知っていない。

宗春が旅装を解いた沼田村は荒川の北岸にあり、現代の千住と川口の中間あたりになる。当時は武蔵国《むさしのくに》・南足立郡《あだちごおり》の内であった。

この沼田村には荒川の渡船場や、延命寺という大きな寺院があって、その所為《せい》か、旅籠が一つある。

この前、江戸にいたころ、宗春は小千住の〔松むら〕からの帰り道に、ぶらぶらと荒川の岸辺を沼田村のあたりまで散策した折、新井屋という旅籠へ立ち寄り、遅い朝餉《あさげ》をしたためたことがある。

そのときに、

(小さいが、落ちついた、よい旅籠だ)

そうおもったことがあって、今度の江戸入りにも、この旅籠で旅の垢《あか》を落したのである。

細道に、かっと日が照りつけてきた。

「白石さん……」

「はあ？」

「私が住んでいた、あの三木家の隠居所は、どうなっています？」

「あのままです」

「あのまま……」

「宗春先生が、住んでいらしたときのままになっています」

片桐宗春は、わが耳を疑った。

「ほんとうですか？」

「うちの先生が、かならず若先生はもどって来るよ、といわれまして、いまはうちで借りています」

「さようか……」

そのとき滑川勝庵は、こういったそうな。

「若先生は、はじめて江戸へ来られ、二年も住み暮した。こうなると、もう、江戸の住みごこちが忘れられなくなってしまうものだよ」

「言葉にはつくせぬ御恩をこうむりながら、あのような手紙ひとつを置いて江戸を去った私を、ゆるして下され」

二

こういって、両手をついた片桐宗春へ、滑川勝庵は、

「若先生。何をいわれますか。勝庵、怒りますぞ」

「いかようにも……」

「若先生。あなたという御方は、まあ、何という……」

いいさした勝庵の両眼から、ぽろぽろと泪《なみだ》がこぼれはじめた。

「御手を、おあげ下さい。それではあなた、はなしもできませぬ」

「おゆるし下さるか？」

「ゆるすもゆるさぬもない。あなたの胸の内は、勝庵、よく心得ているつもりです」

「さようか……かたじけない」

「若先生……」

「はい？」

「あなたという御方は、すっかり変られましたなあ。剣術の御修行を積まれたこともありましょうが、おもいもかけぬ御苦労をなすって……」

「身から出た錆《さび》でござる」

「何をおっしゃる」

白石又市は、片桐宗春と共にもどって来て、すぐに別の用事を勝庵からいいつけられ、

「宗春先生。よい酒を買って、すぐにもどります」

いそいそと、出て行った。

患者も絶えている。

勝庵の居間には、二人きりであった。

戸外の木立から、蟬《せみ》が鳴きしきっている。

「三年前に、お目にかかって、別れのあいさつをいたさなんだのは、勝庵どのの顔を見ると、江戸を去りかねるおもいがして……」

「そうなれば、何としても、お引きとめいたしましたが……だが若先生。御無事で何よりでした」

「いや、そうでもなかった……」

「な、何ですと？」

「去年の秋のはじめに、出合いましてね」

「あの、堀内一行《いっこう》と？」

宗春が、うなずいて見せると、滑川勝庵が身を乗り出し、

「何処で？」

「三国街道で……」

そのとき片桐宗春は、三国街道を越後《えちご》の方から、のぼって来た。

国境を越え、上州へ入るつもりだったのである。

杉と檜《ひのき》の山林にかこまれた街道を、宗春は火打峠《ほうちとうげ》に向いつつあった。

火打峠は、山と山の鞍部《あんぶ》だが、街道の右手の彼方の苗場山《なえばやま》は堂々たる山容をそなえている。

「秋のはじめというのに、山の上は、紅葉になっていましてね」

「ふむ、ふむ。それで？」

街道の右側は、清津川が泡をかむようにながれていた。

火打峠に、茶店が出ている。

ちょうど、昼どきだったので、

(あの茶店で、ひとやすみしよう)

片桐宗春が足を速め、茶店へ近づいたとき、茶店の中から旅姿の侍《さむらい》がひとり、ゆっくりとあらわれた。

「若先生。それは、ひとりでしたか？」

「茶店の中に、あとの二人はいたのでしょう」

ともあれ、出て来たのは、宗春を、

「兄の敵《かたき》!!」

と探しまわっている堀内源二郎に、助太刀としてつきそっている本田弥平《ほんだやへい》であった。

快晴の昼どきなので、三国街道を往来する旅人は、片桐宗春のみではない。

宗春の前も、三人の旅人が歩いていた。

本田弥平は、ちらりとこちらを見たようだが、宗春に気がつかず、両手を腰に、あたりの景色をながめているようであった。

本田弥平の横顔を見たとたんに、片桐宗春は腰を落し、草鞋のひもをむすび直すかたちとなった。

このときの宗春は町人の旅姿で、菅笠をかぶってい、こうした旅人は、いくらも街道を通っている。

本田は宗春に気づかぬまま、茶店の中へもどって行った。

つぎの瞬間、立ちあがった片桐宗春は、身をひるがえして街道から外れた崖道《がけみち》へ走り込んだ。

「いや、もう、無我夢中で逃げましたよ」

「危ういところでしたな」

と、勝庵が深いためいきを吐き、

「いま一足早く、若先生が、その茶店へ入っていたら……」

「木曾街道のときのようになったでしょう。そして今度は……今度は、やられていたやも知れぬ」

「相手は、さほどに強いのですか？」

「助太刀の本田と児玉は強い。この二人は京都屋敷にいたので、よく知っています。二人に加えて堀内源二郎となれば、私に勝目は先ずないでしょうよ。ふ、ふふ……」

「他人事《ひとごと》のようにいいなさる」

「それで、また、旅をつづけているのが怖くもなり、少々、疲れてきたので江戸へもどろうと……」

「江戸のほうが安心、安心。もう決して、うごかぬほうがよろしい」

「三木家の隠居所を、あのままにとか……」

「白石が三日に一度、掃除に行きますが、中は三年前に、若先生が出て行ったときのままにしてあります」

「……恐れ入った」

「なんの」

片桐宗春は髪をのばしたが、これはこれで医者の風体《ふうてい》といってよい。

その顔、その姿を、見やった滑川勝庵が、

「おやつれになりましたなあ」

「……」

「日にも灼《や》けて……」

「……」

そこへ、白石又市が帰って来た。

白石は、すぐに酒の仕度をはじめた。

「先程のおはなしですと、沼田の旅籠におられるそうだが、荷物は白石に運ばせましょう」

「あの隠居所へですか？」

「さよう。此処でよろしければ此処でもよろしいが、若先生は、おひとりのほうが好きらしいゆえ……」

「またも、御世話になるのは、どうも気がひける」

「あなたと私は、そのようなことを、いったり聞いたりする間《あいだ》がらではありますまい」

「では、遠慮なしに……」

「そうなさい、そうなさい」

白石は、薄打《うすう》ちにした茄子に刻んだ紫蘇《しそ》の葉を振りこみ、塩もみにしたものを鉢へ入れて来て、

「ほれ、先生。お待ちかねの代物です。ちがいますか？」

「ちがわないよ」

こうしていると、三年という歳月がなかったようにおもえる。

滑川勝庵の生活ぶりは、三年前と少しも変らなかった。

このことが、いまの宗春の胸を強く打った。

(何で自分は、追って来るあの三人から逃げまわらねばならぬのだ。出合ったときはそのときではないか)

このことである。

堀内一行の手にかかったなら、自分の正当が正当でなくなってしまうとおもい、

(どこまでも生きぬいてくれよう)

その一念で逃げまわって来たのだが、それにも飽いた。

(逃げるのも、おもしろい)

そうおもったこともあったが、

(自分の考えていたことは、間違っていたのやも知れぬ)

冷酒を口へふくみながら、片桐宗春は、しだいに胸の内にちからがみなぎってくるおもいがした。

勝庵にいいつけられて、白石又市が沼田の旅籠へ行きかけたが、

「あ、そうだ」

もどって来て、勝庵に、

「先生。ほれ、あのことを……」

「何だ？」

「通新町の魚屋のかみさんが、ほれ……」

「あ、そうだったな」

白石が出て行ったあとで、滑川勝庵が、

「若先生。さして気になることではありませんが、この春、あの魚定《うおさだ》の女房が、妙なものを見ましてな」

と、顔を寄せて来た。

三

通新町の魚定は、三年前に片桐宗春が、

「これを、勝庵先生へ……」

と、別れの手紙を託《ことづ》けた魚屋である。

その魚定の女房が、今年の春の或日に、店番をしていると、大通りを横切り、こちらへ近づいて来る坊主頭の男を見て、

(あれ、宗春先生じゃあないか。三年前のあのとき以来、ふっつりと江戸から消えておしまいなすったが……いつ、お帰りになったのだろう)

なつかしさに、おもわず外へ飛び出し、

「宗春先生……」

呼びかけた。

その大声に、通りを歩いている人びとが女房のほうを見た。

坊主頭の、一見、医者のような男も、こちらを見たが、さして気にもとめず、魚屋の女房の眼の前、一間《いっけん》ほどのところを千住の方へ歩み去ったというのである。

似ている。

たしかに似ていたが、別人であった。

こちらへ近づいて来る男の右頬《ほほ》に刀の傷あとのようなものがあったし、眉《まゆ》も宗春よりはふとく、上唇《うわくちびる》が少し捲《まく》れあがっていて、それが何やら下品に見えた。

魚定の女房が、まじまじと見ているので、男は女房をにらみつけた。

「それでもう、宗春先生じゃあないことが、はっきりわかりましたけれど、それにしても顔……というよりは躰《からだ》つきや道を歩く様子が、あんまり宗春先生そっくりだったものですからねえ」

と、魚定の女房が、魚を買いに立ち寄った白石又市へ、

「いえもう、私をにらんだときのあいつの眼つきの怖いことといったら……そもそも、宗春先生とは人品というものが、まるっきりちがいます」

そう語ったという。

「世の中には、よく似ている者がいて少しもふしぎはないが、若先生には、お心あたりはないのでしょうな?」

「別に……」

宗春は、さりげなくこたえたが、心あたりがないどころではない。

三年前の、あの日の朝……。

片桐宗春を襲った三人の男は、どうやら、人まちがいをしてしまったらしい。

だが、それがきっかけとなり、江戸をはなれる決意が宗春の胸の内にかたまったのだ。

(あのときのやつどもが襲いかかろうとしたのは、もしや、その魚定の女房が見かけた男ではないのか……?)

しかも、坊主頭の、町医者とも見える姿で、右頰に刀痕《とうこん》があるとか……。

前には不気味におもった宗春だが、いまこのときは、いささかも胸がさわがなかった。

(なるようになれ)

居直った気持ちというよりは、むしろ諦観《ていかん》に近い気分であった。

先刻も滑川勝庵が、しみじみと、

「おやつれになりましたな」

そういったが、片桐宗春は今年で三十六歳になった。

体力がおとろえたわけではないが、堀内貫蔵を斬殺し、逃亡してより約十年の歳月が過ぎ去っている。

(もう、旅をするのは、たくさんだ)

すべては、この一事から発している。

旅といっても、ただの旅行ではないのだ。

当時の日本は諸大名の領国がいくつもあって、その国境を密かに越えるだけでも、心労は大変なものだ。

現代の、パスポートを持たぬ人が諸外国をわたり歩くのと同じようなもので、それに慣れ、密行《みっこう》の方法もわきまえている片桐宗春でも、

(つくづく、いやになる……)

ことがある。

(なんといっても江戸だ。もう、江戸からはなれまい)

こうして、滑川勝庵にあたたかく迎えられ、酒を酌《く》みかわしていると、まるで故郷の家へもどって来たようだ。

「ときに若先生……」

「はい？」

「おぼえておられますか？　吉野屋清五郎《よしのやせいごろう》のことを……」

「よしのや……あ、私が江戸を発つ前に、根岸の寮で診た袋物屋《ふくろもの》のあるじの……」

「さよう。よくおぼえておられましたなあ。相変らず、下痢《げり》が持病でして、このところ、根岸へ来るたびに私が診ていますが、吉野屋は若先生に躰の急所を圧《お》していただいたことが忘れられないらしく、いまも、宗春先生は何処におられますか、などと、あなたのことをしきりに申します」

「それは、どうも」

「吉野屋は去年、後妻を迎えましてな。と申しても前々から、他所《よそ》へ囲っていた女を正式に池之端の店へ入れたのです」

「ほう……」

その女がお初……いや、初乃《はつの》であることを宗春は知らぬ。

初乃にとって、宗春は、女の肌身をはじめてゆるした男なのである。

「いかがです。根岸の寮へ来たときだけ、吉野屋の面倒をみておやりになっては」

「さよう。また、勝庵どのの御援助を受け、町医者にもどりましょうかな」

「そうなさい、そうなさい」

そこへ、

「先生。おいでなさいますか?」

玄関で、どこやらの老婆の声がした。

患者らしい。

「お入り」

気軽にこたえ、勝庵が、

「若先生。すぐにもどってまいります」

宗春に一礼し、居間から出て行った。

開けはなった窓から、梅雨《つゆ》があがったばかりの夏空が見え、白い雲がわきたつように浮かんでいる。

片桐宗春は畳の上に敷いた蒲筵《がまむしろ》へ、ごろりと身を横たえ、両眼を閉じた。

久しぶりに味わう安息に、いつしか宗春は微睡《まどろ》みはじめていた。

四

白石又市は、沼田の旅籠屋《はたご》へ行き、勘定をすませ、受け取った片桐宗春の荷物を、三木家の隠居所へ置いてから、滑川勝庵宅へもどって来た。

宗春は勝庵宅で、心づくしの夕餉《ゆうげ》をすませ、夜に入ってから隠居所へ向った。

借りた提灯《ちょうちん》を手に、小道を隠れ家へ向うときも、何やら奇妙なおもいがしたのだが、

隠れ家へ入り、提灯の火を行燈《あんどん》へ移したときの気持ちは、実に、

（名状しがたい……）

ものであった。

行燈の位置も三年前のままなら、あの朝、ぬいで、たたんで置いた寝間着までも、そのままになっているではないか。

あとは、一個の茶わん、炉《ろ》にかかった鉄瓶《てつびん》までもそのままになっていて宗春を迎えた。

こころみに、寝間着を手にとってみると、洗い張りをして縫《ぬ》いなおしてあるのだ。

いまさらながら、滑川勝庵と白石又市の、心づかいの細やかさに宗春は心を打たれた。

（それにひきかえ臆病風《おくびょうかぜ》に吹かれた自分は、手紙一通を渡したのみで江戸を発ってしまった……）

ああ、自分は、いったい何のために剣の修行を積んだのであろうと、なさけなくなってくるのだ。

宗春は、あたりを見まわした。

行燈の灯影《ほかげ》に浮きあがっている居間、台所、つぎの間など、一つとして、三年前と変っているところがない。

三年の歳月が、

（一夜の夢……）

としか、おもわれぬ。

こうして、なつかしい隠れ家の中に立っている自分が、別の人間にもおもえるし、ふしぎでならなかった。

長い年月の間に、物事が以前のままに持続しているということのたのもしさ、心強さを、逃亡の旅を終えたばかりだけに宗春は、非常な感動をもって胸に受けとめた。

(このことを、自分は生涯、忘れまい)

酒もある。

米櫃《こめびつ》の中には、米も入っていた。

勝庵に命じられ、このように隠れ家の旧態をまもってくれた白石又市なのである。

この夜、片桐宗春が、どのようなおもいで眠りについたか……およそ、知れようというものだ。

翌朝。

目ざめた宗春は、朝餉の仕度にかかった。

これまた、妙な気分がする。

台所道具も、米も味噌も、以前と少しも変っていないのに、三年ぶりで自炊をする宗春の手つきは、たどたどしくなってしまっていた。

昼前に、宗春は隠れ家を出て、昨日の約束どおり、滑川勝庵宅へ向った。

以前の宗春ならば、台所の戸を開けて外へ出たとき、凝《じっ》と、あたりの気配をうかがうのが習慣になってしまっていたし、現に、昨夜まで泊っていた旅籠屋の出入りにもそのとおりであった。

しかし、いま、片桐宗春は外へ出るや、少しのためらいもなく歩み出している。

そして、そのことを宗春は意識していなかった。

勝庵宅へ着くと、医生の白石又市は患者を診に出ているという。白石も軽い病気ならば、勝庵の代診がつとまるようになったのだ。

「昨夜は、よく寝られましたか？」

「……………」

「どうなさいました？」

「お心入れ、かたじけなく……」

「また、何をおっしゃる」

「旅へ出て三年、一度も、便りをさしあげなかった自分の不明に、つくづく愛想がつきてしまった」

「若先生。あなたの旅は、ただの旅ではない。そのようなことをなすったら、かえって危ない」

「それにしても……」

「それよりも、今朝、吉野屋のあるじから使いが来ました。昨日から根岸の寮へ来ているのですが、また、例の下痢がとまらぬというのです。吉野屋の使いの者には、あなたがもどられたことをつたえておりませぬが、いかがです、行ってごらんになりますか？」

「行きましょう」

「あの吉野屋なら、少しも案ずることはありますまい。きっと、大よろこびをいたしますよ」

果して、吉野屋清五郎は、

「こりゃあ、まあ、何とまあ……」

しきりに感嘆詞を発し、片桐宗春の右手を両手につかみ、押しいただくようにしながら、

「先生、ひどうございますよ。黙って何処かへ行っておしまいになるなんて……」

「いや、もう治療するところがないと存じたのです」

「とんでもない。いったんは、よくなっても私の病気はまた出るのでございます」

宗春は、ひととおり診察をして、滑川勝庵がよこした薬をあたえた。

「先生。つぎは、こうするのでございましょうね」

吉野屋は、いそいそと敷蒲団《しきぶとん》へ身を横たえた。

宗春が苦笑して、指圧にかかると、吉野屋は大よろこびである。

指圧をしながら、片桐宗春は襖《ふすま》の向うの奥の部屋に人の気配を感じた。

吉野屋の老女中だとおもい、気にとめなかった。

「よい風が入りますな」

指圧を終え、宗春は障子《しょうじ》を開けはなった縁先の向うの、夏木立《なつこだち》に目をやった。

「あ、そうそう。先生に、お引き合わせをしたいものがございましてな」

「……？」

「おはずかしいのでございますが、手前、この年をして後添《のちぞ》えをもらいましたので」

「さようか。勝庵先生からうかがいました」

「今日は、こちらへ来ておりますので、会ってやって下さいまし」

吉野屋は立ちあがり、奥へ入って行ったが、やがてもどって来て、

「あいにく、いま、外へ用事に出たと女中が申します。ま、いずれ、お目にかからせていただきます」

このとき、吉野屋は後妻の名を口にのぼせていない。

宗春はうなずき、

「では、今日はこれにて」

「明日、くびを長くして、先生のおいでを、お待ち申しあげております」

吉野屋清五郎は、上きげんであった。

吉野屋の寮を出た片桐宗春は、

(そうだ。明日は吉野屋のあるじへたのんでみよう)

と、おもいついた。

それというのは、旅行の折の、宗春の必需品の一つである革製《かわ》の薬入れだ。薬を入れる銀づくりの小さな三つの容器は何ともないが、革袋のほうが長い間の使用でいたみがきている。

新しいのを買ってもよし、これからは旅に出るつもりもなくなった宗春だが、何といっても苦楽の旅を共にしてきた革袋だけに、愛着が深い。

(吉野屋なら、うまく直してくれよう)

これは、袋物師の仕事なのだ。

宗春は表通りへは出ずに、木立と畑と田圃《たんぼ》を縫う小道を、滑川勝庵宅へ向った。

晴れわたった夏の昼下りで、このあたりの農婦の姿もちらほら見える。

左手に薬籠をさげ、右手の白扇《はくせん》でふところに風を入れつつ、軽い檜笠《ひのきがさ》をかぶった片桐宗春はゆっくりと歩む。

その宗春の後姿を、木蔭から見まもっている女がいた。

吉野屋の後妻・お初である。

おもうに、お初は、あるじの診察にあらわれた片桐宗春に気づき、急いで、寮を出て、顔を合わせぬようにしたのであろう。

三年前のときより、肩にも腰にも、みっしりと女の肉置《ししお》きがゆたかになり、日傘《ひがさ》に半ば顔を隠したお初は、かなりの距離をへだてて、宗春の後をつけはじめた。

宗春は、勝庵宅へ立ち寄り、診察の報告をすませると、すぐに隠れ家へ向った。

今日も、勝庵宅で夕餉を共にすることになっている。

隠れ家へもどった宗春は、旅の行李《こうり》の中から、革の薬袋を出してみた。

隠れ家は、深い木立に包まれてい、蟬《せみ》の声がこもっていた。

その木立を遠くに見る地蔵堂の裏に、お初はたたずんでいる。

五

翌朝、片桐宗春は早く目ざめた。

実は昨日、吉野屋を診察してから、すぐにも行ってみたかったのだが、

（急がずともよいことだ。なれど、おたみは、まだ、松むらにいるであろうか……？）

このことであった。

さほどに深い仲ではなかったが、小千住〔松むら〕の抱え女郎・おたみのことが、旅に出ていても妙に忘れられなかった。

前に江戸にいたころの宗春が、わが腕に抱いた女といえば、おたみひとりであったから、一夜の契りではない。

おたみの口もとの左わきにある小豆粒《あずきつぶ》ほどの黒子《ほくろ》まで、はっきりとおぼえている。

宗春は、朝餉をすませてから、隠れ家を出た。

(この顔を、おたみのほうでは忘れていよう)

男は過去にこだわり、女は過去を見向きもせぬ。

(それが証拠に、こうして私は、松むらへ足を向けている……)

三年前まで、おたみが宗春に寄せていた一種の好意は、まぎれもないものであったが、あれから、おたみは数えきれぬほどの男に肌身をまかせているのだ。宗春の顔を忘れてしまったところで、それは当然であろう。

飛鳥明神社《あすかみょうじん》・横手の道をぬけ、小塚原町の通りへ出た宗春が、

「や……?」

おもわず、固唾《かたず》をのんだ。

(ない……たしかに、ない)

通りの向うに見えるはずの〔松むら〕は、いま、空地になっているではないか。

(私の目が、どうかしているのではないか?)

片桐宗春は通りへ出て、笠の内から、たしかめて見た。

まさにない。両どなりが〔港屋《みなとや》〕という遊女屋と煮売り屋であることは、間ちがいなく以前のままだけれども、この二つの店は木の香も新しく、店がまえも前とはちがっている。

(松むらは、火事で焼けたのか……なればこそ、両どなりの店は、新しく建てなおしたのではないか……変った。自分の隠れ家は、勝庵どののおかげをもって少しも変らなかったが、松むらは消えた)

片桐宗春は、三年の歳月を、ここに見た。

宗春の推測は、やはり当っていた。

飛鳥明神社の横手にならぶ茶店の一つが、ちょうど店を開けているところだったので、宗春は、

「冷酒《ひや》でよいから……」

注文をし、茶店の老婆に、それとなく〔松むら〕のことを尋ねると、

「去年の暮れに、火を出しましたのでございますよ」

とのことであった。

この火事の後で〔松むら〕の主人は、商売に嫌気がさし、故郷の常陸《ひたち》・神岡《かみおか》へ引きこもってしまったそうな。

では〔松むら〕の抱え女郎たちは、どうなったのか。

片桐宗春は、そこまで深く尋ねなかった。

そのようなことをして、

(かえって、怪しまれては……)

それもあり、いずれにせよ、おたみの消息は絶えたといってよい。

「ちょうど、その晩に、松むらさんで、ひょんなことが起きましてねえ」

「火事があった晩に？」

「へえ、抱えの女郎衆がひとり、殺されたのでございますよ」

「だれに？」

「客が殺したのだそうで。ひどいことをするじゃあございませんか」

宗春の胸がさわいだ。

殺された女というのは、

(もしや、おたみでは……？)

と、おもったからだ。

こうしたときの、宗春の勘のはたらきは、よく適中する。

「何という女が殺されたのだね？」

「おや、まあ……」

老婆は、にやりとして、

「旦那は、前に、よく松むらへおいでになったのでございますね」

「……」

　これだから、うっかりと物を尋ねることができない。

　宗春は、たちまちに好奇の色を皺《しわ》だらけの顔に浮かべた老婆へ軽くうなずいて見せ、茶わんの酒には口をつけぬまま、勘定をすませた。

「さあ、何という女郎衆だったか……たしかに、名前は聞いたおぼえがございますが、どうも、おもい出せません」

　老婆は、そういいながらも、宗春の姿をながめまわし、

「殺した客は、そのまま、逃げてしまって、とうとう捕まらなかったそうでございます」

「ほう……」

「それでねえ、旦那……」

　宗春は、老婆に微笑を投げておいて、茶店を出た。

　出て、片桐宗春は檜笠をかぶり、一、二歩と足を踏み出したが、一瞬、凝然《ぎょうぜん》となった。

　通新町の方向から、坊主頭の、一見《いっけん》町医者ふうの男が、こちらへ歩んで来るのを見たからだ。

（似ている……）

顔だちが宗春に似ているばかりではなく、その姿、その歩みぶりが、

（前に何処かで見たような……）

男だと、宗春は感じた。

（もしや、この男に、三年前の自分は間ちがわれたのではないか？　そうだ。それにちがいない）

通新町の魚屋〔魚定〕の女房が、宗春と見間ちがえ、声をかけたのも、この男に相違ない。

魚定の店は、目と鼻の先にあるといってよい。

立ちどまった宗春の顔は、笠の内に隠れて見えぬ。

しかし、男は宗春の姿に、ただならぬものを感じたらしく、はっと身を引き、宗春へ鋭い視線を射《い》つけた。

宗春の右手が、そろりと笠の紐《ひも》へかかった。

かかったが、そのままで紐を解こうとはしない。

（自分の顔を、この男に見せたなら、どのような顔をするだろうか？）

ためしてみたかったのだが、おもいとどまったのは他でもない。

（もしも、自分の顔を見せたなら、どのような難儀が降りかかってくるやも知れぬ）

江戸へもどったいま、片桐宗春がのぞむのは、日々の平安である。

男は、右頰の傷あとを袖口《そでぐち》でおおうようにし、宗春をにらみつけながら、じりじりと、まわり込むようにして入れちがった。

ついに、宗春の顔を見ることなく、男は小塚原の通りへ去った。

その後から、宗春も小塚原の通りへ出てみた。

男の姿は、もう何処にも見えなかった。

(素早いやつ……)

医者の風体をした男は物陰にひそみ、何処からか宗春をうかがっているやも知れぬ。

荒川を下って来る川越荷舟《かわごえにぶね》の船頭が唄う千住節《せんじゅぶし》が、まだ静かな小千住の道まで、朝風にのってきこえてきた。

千住女郎衆は、碇《いかり》か綱か
今朝も二はいの船とめた

片桐宗春は、身を返した。

六

いったん、隠れ家へもどり、朝餉をすましてから、宗春は根岸の吉野屋の寮へ向った。

（あの男のことを、勝庵どのに告げたほうが、よいか、どうか……？）

畑道を、ゆっくり歩みつつ、

（告げるとすれば、三年前に江戸を発った朝、三人の曲者が自分の隠れ家を襲ったことも語らねばなるまい。それをいえば、勝庵どのに、また心配をかけることになりはすまいか……？）

だが、あの男は、その風体から推してみて、どうも町医者らしい。あるいは、町医者になりすまして、

（何やら、怪しげなことをしているのではあるまいか？）

そうなると、これから先も油断はならぬ。

宗春をよく見知っている魚定の女房でさえ、見まちがいをしたほどなのだ。

（しかも……）

あの男は、この界隈《かいわい》を、うろつきまわっている。

（この近くに、棲んでいるのか？）

それも、わからぬ。

（さて、どうしたものか？）

思案がまとまらぬままに、片桐宗春は吉野屋の寮に着いた。

「これはまあ、お運び下さいまして恐れいりましてございます。いま、勝庵先生のとこ

ろへ、お知らせにあがろうとしていたのでございますよ」

と、女中のおむらがいった。この女中は、三年前にも吉野屋の寮にいた中年の女だ。

老僕の喜十《きじゅう》も同様である。

「何か、あったのか？」

「はい。いえ、あの、てまえどものあるじに急用ができまして、いましがた、池之端の店へ帰りましたのでございます」

「あ、さようか」

「すぐに、お知らせをするようにいいつかりまして、喜十さんが、いま、此処を出ようとしていたのでございます」

「わかった。では、これで……」

「あの、先生。あるじは明日の夜に、こちらへもどってまいりますそうで」

「うむ」

「それで、明後日に、ぜひとも先生に来ていただきたいと、こう申しておりますのでございます」

「よろしい」

「まことに、ありがとう存じます。あるじは、先生が江戸へおもどりなすったというので、大変なよろこびようなのでございます。どうか先生、これから先、あるじの躰のことを、よろしく、お願い申しあげます」

おむらは、額を擦《す》りつけんばかりに頭を下げた。よほどに、あるじおもいの女らしい。

宗春は、寮を後にした。

（あ、そうだ。旅の薬入れを持ってくるのを忘れていた……）

吉野屋清五郎に修理をたのむつもりだったのだが、やはり、宗春は自分によく似た男を見たことで、一種の衝撃を受けていたのであろう。

（それにしても、自分は、あの男を前に何処かで見ているような気がしてならぬ）

だれであったろう。先刻から、おもい出そうとしているのだが、どうしても頭に浮かんでこないのだ。

見たことがあるような……というのは、顔のことではない。

あの男の姿だ。その歩みぶりだ。

何年か前に、何処かで、あの男が歩行中の後姿を見たような気がする。

それだけの印象が残っているということは、宗春と何やらの関係があった男なのではあるまいか。

（はて……わからぬ）

滑川勝庵宅へ立ち寄ると、勝庵も白石又市もいなかった。

二人して、何処かへ往診に出たらしい。

以前から、家を開け放しにして二人が出て行くことはめずらしくない。

宗春は中へ入り、勝庵の居間で、勝手に茶をいれてのんだ。

朝のうちは晴れていたが、いまは風も絶え、どんよりと曇った空模様になってきている。

茶を一杯のんだだけで、宗春の額に汗がにじんで来た。

隠れ家へ帰って水でも浴び、

（出直して来よう）

宗春は立ちあがった。

蒸し暑い畑道を歩むうちに、宗春の躰から汗がふき出してきた。

めったに汗をかくことがない宗春であったし、妙に疲れを感じ、

（旅の疲れが、まだ、とれぬのか……）

水を浴びたら、昼寝をして、夕刻に勝庵を訪ねよう、などとおもいながら、隠れ家を包む木立の中へ入って行った。

木立を抜け、宗春は石井戸の傍まで来て、

（だれかいる……）

ぴたりと、足をとめた。

台所の戸は閉ざされていたが、窓は開いている。

窓の戸は、宗春が家を出るとき、たしかに締めたはずであった。
その窓が、開いている。
しかも、台所の内から、何やら小さな物音が聞こえた。
まさに、何者かが台所へ入り、
（何か、している……）
のである。
（あ……）
台所の内で、水音がきこえたようにおもった。
宗春は、身じろぎもせぬ。
また、水の音がした。
今度は、はっきりときこえた。
これは、おかしい。
自分を兄の敵《かたき》とつけねらっている堀内源二郎一行の仕わざとはおもえぬ。
宗春は、あたりを見まわした。
怪しげな気配は、少しも感じられなかった。
宗春が草履《ぞうり》をぬぎ、足袋跣《たびはだし》となった。
そして呼吸をとめ、台所の窓のわきへ身を寄せた。

そっと顔を出して、窓から中を見た。
薄暗い台所で、何か、白いものがうごいた。
（何であろう？）
一度、引き込めた顔を、また出して、中を見た。
人がひとり、台所にいた。
女だ。
女がひとりで、双肌《もろはだ》をぬぎ、髪を洗っているではないか。
これには片桐宗春、おどろかざるを得ない。
女の顔は見えぬ。
屈《かが》み込んだ女が、前にたらした長い髪を、櫛《くし》で梳《す》いているのであった。
（私は、家を間ちがえているのではないのか……？）

炎天

一

片桐宗春は、あたりを見まわした。

間ちがいはない。まさに、三木家の隠居所なのである。

また、窓へ顔を寄せて見た。

女は、うつむいたまま、まだ髪を梳いているので顔はさだかでない。

窓の傍をはなれた宗春は、腕を組み、凝《じっ》と考えている。

台所内の水音も絶えた。

もう一度、あたりを見まわしてから、宗春は台所の外へ、ゆっくりと歩んで行った。

そして、台所の戸を引き開けた。髪を梳く女の手がとまったが、依然、うつむいたままだ。

宗春は後手《うしろで》に、台所の戸をしめて、

「あなたは、いずれのお人か?」

女に、声をかけた。

髪を背へまわし、女が顔をあげた。

薄暗い台所の内でも、夏の日中のことである。

女の顔は、はっきりと見えた。

片桐宗春の左手から、薬籠《やくろう》の包みが土間へ落ちた。

立ちつくしたまま、宗春は声も出ない。

女は、むしろ、挑みかかるような眼の色になってい、妙に、しわがれたような、押しつぶされたような低い声で、

「夏目小三郎さま……」

と、宗春が侍だったころの名でよびかけ、

「私が、おわかりになったようでございますね」

と、いった。

「初乃《はつの》……」

「いまは、吉野屋清五郎の妻、お初でございます」

「う……」

これには、おどろいた。

いや、お初を見たときのおどろきよりも、このほうの衝撃が鋭かったといってよい。

「よしのや……」

「はい」

二人の、男と女の眼と眼が合い、双方の視線は空間で打ち当って、音にはならぬ響《ひびき》を宗春とお初の耳につたえた。

二人とも、うごかぬ。

宗春の額が、汗に濡れてきた。

そのとき、お初が、

「おうらみに存じます」

切りつけるように、いった。

「あのときの、私が、京都屋敷を逃げた事情は知っていよう。知らぬはずはない」

「ならば何故、金子房之助《かねこふさのすけ》さまをもって、私に、連絡《つなぎ》をつけて下さらなかったのです？」

「なに……？　私は、金子に、お前への言付けをたのんだぞ」

「いえ、聞きませぬ」

「それは、おかしい」

「………」

一瞬、お初の両眼に戸惑いの色が浮かんだのを、宗春は見逃さなかった。

金子房之助というのは、当時、片桐宗春と同じ篠山藩士で、京都屋敷に詰めており、宗春とは親友であった。

そこで宗春は、脱走して京都に潜伏しているとき、密かに人を差しむけ、金子を下鴨の糺《ただす》の森へ呼び出し、その後の様子を尋ねると共に、初乃への言付けもたのんだのだ。

堀内源二郎が、二名の藩士の助太刀を得て、宗春を追うことになったと聞いたのも、このとき、金子房之助の口からであった。

初乃は、京都藩邸にいた軽い身分の侍で、平山友七《ひらやまともしち》のむすめであった。兄は亡父の跡をつぎ、いまも篠山藩・青山家に仕えているはずだ。

「私は、あのとき金子房之助に……」

いいかけるや、初乃、いやお初が、

「あ、お待ち下さいまし」

「え……」

「過ぎ去ったことは、取り返しがつきませぬ」

にっと笑ったものである。

お初の言葉づかいは、江戸の女になりきっていた。

双肌《もろはだ》ぬぎとなった両の乳房を隠そうともせず、お初は、また宗春を見つめた。

いままでの眼の色とはちがう。何か妖《あや》しいものをふくんだ眼は、何を語りかけようとしているのであろう。

ふっくらと盛りあがった乳房にしても、肉の充ちた肩のあたり、腕のつけ根など、小娘だったころのお初の面影は何処にもない。

台所に、髪を洗ったばかりの、なまなましい女のにおいが立ちこめている。

「此処《ここ》が、よく、わかったな」

「吉野屋の寮から、後をつけました」

「ふうむ……」

「小三郎さま……」

ささやくように、よびかけたお初が、すっと台所から居間のほうへあがり、境いの障子の陰へ右肩を隠し、

「借りを、返して下さいまし」

と、ささやいてよこした。

左肩から、左の乳房を宗春の眼にさらしたまま、お初は、右半身を障子の陰へ隠した。

借りを返せとは、何を意味しているのであろうか……。

障子の向うで、お初が帯を解く気配がした。

お初の全身が見えなくなった。

そのうちに、障子の裾から、何か出て来た。

お初の、脚であった。

台所よりも薄暗い居間の空間に、白い脚が浮いているように見える。

その足の親指には、ちからがこもっていた。

息づまるような沈黙がきた。

片桐宗春は、くるりとお初に背を向け、しずかに台所から出て行った。

二

このところ吉野屋清五郎は、きげんがわるい。

あの日、急の商用ができて、根岸の寮から池之端仲町の店へ帰ったが、女中のおむらへ片桐宗春への言付けをいいつけておいたように、翌日の夜には寮へもどった。

ところが翌日、宗春は寮にあらわれなかった。

つぎの日も、あらわれぬ。

たまりかねて、三ノ輪の滑川勝庵宅へ女中を走らせると、

「宗春先生は、急用ができて、水戸へまいりました」

とのことだ。

「いずれ近いうちに帰ってまいりましょうから、そのときはすぐに寮のほうへうかがうとおもいます。なれど、ぐあいがわるいようならば、うちの先生がいつでもまいりますよ」

医生の白石又市が、そういったというが、吉野屋清五郎は、

「いやいや、それでは待とう。宗春先生でなくては、診てもらった気がしない」

すぐに、池之端の店へ帰って来てしまった。

それから、五日たっている。

宗春が帰府したときは、すぐに寮から知らせて来るはずだが、いまだに音沙汰《おとさた》がない。

「いったい、宗春先生は水戸へ何をしにおいでなすったのだろう。何も、水戸くんだりまで病人を診においでなさることはないじゃあないか。今度、お帰りなすったら、あの先生を片時も、はなすことじゃあない」

などと清五郎は、養子の佐太郎《さたろう》へ、しきりにこぼすのである。

「よろしゅうございます。まだ一度も、お目にかかってはおりませんが、今度は私が宗春先生に、じっくりとおはなしをして、旦那の……いえ、お父さんのそばへ、つきっきりにしていただきましょう」

打てばひびくように、佐太郎が清五郎にいう。

いま、佐太郎が養父のことを「旦那……」といいかけたのは、つい一年ほど前までは、吉野屋の番頭であったのだ。

吉野屋には、大番頭の吉右衛門《きちえもん》の下に二人の番頭がいた。その末席にいたのが佐太郎だ。

佐太郎は、一昨年の春に、二十五歳の若さで手代《てだい》から番頭に昇進したとおもったら、ついで去年の夏、吉野屋清五郎の養子となった。これには、

「開《あ》いた口が、ふさがらなかった……」

大番頭がいったように、これは店の奉公人たちにとっても、実に意外なことであったようだ。

いずれにせよ、吉野屋清五郎が見込んだほどの男ゆえ、佐太郎の才能は、感覚が古びた古狸《ふるだぬき》の大番頭なぞの、

「およぶところではない」

のである。

色白の、ぼってりとした躰つきで、鼻すじが低い佐太郎の、小さな眼には、ほとんど表情がない。

手代のころから、

「佐太郎どんは、いったい、なにを考えているのか、わからないところがある」

と、同輩が陰でうわさをしていたそうだが、佐太郎の研究熱心は大変なもので、主人の清五郎も、みずから京都や長崎まで仕入れにおもむくときには、かならず佐太郎に供をさせたものだ。

清五郎にいわせると、

「佐太郎は、かゆいところへ手がとどくように、はたらいてくれるのだそうな。

佐太郎を養子にしたほどだから、吉野屋清五郎には、子がない。

いや、二人の男子が病死した妻との間に生まれたのだけれども、いずれも早死をしてしまった。

二人の子を生んで、病身だった妻も、おとろえが早く、子たちの後を追うように、この世を去ったのである。

その後、清五郎は後妻を迎えなかったが、五年ほど前に、お初を囲いものにし、ついで、佐太郎を養子にする少し前に、正妻に直したのであった。

「旦那のなさることは、何が何だか、さっぱりわからない」

と、これも大番頭・吉右衛門が洩らした言葉だ。

お初は、浅草・今戸の妾宅《しょうたく》に住み暮していたが、正妻になると同時に、池之端の本宅(店)へ引き移って来た。

「あんな女を、本妻にするなどとは、もってのほかだよ」

ぶつぶついっているのは吉右衛門だけで、いまは、お初の悪口をいう奉公人は一人もいないようだ。

お初は無口だが、いかに軽い身分だとはいえ、侍のむすめに生まれただけに、どことなく威厳があり、それでいて、万事に行きとどく。

本宅には、先代から居ついている、おかねという老女中がいて、お初が来たときには、事毎《ことごと》に反撥したものだ。

ところが、いつであったか、おかねが風邪をひき、高熱を発して寝込んだとき、なんと、お初が五日の間も付ききりで看病にあたり、夜も眠らなかった。

これで、おかねの、お初に対する態度はがらりと変った。

いまのおかねは、お初にとって〔忠義者〕になってしまっている。

こうなると、他の奉公人が同じような眼で、お初を見るのは当然だ。

何となれば、おかねも奉公人だからである。

自分たちと同じ奉公人を、五日も徹夜で看病してくれる主人の妻に、彼らが感動しないわけがない。

そのようなお初が、店のことには、いっさい口出しをしない。

口数も少く、何処にいるのだかわからないようでいながら、商家の妻として、するべきことは、いつの間にかきちんとしているのだ。

お初と吉野屋清五郎は、どのようにして知り合ったのか……。

いずれは、そのことにもふれなくてはなるまいが、いまは吉野屋が、篠山藩・青山家出入りの袋物屋であることのみをいっておこう。

それよりも……。

吉野屋清五郎は、せっかく、お初を正妻に直したというのに、なぜ、佐太郎を養子にしたのであろうか。

三十前のお初なら、子を産めぬことはない。

近い将来、養子・佐太郎が妻を迎え、その間に生まれた子が吉野屋をつぐとなれば、大番頭がいうように、

「吉野屋の血すじは、絶えてしまう」

ことになる。

大番頭が「旦那のなさることが、さっぱりわからない」というのは、このことなのか。

「さっぱり、わからないのは、大番頭さんだよ」

と、手代たちが、

「考えてもごらん。うちの旦那は、たしか、六十を一つか二つ、こえていなさるのだよ。もう子種はないやね」

陰で、苦笑しているらしい。

さて……。

吉野屋清五郎が、

「佐太郎。御苦労だがお前、ちょいと三ノ輪の滑川勝庵先生のところへ行っておくれでないか」

「はい。宗春先生が、江戸へおもどりになったかどうか、それを……」

「そうそう、そのこと」

「かしこまりましてございます」

すぐに、佐太郎は店を出て行った。

その日の昼下りに、片桐宗春は、浅草《あさくさ》の浅草寺《せんそうじ》境内で、参詣《さんけい》の人ごみにもまれていた。

夏の日ざかりとはいえ、浅草寺の一帯は、江戸屈指の盛り場である。

江戸時代は、寺院や神社の周辺が盛り場であり、参詣と行楽が一つになってい、現代になっても、その名残りは、いたるところに残っている。

宗春が、好みにあつらえた軽い笠をかぶっているのは、いつものとおりだが、今日は羽織もつけず、短刀も帯びていない。

そのかわりに、竹の杖をついている。

遠くから見ると、宗春の年齢には見えぬ。しかも、ゆっくりゆっくりと歩んでいるものだから、老人のように見えぬこともない。

参詣をすませた宗春は、境内の奥の〔奥山《おくやま》〕とよばれている辺りにある亀玉庵《きぎょくあん》という蕎麦《そば》屋へ入って行った。

亀玉庵の奥座敷は、いつもしずかで、西にひろがる浅草田圃《たんぼ》を見ながら、酒を酌むのが好きな宗春であった。

今度、江戸へもどってからは、今日、はじめて亀玉庵へ来た宗春だが、

(ここは、三年前と少しも変っておらぬ)

ほっとした面もちとなり、ゆっくりと、三本の酒をのみ、蕎麦を口にしてから、亀玉庵を出た。

今日も好晴だが、涼しい風が吹きながれ、まことにしのぎよい。

浅草寺境内を出た片桐宗春は、大川(隅田川)に沿った道を南へすすむ。

少し行くと材木町へ出て、そこの河岸から〔竹町の渡し〕とよぶ渡し舟が、対岸の本所へ往復している。

この渡し舟に乗り、宗春は大川を本所へわたった。

件《くだん》の隠れ家や勝庵宅とは、まるで方角がちがう。

三

その後も、閑清堂《かんせいどう》・吉野屋清五郎のもとへ、片桐宗春が江戸へ帰って来たという知らせがなかった。

「今度、宗春先生がお見えになったら、何としても此処《ここ》へお連れ申し、お前さんを引き合わせたいとおもっているのに、いったい、水戸くんだりで何をしていなさるのだろうねえ」

吉野屋清五郎が妻のお初にいうと、お初は幽《かす》かな笑みをたたえた顔をうつむけたまま、黙っていた。

このところ、清五郎は多忙をきわめている。

袋物屋と一口に言っても、吉野屋ほどの店の主人になると、秋ぐちからの新製品の意匠に工夫を凝らし、それを職人へまわして造らせたり、上方《かみがた》へ行って新商品を仕入れたりしなくてはならず、

「では、行ってまいります」

養子の佐太郎は、二番番頭の藤三郎《とうざぶろう》と共に、京都へ向った。

一年前までの佐太郎は、藤三郎の下の三番番頭だったのだが、いまは藤三郎のほうから、

「若旦那」

と、よばなくてはならぬ。

「たのみましたよ、佐太郎。私はね、六十をこえて長旅《ながたび》はむりになってきた。お前さんには、みっちりと仕込んでおいたから心配はしていないが、世の中のながれ、流行《はやり》の移り変りを、うっかりと見のがしていると、大変なことになりますからね」

「はい」

現代から二百二十年ほど前の当時は、新幹線に乗れば三時間ほどで京都へ行ける世の中ではない。江戸から京都までは東海道を百二十五里余。約半月も歩きつづけ、ようやくに到着をしたのである。道中の危険も現代の比ではなかったのだ。

老人となった吉野屋清五郎が、旅行をきらうようになったのも当然であろう。

また、こうしたときが、いずれは来ることを予期し、清五郎は佐太郎をきびしく仕込んできたのであった。

もっとも、上方へ仕入れに行くのは毎年のことではない。二年に一度か、三年に一度である。

閑清堂・吉野屋の袋物には、多くの愛好家がいる。

篠山藩主・青山下野守も、その一人だ。下野守などは殿様だから、日常に財布や紙入れを使用するわけではないのだが、

「閑清堂の革細工《かわざいく》は意匠がすぐれ、見ているだけにてもたのしみじゃ。今度は、このようなものをあつらえるように」

みずから、図面を描いてわたすこともある。

そのときは、鍛冶橋《かじばし》の江戸屋敷で小納戸《こなんど》の下役をつとめている、お初の兄の平山丈《じょう》助《すけ》から吉野屋清五郎へ呼び出しがかかる。お初が正妻になってからは、清五郎が病気のときなど、そのかわりに篠山藩の江戸屋敷へ行き、兄の口から注文を受けることもある。兄の平山丈助は、三年ほど前から江戸屋敷詰めを命じられ、京都屋敷から移って来ていたのだ。

「ともかくも今日は、私が行って、いったい、どんな様子なのか、たしかめて来よう」

吉野屋清五郎は駕籠《かご》の用意をさせ、

「お初。それでは行って来ますよ」

「お早く、お帰りを」

夫の清五郎の口から、片桐宗春の名前が出ても、お初は瞬《まばた》きもせず、平然たるものであった。

その日の昼すぎに、清五郎は、滑川勝庵宅へ駕籠を急がせた。

「これは吉野屋どの。わざわざのお運びでおそれ入る。片桐宗春どのは、まだ水戸からもどりませぬ」

「何故、お帰りがのびているので？」

「さあて……」

と、勝庵がくびをひねり、

「わかりませんなあ。いずれにせよ、近いうちに江戸へもどってまいりましょうよ」

「どうも、何やら、たよりないことでございますねえ」

「さほどに宗春どのが、お気に入りましたか？」

「はい。勝庵先生の前で、このようなことを申しあげるのは、まことに失礼なのでございますが……」

いいさした吉野屋清五郎が、かたちをあらためるようにして、

「宗春先生は、お医者さまというよりも、何と申しましょうか、私にとって、先行き何かと相談事もできるようなお方と存じまして……あの方は、無欲の方でございます」

「ほう。宗春どのを、そのようにおもわれますか」

「はい。なればこそ、宗春先生とは、いま少し、親身のおつきあいが願いたいと、かように存じておりますので」

そういった吉野屋清五郎が、真剣な目差《まなざ》しとなっているのを、滑川勝庵は見のがさなかった。

「なるほど、よくわかりました。宗春どのが帰府したときは、よく申しつたえましょう」

「宗春先生は、水戸の、どちらにおいでなのでございましょう」

「さ、それがわからぬ。あの人《じん》は、いささか変ったところのある人でな。おもいたつと、すぐに何処かへ出て行ってしまう。三年前に江戸から出て行ったのも、それなのですよ」

「ははあ……」

「ま、もう少し御辛抱《ごしんぼう》下さい」

「江戸でのお住居《すまい》は、この近くなのでございますか？」

「まあ、その……一月《ひとつき》のうちの半分は、私のところに寝泊りをしておりますがね」

「では、まだ独身《ひとりみ》なのでございますか？」

「さよう」

「それはいけませぬ。不肖《ふしょう》ながら、この吉野屋が、よい御内儀《おないぎ》をお世話いたしましょう」

その言葉も、口先だけのものではないことが、よくわかる。

滑川勝庵は、

「は、はは……さて、どんなものですかな」

こたえはしたけれども、気が重くなってきた。

宗春は勝庵に、お初のことはいわなかったが、

「どうも、吉野屋主人の治療は気がすすまぬので、しばらく何処ぞへ隠れていたい」

と、いい出て、勝庵の手配により、三木家の隠れ家を留守にしているのだ。

（なるほど、吉野屋が、このように若先生をおもっていたのか。そのため、人の目を避けねばならぬ若先生が面倒になってきたのであろう）

勝庵は、納得が行った気がした。

吉野屋清五郎が帰った後で、滑川勝庵は白石又市をよび、

「おれは、これから若先生の様子を見て来る。後をたのむよ」

「行っていらっしゃい。お泊りになってきても結構ですよ」

「そうなるやも知れぬ」

勝庵は湯殿で水を浴びてから、身仕度にかかった。

四

古くは武蔵国《むさしのくに》・南葛飾郡《みなみかつしかごおり》・寺島村《てらじまむら》といえば遠い田舎のような気もするが、現代の東京都・墨田区の内である。

江戸時代の、このあたりは、まったくの田園地帯といってよく、大川のほとりの神社、仏閣にも、それぞれに伝説や由来があり、美しい景観の中に風雅な料理屋などもあって、江戸人《びと》が最も好む土地であったといえよう。

その寺島村の法泉寺《ほうせんじ》という寺の東側に散在する百姓家の一つへ、滑川勝庵が入って行

った。

勝庵は、町駕籠で三ノ輪から小千住をぬけ、山谷《さんや》、今戸《いまど》まで来て駕籠を乗り捨て、渡し舟で大川をわたり、寺島村へ来たのである。

前に、片桐宗春が浅草から渡し舟で本所へわたったと書いたが、もしも後をつけて来る者があるならば、その尾行を絶ち切ることができる。尚も、舟の中まで大胆に入って来れば、その乗り降りする様子で、宗春や勝庵の目は、たちどころに尾行の有無を看破してしまうであろう。

現に……。

町駕籠から降りた滑川勝庵が、今戸の渡し舟へ乗り込むのを見て、

「ちえっ……」

物陰にいた若い男が舌打ちをした。

こやつは、勝庵の三ノ輪の家を見張っていて、後をつけて来たのだ。

男は、おもいきって勝庵の後から渡し舟へ乗り込もうとしかけたが、やはりだめであった。

大川をわたる舟の中で、勝庵の大きな眼で見られても、平然としているだけの自信がなかったにちがいない。

細面《ほそおもて》で、骨張った躰つきの、この男の名は新助《しんすけ》といって吉野屋の手代《てだい》である。

商家の手代は、番頭（支配人）と小僧（小店員）の中間にいて、いそがしく立ちはたらく。

お初が、この今戸あたりの家に囲われていたとき、本宅の吉野屋清五郎との連絡《つなぎ》をつとめていたのが新助であった。

こうしたわけで、お初が本宅へ入り、吉野屋の妻となってからも、新助は何かと、お初のために用事をすることが多いようだ。

新助は、駕籠をひろって池之端の店へ帰って来た。

お初は、居間にいた。

清五郎は、勝庵宅の帰りに根岸の寮へ立ち寄り、

「今夜は、こちらへ泊る」

と、老僕の喜十が、先刻、店へ知らせに来た。

「ただいま、もどりました」

新助が居間の外の廊下から声をかけると、

「新助か、お入り。旦那さまは今夜、根岸へお泊りだそうな」

「さようでございますか。へえ、ごめん下さいまし」

居間へ入って来た新助が、

「おかみさんがおっしゃいましたとおりでございました」

「そうかえ、では、うちの旦那が帰ったあと、やはり、勝庵先生が外出《そとで》をなすったのだね？」

「そうなんでございます」

新助は声をひそめ、膝《ひざ》をすすめてきた。

お初と新助は、かつて、囲い者と連絡の役目という間柄だっただけに、一種の親密感が生じている。

むろんのことに、お初は毎月、そっと新助に少なからぬ小づかいをあたえているし、彼の将来についても、

「私が旦那さまに申しあげて、お前のことは、うまくはからってあげるから……」

そういってある。

今年、二十歳になる新助は、お初にとって、

「またとない忠義者」

なのである。

滑川勝庵が渡し舟で大川をわたって行ったと告げた新助が、

「渡し舟の中までは、どうもつけきれません。もしも、わかったときは……」

「そうだねえ」

「申しわけございません」

「いいえ、よくやっておくれだった。わかっているだろうが、今日のことは、だれにもいってはいけませんよ」

「承知しております」

「これを……」

小粒の金包みをわたして、お初が、

「さ、早く、しまっておしまい」

「はい」

「勝庵先生は、大川をわたって行きなすった……」

「さよでございます」

「ふむ……」

空間の一点へ視線をとめ、しばらくは押し黙っていたお初が、

「新助。今日はもういい。ありがとうよ」

「はい。では、これで……」

ちょうど、そのころ……。

寺島村の百姓家で、片桐宗春は滑川勝庵と酒を酌《く》みかわしていた。

この百姓家には、福松《ふくまつ》という老爺が一人で住み暮している。

福松は、勝庵の亡父・滑川元敬《げんけい》のもとで、長らくはたらいていた下男であった。

元敬の死後、福松の兄も病死したので、実家へもどったわけだが、すでに女房も亡くなり、一人息子は神田明神下の薬問屋へ奉公に出ている。

早くに母をうしなった滑川勝庵は、福松の女房で、ともに滑川家の奉公人（女中）だったおひでに育てられたようなものだ。

それだけに、勝庵と福松は絶対の信頼感でむすばれていた。

片桐宗春が、

「しばらく、他所《よそ》へ移りたい」

と、いい出たので、勝庵は、すぐさま、福松の家へ移したのである。

三木家の隠れ家は、そのままにしてあり、宗春が帰るのを待っている。

「若先生よう」

と、福松が勝庵をよぶ。

福松にとっては、いつまでも滑川元敬が〔大《おお》先生〕であり、勝庵は〔若先生〕なのだ。

「酒の肴《さかな》は、こんなものしかねえが、いいかね？」

福松は、茄子《なす》の糠漬《ぬかづけ》に溶《と》き芥子《がらし》をそえたのを、酒と共に出した。

このあたりの茄子は小ぶりで、俗に〔寺島茄子〕とよばれ、料理屋が使うほどなのだ。

「いいとも。爺《とっ》つぁんは、茄子はおれの大好物だと知っているだろう」

と、勝庵。

福松の家は、三間に台所という小さなものだが、片桐宗春は奥の八畳間を居室にしていた。

夕闇が濃くなってきている。

「ま、ゆっくりやってくんなせえよう」

福松は、しわの深い顔をほころばせ、

「あ、そうだっけ」

二人は、その部屋の縁側で、涼風《すずかぜ》をたのしみつつ、酒をのみはじめた。

「若先生。今日、吉野屋の主人《あるじ》が見えましてな。一日も早く、あなたにお目にかかりたいと、それはもう、大変におもいつめているようで……」

「ふうむ……」

宗春は、お初のことを滑川勝庵に語っていない。

（おもいきって、勝庵どのに打ちあけてしまったほうがよいのではあるまいか。このままだと、却《かえ》って心配をかけることになる）

そうはおもっても、事が事だけに、ためらわざるを得ない宗春であった。

「若先生は、吉野屋の主人がおきらいですか？」

「いや、きらいではない。むしろ、どちらかといえば、気が合うほうでしょう」

「それなら、なぜ？」

「自分でも、よくわからぬのだが……」

「ふむ、ふむ」

「なんとなく……」

「吉野屋の主人に深く関わると、面倒な事が起るような気が、せぬでもないのです」

「なんとなく？」

五

片桐宗春は、吉野屋が篠山藩の江戸屋敷へ出入りをしている商人だとはおもっていない。

それだけに、

（初乃が、江戸へ来ていて、しかも吉野屋の妻女になっていようとは……）

その変貌《へんぼう》のはげしさにおどろいたわけだが、初乃が三木家の隠れ家へ忍んで来て、双肌ぬぎとなり、髪を洗っているのを見たときには、声も出なかった。

宗春の知っている初乃は、十八の娘であった。

初乃の実家の下女を手なずけ、京都の北野天満宮の境内にある風雅な料亭へさそい出し、三度ほど抱いた。

初乃は、同じ京都屋敷の長屋に住み暮す宗春を、かねて憎からず想っていたにちがいない。

すぐに、処女の肌身をゆるしたが、強いはじらいのうちにも、宗春に抱かれたいと願う、ひたむきな様子に、はじめは遊びごころが半分であったのだが、

（初乃を、妻に迎えてもよいな）

宗春の心が傾き、それが決意に変ったころ、堀内貫蔵との決闘という事件が突発したのである。

当時の片桐宗春は、亡父・宗玄の遺金《いきん》がたっぷりとあったし、少し前に病死した養父・夏目彦右衛門にも相応の遺金があったものだから、剣術の稽古もよくしたが、大いに遊びごとにもはげんだ。

なればこそ、却って、初乃に心をひかれたのやも知れぬ。

その初乃が、別の女のように肉の充ちた白い裸身を横たえ、

「借りを返して下さいまし」

と、いったのだ。

いまは吉野屋の妻である身が、である。

男と男の、十年ぶりの再会は、さほどの変化をもたらさない。

だが、男と女の十年は、まったくちがうのだ。

（いまの初乃は、むかしの初乃ではない。私の知っている初乃とは別の女……）

とたしか、おもえぬ。

（初乃は、私に出合ったことを、篠山藩の江戸屋敷へ告げるだろうか？）

まさか、そこまではすまい。

初乃は「おうらみに存じます」といったが、あの事件で、宗春が後《うしろ》めたいおもいをすることは何一つないのだ。

しかし、事件が宗春と同様に、初乃の運命を狂わせてしまったことは事実だ。

初乃は当時、京都屋敷にいたのだから、片桐宗春の立場を、よく理解してくれたはずではないのか。

この十年、逆《さか》うらみの堀内源二郎一行に追われてきた宗春は、篠山藩の現状を、まったく知らぬ。

（私は、もう、追って来るやつどもを怖れはせぬ。見つけられたら、いさぎよく斬り合って死んでもよい）

今度、三年ぶりに江戸へもどってからは、われながら、ふしぎなほどに、

（追われる身の……）

不安が消えてしまっている宗春であった。

ただ宗春は、初乃との再会の衝撃が、あまりにも強烈だったので、戸惑っているのである。

しかも、吉野屋清五郎という人物が自分と初乃の間に存在することで、なおさらに宗春は、吉野屋への接近がためらわれた。

いかに変貌した初乃といえども、夫の清五郎に、宗春との過去を告げることはあるまい。

「ともかくも、あれほど若先生に会いたがっているのですから、一度だけでも根岸の寮へ行ってやったらいかがです」

初乃とのことを知らぬ滑川勝庵は、しきりにすすめる。

この上、尚も片桐宗春が顔を見せぬとあれば、吉野屋は何度でも訪問して、

(勝庵どのを困らせるにちがいない)

十年前の初乃への想いは、先日の再会で、すっかり醒《さ》めてしまった宗春だが、

(吉野屋が、どのようにして初乃を知ったのか、それを突きとめてみるのも、おもしろいではないか)

しだいに宗春の胸の内に、そのおもいが強くなってきた。

(星が合うというのか……)

宗春は、吉野屋清五郎に好感を抱いている。

翌朝、滑川勝庵は帰って行った。

宗春は、大川の対岸の浅草・今戸への渡し場まで、勝庵を見送りに出た。

勝庵を乗せた渡し舟が、今戸へ着くまで、宗春は渡し場に立っていた。

渡し舟を降りた勝庵が、それに気づいて手を振る姿が豆粒のように見えた。

今日も、暑くなりそうだ。

朝露に濡れた草道を、百姓・福松の家へ帰って来ると、福松が家の前の道で、女と立ちばなしをしていた。

女は、前かけをしめ、きちんとした身なりをしているが、素人ではない。

福松老人は、この近くの料理屋〔大《おお》むら〕へ野菜を売っている。

その〔大むら〕の女中なら、ぴたりとする女の姿であった。

片桐宗春が近づいて来るのを知って、福松が、

「お帰りなせえまし」

宗春に声をかけた。

女も振り向いた。

振り向いた女が、

「あっ……」

小さく叫ぶのと、宗春が、

「おお……」

目をみはって声をあげるのとが、同時であった。

六

その日の夜に、下谷・坂本二丁目の軍鶏鍋屋《しゃもなべや》〔桜屋《さくらや》〕の二階座敷で、三年前には篠山藩に渡り中間として奉公をしていた伊助が、坊主頭の男を相手に酒をのんでいる。

男の、剃《そ》りたての坊主頭に、汗がにじんでいた。

ほかでもない。片桐宗春に似た町医者ふうの男なのである。

夏の桜屋は鍋をやすみ、川魚などで酒をのませる。

「この店はね、一年前まで、おれの弟がやっていたのだよ」

と、伊助が坊主頭へはなしかけた。

坊主頭は、上眼づかいに伊助を見ながら、黙ってのんでいる。

「ところが野郎。あんまり夢中になって、がむしゃらに働きすぎたものだから、すっかり躰をやられちまった。人間、死ぬときなんてもなあ、呆気《あっけ》ないものだね。板場へ入って庖丁《ほうちょう》を手に取った途端に、こう、前のめりになって倒れたっきり、そのまま、あの世へ行っちまったとさ」

坊主頭は、興味もなさそうに聞いている。

この男の名前を、いっておこう。もっとも、本名なのかどうか、わかったものではないが……。

男は、諸方で、

「医師・萩原孝節《はぎわらこうせつ》」

もっともらしく名乗っており、その他にも、三島金吾《みしまきんご》だとか、杉原何とやら、などと偽名を振り撒《ま》いているらしい。

だが、この小説では、伊助が、

「ねえ、孝節さん……」

と、呼びかけているので、萩原孝節の名で通したい。

ところで、弟の助次郎が頓死《とんし》した後、伊助は渡り中間の足を洗い、この桜屋の亭主におさまってしまったのである。

助次郎は、現代でいう脳溢血《のういっけつ》か何かで死んだのだろうが、子もなかった女房のお米《よね》は、義兄・伊助のいうままになり、いまは伊助の女房なのだ。

あれほどに、無頼《ぶらい》の兄をきらっていた助次郎が、このありさまを見たら、草葉の陰で何というであろうか。

三年の歳月は、桜屋を、このように変えた。

伊助は、店の切り盛りをお米にまかせ、口うるさいことはいわず、しかも金を出し、座敷や板場に手を入れ、模様替えをしたり、腕のよい料理人を雇ったりしている。

そのためか、店は三年前よりも、むしろ繁昌をしているのだ。

伊助の蟹《かに》の甲羅のような顔は以前より血色がよくなり、肉もついた。躰も肥《こ》えた。そのかわり、髪の毛には白いものがまじりはじめている。

女が着るような、派手な柄の単衣《ひとえ》を着た伊助が、

「孝節さん。もっと飲《や》って下せえよ」

しきりに、酒をすすめた。

萩原孝節と見間ちがえ、前に片桐宗春を襲い、ひどい目にあった伊助だが、いまは孝節と、このようにして、つきあっている。

あのとき孝節は、博奕《ばくち》の借りを踏み倒し、姿をくらましていた。

そして結局は、伊助と石井浪人に見つけられ、博奕仲間の前へ連れ出されて、ひどい目にあった。

悪の制裁を受けたのだ。

右頬の傷もそのときのものだし、それでもまだすまなかった。萩原孝節は伊助たちがたくらむ悪事の片棒を、

「分け前もなしに、二度も担がされた」

のである。

だから孝節は、桜屋の二階座敷へ入って来るなり、

「もう、借りは返したはずなのに、今日の呼び出しは何のことだ?」

伊助に、そういった。

「わかっていますよ、孝節さん。今度は、ただばたらきをさせるつもりはねえ」

「ふうん……」

「そんな顔をしなさるな。今度の仕事は、おれの後ろに大物がついている。お礼は、たっぷりはずみますぜ」

大きな眼をむき出し、口もとに薄笑いを浮かべている伊助だが、いざ本性をあらわしたときは、萩原孝節などのおよぶところではない。

「ほんとうか?」

「お前さんに、嘘をついたところで仕方がねえ」

そうかも知れぬ。

悪の掟《おきて》にはきびしい伊助だが、それだけに、

「約束を違《たが》えたことは、一度もない」

江戸の、さまざまな悪の世界では、そのようにうわさをしている。

その評判は、孝節の耳へも入っていた。

「で、それは……」

と、口へふくみかけた盃を膳に置き、萩原孝節が、

「まさか、血まみれ仕事ではあるまいな？」

「まがりなりにも医者の孝節さんに、そんなことはさせねえよ」

「ふむ。では聞こう。どんな、はなしなのだ？」

「人をひとり、勾引《かどわか》すのだ」

「男か、女か？」

「女だ」

「むずかしいな。女は、どうもいやだ」

「といっても、子供から大人になりかけの年ごろで、十三か、十四というところだろうね」

「ふうむ……」

「その女の子というのは、川向うの寺島村の料理屋の小むすめで、お歌《うた》というのだがね」

「それを、どのようにして？」

「ま、今夜は、それだけのことにしておきましょうよ。だがね、孝節さん。ここまで悪事を打ち割って、お前さんの耳へつたえたのだから、もしも裏切るようなことがあったら、徒《ただ》じゃあすみませんぜ」

伊助の大きな眼でにらまれた萩原孝節は、

「う……わかっている」

うなずいて、盃の冷えた酒をのみほした。

このとき、浪人の石井常七が二階座敷へあらわれた。

石井浪人を見るや、萩原孝節が見る見る不快の色を浮かべた。

孝節の右頰の傷は、ほかならぬ石井浪人が、

「懲《こ》らしめのためだ。浅く切ってやるから心配するな」

と、縛りあげられていた孝節の右頰をすっと切った。

「あっ……」

おどろく孝節へ、

「しまった。少し深かったかな」

こういって、石井浪人が浮かべた薄笑いを、孝節は、いまも忘れていない。

「おい、萩原孝節。そんな顔をするなよ」

あぐらをかいた石井浪人は、酒を茶わんにつぎ、

「悪かったのは、おぬしのほうだ」

一気に、あおった。

「帰る」

腰を浮かせた孝節へ、伊助が、

「好きにしたらいい。だが明後日《あさって》の夜に、また此処《ここ》へ来て下せえよ」

「この浪人も、今度の仲間か？」

「そうだよ」

「私は……私は、その……」

「何をいまさら、つまらねえことにこだわっているのだ。はなしを聞いたからには、お前さんは、もう身を引くことができねえのだぜ」

この伊助の言葉が脅しでないことを、萩原孝節はよくわきまえていた。

むっとして座を立ち、階下へ降りかける孝節へ、

「明後日のいまごろだ。忘れなさるなよ」

伊助が、念を入れた。

入れちがいに、お米があがって来て、

「孝節さんが怒って帰ったけれど、お前さん、どうかしなすったかえ」

「いや、何でもねえ」

お米は以前よりも肥え、肌に血色がみなぎっている。

死んだ助次郎の女房だったのは、

「別の女でしょうよ」

とでも、いいたいような顔つきである。

「お米。もっと酒を持って来い」

「あいよ」

「もう少したつと、留《とめ》のやつが来るから、此処へあげてやれ」

「三人そろうと、物騒だねえ」

「よけいな口をきくのじゃあねえ」

「おお、怖《こ》わ。なんて大きな眼玉なんだろうね」

お米は、階下に去った。

いまのお米は、板場にいることはいるが、庖丁は手にしない。小女《こおんな》も増えたし、板場も下働きをふくめて三人になったので、奥の、一坪畳敷きにすわって煙草を吸いつつ、あれこれと指図をしていればよいのだ。

階下の入れ込みに客がたてこんできたらしい。

客の注文を板場へ通す小女たちの、甲高い声が二階まできこえてくる。

「伊助。お前も、ひどいやつだ。死んだ弟の女房を……」

「何をいいなさる。お米は、助次郎が生きていたころから、おれのことを好いていたのだ」

七

福松老人と立ちばなしをしていた女は、何と、おたみであった。

小千住「松むら」の抱え女郎だった、あのおたみである。

おたみは、やはり、料理屋「大むら」の女中になっていた。

「前は松むらで、今度は大むら。ねえ宗春先生。おぼえやすくてよござんしょう」

たがいに、瞠目《どうもく》の一瞬がすぎてから、おたみは、そんなことをいって笑った。

「何だ、知り合いかい。それじゃあ、中へ入《へえ》っておはなしなせえよ」

福松老人にすすめられて、おたみが、

「先生、かまいませんかえ?」

流し目に宗春を見やった。

「かまわぬとも。さ、こちらへおいで」

前庭づたいに、宗春はおたみを奥の間の縁側へいざなった。

「おたみは、死んだとおもっていた……」

「あら、どうして?」

「三年ぶりに江戸へ帰って来て、松むらの焼けあとを見た」

「先生は、江戸においでじゃあなかったので?」

「うむ。火事があった晩に、妓《おんな》がひとり殺されたと聞いた。どうも、それが、お前のような気がしてなあ」

「あら、いやだ。客に殺されたのは、私と仲がよかったお八重さんですよ」

「よかった、生きていてくれて……」

「ほんとうに、そうおもいなさる？」

「おもうとも」

遊女屋〔松むら〕の主人夫婦は、店が焼け落ちると、

「もう、この商売が、つくづく嫌になった」

そういって、火事の最中《さなか》に持ち出した抱え女郎たちの証文を、いさぎよく、みんな焼いてしまい、

「お前さんたちは故郷《くに》へ帰るなり、好きな男と何処へなりと行くがいい」

いいのこして、常陸の神岡へ引っ込んでしまったのだという。

「先生は来てくれなくなってしまったし、ほかに好きな男もいないので、堅気な店ではたらこうと、お客にたのんで、大むらへ入れてもらったのですよ。でも先生、大むらは大きな料理屋だし、そりゃあ立派な旦那がやっていなさる店だから、私が小千住にいたことは内証《ないしよ》にしておいて下さい」

「よいとも」

おたみは、小千住の旅籠《はたご》・近江屋の主人にたのみ、請《う》け人《にん》になってもらい〔大むら〕の座敷女中になったのだ。

何年も抱え女郎をしていたのに、堅気となって、先行きの運をつかもうと決心した女だけに、おたみは女郎をしていたころから、はたらきもので通っていた。

それを、よく知っていた近江屋の主人は、

「お前さんなら大丈夫。きっと、辛抱ができるだろう」

即座に、請け人を引き受けてくれたそうな。

〔松むら〕が焼けたのは去年の暮というから、おたみが堅気になって、まだ一年にはならぬ。

だが、おたみの肌身にも顔にも、健康な血色がよみがえり、女郎をしていたときには、濃化粧《こいげしょう》で隠すようにしていた左の口もとの黒子《ほくろ》がはっきりとして可愛らしく、

「おたみ。お前、いくつになった?」

「二十三になりました」

「三年前より、若く見える」

「先生も……」

「え……?」

「私《あたし》ぁ、やっぱり、頭に髪の毛があったほうが、いいとおもいますよう」

その日は、宗春が汲《く》んで出した冷たい井戸水を一杯のんだだけで、おたみは帰って行った。

「先生。これからが、たのしみ」

その一言を残して……。

（何ということだ。おたみは、生きていたではないか）

片桐宗春は、自分の直感が、

（どうも、あてにならなくなってきた……）

ように、おもえてならなかった。

そして、五日後の四ツ（午前十時）ごろに、いきなり、おたみが奥の間の縁先へあらわれた。

「あ、おたみ。福松の老爺《おやじ》は、少し前に大むらへ行ったぞ」

「だから、こうして、駆けつけて来たのじゃありませんか」

いうや、おたみは部屋へあがって来て、古びた屛風《びょうぶ》を引き寄せ、

「先生、早くう……」

鼻を鳴らし、手早く帯を解きはじめたではないか。

「いま、ここでか？」

「あい」

ぱっと抱きついてきて、おたみが宗春の唇《くち》を強く吸った。

小千住にいたころ、おたみが唇をゆるした客は、宗春ひとりである。

唇を吸いつつ、おたみの手がうごき、宗春の単衣《ひとえ》をぬがせてしまった。

「人が入って来たら、どうする」

「入って来るはずが……あ、り、ませんよう」

三年前までは、たがいの肌身を知りつくしていた二人だけに、すること為《な》すことが堂に入って、

「ああ……こんなの、久しぶりですよう」

「おたみ、少し、肥えたな」

「先生は、少し、細くなって……」

「うむ……」

ささやき合いながらも、二人の躰は、しずかに、しかも微妙にうごいている。

おたみが呻《うめ》き声を発し、いきなり、宗春の胸のあたりへ歯を立てた。

「痛《つ》、つ……」

「先生も、噛んでおくんなさいよう」

「こうか……」

宗春の腰へ巻きつけてきた、おたみの太腿《ふともも》は以前のようなやわらかさだけではなく、

肉が引きしまって、たくましくなったようだ。

「この座敷は、あの……」

「え……何だ？」

「風通しが、ようござんす」

「うむ……」

庭に、かっと日がさし込み、木立に蟬《せみ》の声がわき起った。

二人が、まじわっていた時間は短いものだったけれども、おたみは、

「ああ、ずっと辛抱していた甲斐があった……」

つぶやいて、たちまちに、血がのぼった躰へ着物をまとった。

おたみの髪は、ほとんど乱れていなかったが、

「ちょっと、待て」

宗春は、おたみの櫛《くし》をとって手早く撫《な》でつけてやった。

「あれ、うれしゅうござんす」

「これでよし」

「此処《ここ》と大むらは目と鼻の先。近くて、便利でござんす」

いくらか小千住にいたころの口調にもどって、おたみが、

「また、近いうちに……」

庭へ下《お》りて片眼をつぶって見せ、

「こんなことって、あるのかしら……」

さも、うれしげに笑って駆け去って行った。

八

（こんなことがあるのか……いや、あるのだなあ）

おたみが去った後、片桐宗春は縁側へ出て、涼風に吹かれつつ、何やら、うっとりとした気分にひたっていた。

三年前まで、おたみとなじんでいたときとは、まったくちがう。

自分もちがっているような気がしたし、いうまでもなく、おたみも、全く別の女のようであった。

追手《おって》の目を逃れ、ちぢこまって生きていた自分とは別の自分が、いま、此処にいるようなおもいがする。

「先生……先生よう」

いつの間にか時間《とき》がたち、福松老人が帰って来て、

「先生。どうかしなすったのかね？」

「いや、別に……」

「そんならいいがよ。何だか、ぼんやりとしていなさるから……」

「そうか……」

「声をかけても、返事をしねえで、空を見あげていたでねえか」

「それは、すまなかった」

「躰のぐあいでも悪いのかね？」

「いや、ちがう」

「それならいいが……」

と、宗春の部屋へ入って来た福松が、

「ちょいと、聞いていただきてえことがあるのですがね」

「何でも、いってごらん」

「へえ。滑川の若先生は、お前さまのことをそっとしておくようにいってござったが、実はいま、大むらへ行くと、あそこの旦那がひどく心配をしていなさるものだからね」

「ほう」

「大むらのむすめさんが、あんまり、物が食べられなくなってしまって寝ついている。もう一月《ひとつき》にもなるというですよ。何人もの医者に診《み》せたが、どうも病気の見当がつかねえらしい。いや、わしも今日、はじめて耳にしたのだがね」

福松は、それなら滑川勝庵に診察をしてもらったらよいのではないかと、先ず、おも

ったが、勝庵にたのまれて身柄をあずかっている宗春も医者だと聞いていたし、

「若い娘を診るには、滑川の若先生よりも、お前さまのほうがいいのではねえかと、おもうですよ」

「どうして？」

「だって、うちの若先生だと、何しろあの顔だから、娘のほうが怖がってしまうのではねえかと……」

「は、はは……それで、そのむすめごの年ごろは？」

「十四だと聞いています。お歌ちゃんというのだがね」

「よし。それで、お前さんの顔が立つなら、行って診てあげようではないか」

「ほんとうかね、若先生には何といったら……」

「内証にしておきなさい」

このときの片桐宗春には、いささかのためらいもなかった。

台所傍《わき》の井戸端で水を浴びた宗春は、着替えをすまし、

「さ、行こう」

福松を先に立てて、料理屋〔大むら〕へ向った。

(そうだ、明日にも三ノ輪へ行き、吉野屋主人へ連絡《つなぎ》をつけておこう)

ふところも、さびしくなってきている。

（この上、勝庵どのに厄介をかけてはならぬ）

私も、はたらかねばならぬ、と宗春はおもった。


この夜。

例の桜屋の二階座敷で、伊助と萩原孝節が、鯉の洗いを突《つっ》きながら密談をしている。

「いいかえ、孝節さん。二、三日のうちには手筈がつく。そうしたら、お前さんが医者になって、大むらへ乗り込んでもらうのだ」

「医者になってというが、私は、もともと医者なのだ。それを忘れてもらっては困る」

と、孝節は胸を張った。

「わかった、わかった」

伊助は苦笑を浮かべ、

「だがねえ、孝節さん。ただの町医者ではねえのだ。御公儀《ごこうぎ》の表御番医《おもてごばんい》に化けてもらう」

「えっ……」

「大丈夫だろうね？」

「む……だ、大丈夫だ」

「その身につける衣裳は、ちゃんと立派なものを仕度させる。馬子《まご》にも衣裳というからね」

「ばかにするな」

表御番医師といえば、幕府から二百俵の扶持《ふち》をもらい、屋敷もあたえられ、乗物をゆるされている身分なのである。

「大むらという料理屋はね。寺島の、ひろい敷地に茅《かや》ぶきの、しゃれた造りの離れ屋が五棟《むね》もある」

「ふうん」

「あるじの平四郎は、一代で、これだけの店にしたのだ」

伊助が折りたたんであった絵図面のようなものをひろげ、萩原孝節の前へ置き、脛《すね》にとまった蚊をぴしゃりとたたきつぶした。

「畜生。手前《てめえ》に吸わせる血は一滴もねえぞ」

伊助は、たたき殺した蚊を本気で罵《ののし》った。

孝節が、それを見てくすりと笑う。

「何がおかしいのだ、孝節さん」

伊助が大きな眼を剝《む》いた。

「だって伊助さん。蚊を人間あつかいにして、叱ってみてもはじまるまい」

「だから……」

と、苛《いら》だたしげに伊助が、

「だから、お前さんの悪事は、いつまでたっても本物にならねえのだ」

「そうか、な……」

「憎いやつなら、蚊であろうと犬であろうと、猫であろうと、そのままにはしておけねえ。それくらいの肚《はら》でいねえと本物の悪党にはなれねえぜ」

伊助は、むきになっていいたてるのだが、萩原孝節の目には、しきりに悪党ぶっている伊助自身も、

（どこか、間がぬけている……）

ように映るのである。

だが、伊助が本気で怒ったときには、手がつけられなくなる。そうなったときの伊助の恐ろしさは、孝節が身にこたえて知っている。

「今度のことについて、私はまだ、くわしくは聞いていないが、いったい、どのようにして、その大むらの小むすめを引《ひ》っ攫《さら》うのだ？」

「いまはいえねえ。ともかくも、騙《かた》りと勾引《かどわか》しを、いっぺんにやるのだ」

「では、いつ、聞かせてもらえる？」

「当日だ」

「えっ、そんなことでは……」

「それでいいのだよ、孝節さん。今度は、お前さんと石井浪人、それに留《とめ》を加えた四人だけでやってのけるのだ」

「うまく行くのかなあ……？」

「お前さんの腕ひとつにかかっている」

「じょ、冗談ではない。私に、そんな……」

「よし、これだけはいっておこう。いま、その、お歌という小むすめは、病気になっているのだ」

「……？」

萩原孝節の眼が、きらりと光った。

まくれあがった上唇《うわくちびる》の間から、白い歯がのぞいて、

「ふうむ……」

二度、三度と、孝節がうなずく。

「孝節さん。いくらか、わかってきましたかえ？」

階下で、小女《こおんな》を叱りつけているお米の声が、甲高くきこえた。

「孝節さん。今夜からは、この近くの宿屋へ泊ってもらおうか。よござんすね」

念を押した伊助は、障子を開けて、

「酒だ。早くもって来い」

大声を張りあげた。

九

翌朝、片桐宗春は早いうちに福松の家を出て、三ノ輪の滑川勝庵宅へ向った。

そして、

「明後日に、吉野屋の寮へまいって診察をすると、つたえおいて下さい」

「では、水戸から帰って来たことに？」

「さよう。かまいません」

「あなたが、そのつもりなら……まあ、若先生、あまり思案がすぎても……」

勝庵が、そういいかけるのへ、

「そのとおりです、勝庵どの。もとより私に、疾《やま》しいところはないのだから……」

宗春が大きな声をあげ、莞爾《かんじ》としていったものだから、滑川勝庵は側にいた白石又市とおもわず顔を見合わせた。

「では、おねがいする」

宗春は、すぐに腰をあげた。

「まあ、朝飯でも……」

「いや、福松老人が仕度をしてくれたので、すませました。では、ごめん」

立ち去る宗春を見送って、白石又市が、

「宗春先生、妙にその、お元気でしたなあ」

「そのことよ」

「ま、いずれにしろ、この暑いのに、お元気なのは結構ですよ。ね……」

片桐宗春は昨日、〔大むら〕のむすめを診察したことを黙っていた。

福松老人が、

「わしが、よけいなことをしたと、滑川の若先生に叱られるから、当分は内証にしておいて下せえ」

と、いったからである。

滑川家を出た宗春は、浅草・北馬道《きたうまみち》の薬舗・太真堂《たいしんどう》・片山伝右衛門《かたやまでんえもん》方へ立ち寄り、宝珠丸《ほうじゅがん》という蘭方の薬と、そのほか四、五種類の薬を買いもとめた。

「おや……ずいぶん、お久しゅうございますねえ」

太真堂の番頭は、三年前の宗春の顔を見おぼえていた。

「や、しばらく。江戸をはなれていたので……」

「さようでございましたか」

「これからは、また、いろいろとたのむ」

「はい、はい。それはもう、何なりとお申しつけ下さいまし」

宗春は、浅草の今戸から、渡し舟で大川をわたり、寺島村へもどった。

今日も、暑くなりそうだ。

井戸端で水を浴びて、宗春は部屋へ入り、薬籠を出した。

福松は何処かへ行っているらしく、家の内外《うちそと》には人の気配もない。

滑川勝庵がととのえてくれた数種の薬と、いま買ってきた薬種を取り出し、宗春が調合に取りかかったとき、

「おや、お帰りなせえまし」

福松が庭へあらわれ、

「先生。その薬は、大むらのむすめさんのかね?」

「そうだ」

「ありがてえことでごぜえます」

「なあに……」

「さっき、大むらの旦那が、此処《ここ》へ来なすって、昨日の礼をいって帰りました」

「そうか」

「何でも今朝になって、あのむすめさんが、お粥《かゆ》が食べたいといい出したそうで」

「それはよかった」

「何だか、昨日、先生に診《み》ていただいてから、急に、むすめさんが元気になったといい

ます」

「ほう」

「今日も、行っておくんなさるので？」

「ああ、行く」

「ありがてえ。このとおりでごぜえます」

福松が手を合わせるのへ、

「そんなまねは、よしなさい」

「でも、わしは大むらの旦那には、ずいぶんと目をかけられ、世話になっているものだから、ほんとうに、もう……」

「よし、よし。そろそろ飯にしてくれぬか。食べたら、大むらへ行こう」

「すぐに……へえ、もう仕度はしてありますよ」

福松は、なかなか気のきいた老爺で、にぎり飯に味噌を塗り、網にのせて焙《あぶ》ったものと茄子《なす》と胡瓜《きゅうり》の塩もみ、実《み》なしの冷し汁を盆に乗せて運んで来た。

「ほう。やるなあ」

「へ……？」

「うまそうだということさ」

片桐宗春も長らく自炊をしてきたこともあって、実は、この家へ来てから、福松がつ

くる食事には、

（到底、自分のおよぶところではない）

つくづくと、感服をしていたのだ。昼餉《ひるげ》を終えてから、片桐宗春は福松を先に立てて〔大むら〕へ向った。〔大むら〕のあるじ・平四郎は、日本橋本町三丁目裏河岸にあった大きな料理屋の次男に生まれた。その実家の跡をついだ兄が遊蕩《ゆうとう》におぼれ、店を潰《つぶ》してしまったそうな。

次男の平四郎は年少のころから料理人として修業に出ていたが、一代で、いまの〔大むら〕を格式のある料理屋に育てあげた。

片桐宗春も、昨日はじめて〔大むら〕の内へ入るまでは、

（これほどの料理屋とは、おもわなかった……）

のである。

大川の水が、宏大な庭へ引き込まれ、小川となり、池となっている。

大小五棟の離れ屋は深い木立と竹林に囲まれて点在し、母屋には宴会用の広間だけであった。

「大むらは、江戸の別天地である」

何処かの大名が、

「お忍びで……」

やって来てそういったという。

こうしたわけで、客は大身の旗本や、江戸でもそれと知られた富商《ふしょう》が多い。蔵前《くらまえ》の札差《ふださし》も、よく〔大むら〕を使う。

だから、同業者の妬《ねた》みも、ひと通りのものではないらしい。

十四歳になる、お歌という少女は母屋の奥の二階の小部屋を病間にして寝ていた。

そこへ、あるじ夫婦の案内で片桐宗春が入って行くと、お歌はくるりと背を向けてしまった。

後年、浅草・駒形の笹屋という菓子舗へ嫁ぎ、夫が死んだ後は女手ひとつに商売を切りまわしたほどの女になったお歌だが、少女のころはいたって神経質であった。

「何度も、ちがうお医者さまに来ていただきましたが、何しろ、あのとおりの人ぎらいな子でございまして、めったに笑い顔を見せたことがないほどなので……」

ささやく平四郎へ、宗春は「まかせておきなさい」というように軽く胸を叩き、人ばらいをしてから、お歌の枕もとへすすみ寄り、

「私と同じような人が、此処に寝ている」

と、ささやいた。

半刻《はんとき》（一時間）もたたぬうちに、片桐宗春が病間から出て来て、不安げに廊下で待っていた平四郎夫婦へ、

「元気になりましたよ」

いったものだから、夫婦はびっくりした。

「薬は明日、私が持って来てあげましょう」

こういって、帰って行った宗春を見送った平四郎が病間へ入ると、こちらを見たお歌がにっこりと笑った。

「おい、おい……」

廊下へ飛び出した平四郎が、駆け寄った妻のおみねへ、

「めずらしいことがあるものだ。お歌が笑った、笑っているよ」

ふだんは落ちつきはらった物腰の平四郎が、叫ぶようにいった。

十

お歌は少女から、ひとりの〔女〕になったのである。

しかし、その初潮が当時の少女としては少し早すぎたので、母親が前もって教えておかなかったのと、出血がひどかったものだから、お歌の衝撃が大きかったのだ。

病気の原因は、このことであった。

それと知った母親が、

「お歌。これはね、女であるからには、どこの子でも、こうなるのだよ」

いいきかせもして、出血もとまったが、お歌の不安はなかなかにおさまらなかった。

(私は、ふつうの女の子とはちがって、どこか、躰が悪い……おかしい躰なのにちがいない)

神経質な少女だけに、おもい悩んで食事もすすまなくなり、寝ついてしまったのだ。

口にしたものを吐いてしまったりするので、父親の平四郎は顔がひろいだけに、諸方の医者の診断を請うたが、どうも、はっきりしない。

お歌は、医者に診てもらうのをきらいぬいて、診てもらったあとは尚更に調子が悪くなる。

(このままでは、死んでしまうのではないか……)

平四郎には、いずれ自分の跡をついで二代目となる息子の平太郎がいるけれども、お歌は、ただ一人の女の子供だけに、可愛さも一通りではなかった。

お歌の病気を女中の口から耳にした福松老人が、

「旦那。だまされたとおもって、うちにいなさる宗春先生に診ておもらいなせえ。そりゃあ、もう、大したお人だから……」

宗春の医術を知りもしないくせに、何が「大したお人だから……」なのかわからぬけれども、ともかくも福松は、そのように感じていたらしい。

片桐宗春が先ず病間へ入って来たとき、お歌の枕元で「私と同じような人が、此処に

寝ている」と、ささやいたものだから、背を向けて身を固くしていたお歌が振り向くと、

「ほれ、ここが同じだね」

宗春が、自分の髪を指し示した。

なるほど、同じだ。

病中のこともあって、お歌も宗春と同じように、髪の毛を後ろで束《たば》ねて結びとめてある。

「ね……」

と、宗春が微笑するや、さそわれたように、お歌がにっと笑った。

それからは、宗春がゆっくりと、お歌のはなしを聞き、初診は終ったのであった。

そして、今日……。

宗春が調合した煎《せん》じ薬を、お歌はよろこんでのんだものだから、平四郎夫婦はびっくりした。

「どうだね、苦くないだろう？」

宗春が尋《き》くと、お歌は、うれしげにうなずく。

「あと、五日もすれば、すっかり癒《なお》る」

「はい」

二度目の診察を終えた片桐宗春が階下へ降りて来ると、廊下を横切って行った座敷女

中のおたみが、だれにもわからぬように片眼をつぶって見せた。

おたみが、福松の家へあらわれたのは、その翌朝であった。

おたみは、庭で福松とはなしていたようだが、そのうちに宗春の部屋の縁先へ来て、

「先生。これ……」

ささやいて、紙片を折りたたんだものを宗春の胸のあたりへ落し込み、

「うふ、ふふ……」

ふくみ笑いを残し、駆け去って行った。

紙片をひらいて見ると、

「あした四ツごろ、大むらの小やでまっていてください」

とあって、その〔大むらの小屋〕なるものの所在が、稚拙な絵図で示されてあった。

その小屋は、五棟ある離れ屋のうち、もっとも奥の離れ屋から近いところにあり、庭の手入れをする道具などがしまってある一種の物置小屋だ。

その向うは木立で、木立をぬけると寺島村の畑道になる。

塀も、垣根もない。

そのようなものを設けてみたところで、潜入しようとおもえばわけもなく入れる。

武家屋敷とちがって、当時の〔大むら〕のような、郊外ともいえる場所に宏大な敷地をもつ料理屋では、いちいち塀をめぐらしたりはしない。

そのかわり、母屋の戸締りと警戒は厳重をきわめていて、なまなかな盗賊どもでは手が出ないようになっていたものである。

その夜……といっても、まだ早い時刻に、宗春は寺島村の畑道から木立の中へ入ってみた。

木立から出て〔大むら〕の敷地へ入らなかったが、おたみの絵図のとおりに、物置小屋があるのを、宗春はたしかめた。

(なるほど。うまいところを見つけ出したものだ)

〔大むら〕の五棟ある離れ屋には、ことごとく灯が入り、屋根のある渡り廊下を、女中が客を案内している様子が木蔭から望見された。

片桐宗春が木立を出て、福松の家へもどってから、どれほどの時間《とき》がすぎたろう。

半刻ほど後といってよい。

先刻、片桐宗春が立ち去って行った畑の道へ、提灯《ちょうちん》が一つ。ゆらゆらとうごきだしたかとおもうと、また停止し、二人の男がひそひそと語り合っている。

一人は、かの伊助であった。

もう一人の、提灯を持っているのは浪人・石井常七だ。

伊助と石井浪人は畑道をまわり、やがて〔大むら〕の母屋の傍に設けられている通用口の外側の道へあらわれた。

道をへだてて、竹藪《たけやぶ》がある。

その竹藪の中へ、伊助と石井浪人が入って行った。

「いいかえ、石井さん。小むすめを押しこめる駕籠は、向うの、ほれ、あそこに大きな銀杏《いちょう》の樹がある、その蔭で待っている」

「わかった」

「前にもいったように、長くは待っていられねえ、よござんすね？」

「うむ」

「大むらの中へ入るのは、お前さんと私と萩原孝節の三人だ。留の野郎は駕籠につきそっている」

「駕籠舁《か》きどもは、いつものか」

「そうだ。心配はいらねえよ、石井さん。何といっても、お前さんの長い刀がたのみなのだから、うまくやって下せえよ」

「大丈夫だ」

「いずれにせよ、ぶっつけに当って仕《し》てのけることだから、よほどに素早くやらなくてはならねえ」

「その小むすめの病気は、重いのか？」

「どの医者が診ても、わからねえ病気だそうですぜ」

「手荒くあつかって、まさか、死ぬようなことはあるまいな」

「なあに、死んだら死んだで、かまわねえさ」

十一

翌日の朝。

〔大むら〕の主人・平四郎が福松の家へあらわれ、あらためて、片桐宗春へ礼をのべた。

むすめのお歌の病気がよくなったのは、

「まったく、こちらの先生のおかげでございます」

と、いい、今夜、こころばかりの夕餉《ゆうげ》をさしあげたい、ぜひとも、

「お運びが願いたいのでございます」

申し入れた上で、袱紗《ふくさ》に包んだ礼金を宗春に差し出した。

「さようか。いずれ、ちょうだいするが、いまは、いただけませぬ」

「え……それは、どうしたわけなのでございますか？」

「病人が、すっかり元気になり、床《とこ》をはらってからちょうだいする」

「そのように、かたくるしいことをおっしゃらずとも……」

「いや、そうして下さい。それが私の仕様《しよう》なのだから」

「さようでございますか……はい。よくわかりましてございます。では、そうさせてい

ただきますが、今夜は、ぜひにも……」

「さようか……さほどのことをいたしたわけではないが、では、お言葉のままに」

「ありがとうございます。安心をいたしました」

平四郎は、大よろこびで帰って行った。

それから宗春は、渡し舟で大川を今戸へわたり、三ノ輪の滑川勝庵宅へおもむいた。

勝庵が、

「白石が知らせてやりましたら、吉野屋は、あなたが江戸へもどられたと聞き、大よろこびで昨夜、こちらへ使いが来ましてね。吉野屋は昨夜から寮へ来て、あなたに診《み》ていただくのを、くびを長くして待っているはずです」

と、告げた。

苦笑をした片桐宗春は、ひとやすみしてから、

「帰りに寄ります」

「若先生。福松のところにおられて、何ぞ御不自由はありませぬか。何なりとお申しつけ下さい」

「いや、大変によくしてもらって、恐れ入っています」

「それなら、よいが……では、お帰りを待っています。かならず、お立ち寄り下さい」

日はのぼりきって、今日は風も絶えた。

今日も暑くなりそうだが、剣術に鍛えられ、長旅の辛苦をつづけてきた片桐宗春の躰は、寒さ暑さが、さほどにこたえぬ。

(この前、吉野屋は家内《かない》に引き合わせるといっていたが、初乃も寮に来ているのだろうか?)

初乃は、寮にいなかった。

大よろこびで宗春を迎えた吉野屋清五郎は、

「実は、家内にも御礼を申しあげさせたくおもっておりましたところ、この暑さで躰をこわし、本宅のほうに寝ております。まことにもって、申しわけのないことで」

「いや、なに……」

実のところ、宗春はほっとした。

いかに変貌した女になったとはいえ、吉野屋の前で、宗春とはじめて会う様子を見せるのは、さすがに、初乃もためらったのであろうか……。

(それとも、ほんとうに躰のぐあいが悪いのか……いや、そうではあるまい)

吉野屋は妻の病気も診てやっていただきたいとは、一言も口に出さなかった。

そのかわりに、こういうことをいった。

「このたび、後ぞえに直しました家内は、名を、お初と申しまして、青山下野守《しもつけのかみ》様・御家中《ごかちゅう》の者のむすめに生まれた女でございましてな」

「ほう。さようでしたか……」

「私は青山様に出入りをさせていただいておりますので、前に、京へ仕入れにまいりました折、青山様の京の御屋敷へ立ち寄り、御挨拶に出ました折、お初を知ったのでございます」

「……」

ここにおいて片桐宗春は、吉野屋清五郎が篠山藩・青山家へ出入りの商人であることを、はじめて知ったのである。

吉野屋は、すぐに話題を転じた。

そのころ……。

吉野屋の寮からも程近い坂本二丁目の桜屋の二階座敷で、外出の仕度をした伊助が萩原孝節を待っていた。

孝節は、間もなくあらわれた。

「お、待っていた。すぐに出かけましょう」

「もう行くのか？」

「仕度が、いろいろとありまさあね」

「あとの二人は？」

「向うで待っていますよ」

「暑いなあ」

萩原孝節は、酒をのみたそうな顔つきになったが、

「今日は一《いち》か八《ばち》かでやっつけるのだ。事がすんでから、ゆっくりやんなせえ」

伊助は、女房お米に、

「ちょいと出て来るぜ」

そう言い置いたのみであった。

十二

例によって、片桐宗春は吉野屋清五郎へ入念な指圧をほどこした後に、

「では、これにて……」

辞去しようとするのへ、吉野屋が、

「明日も来ていただけるのでございましょうね？」

何やら、うったえるような眼《まな》ざしになっていうのだ。

「まいってもよろしいが吉野屋どの。いまのところ、さして、悪いところもないようにおもわれる」

「はい」

うなずくところをみると、吉野屋自身も体調がよいことをみとめているらしい。

「ですが先生。私、このところ、二、三日は暇なのでございますよ」

「さようか……」

「本宅へもどりますと、また、いそがしくなるのでございます。そうすると、すぐにまた躰のぐあいが変になりますので……」

「ふうむ……では、明日もまいりましょう。時刻は昼すぎでよろしいか?」

吉野屋は飛びあがるようにして喜色をあらわし、

「結構でございますとも。お待ちいたしております」

寮を出た宗春は、木蔭の小道をえらび、ゆっくりと歩みつつ、滑川勝庵宅へ向った。

木立の中は、蟬《せみ》が鳴きこめている。

(吉野屋は、篠山藩に出入りの商人だったのか……)

おもいもかけぬことであった。

以前の片桐宗春ならば、この一事だけで警戒を強め、吉野屋から遠ざかり、身を隠してしまったろう。

だが宗春は、明日の診察を約束した。

どうして約束してしまったのか、自分でもよくわからぬ。

いまの片桐宗春は、ひたすらに追手《おって》を恐れる〔夏目小三郎〕という人間が、自分ではないような気がしている。

(いったい何故、私は逃げまわらねばならなかったのか、私は何一つ悪事をはたらいたおぼえはないのだ)

このことである。

(いまの自分は夏目小三郎ではないし、また夏目小三郎にもどることはない。私は片桐宗春なのだ)

片桐の姓を〔山田〕に変えているのも、

(おもえば、おろかな……)

としか、おもえない。

(吉野屋の主人は、何やら、この宗春をたよりにおもっているらしい。それは病気のことよりも、もっとほかのことだ。われらが考えているよりも、あの男には深い悩み事のようなものがあって、それを、だれにも打ちあけることができないのではあるまいか、妻の初乃にも……)

店へ帰ったときの吉野屋清五郎が、どのような顔をしているのか、それは知らぬ。

だが片桐宗春に相対しているときの清五郎は、六十をこえた老人なのに、まるで少年のようにひたむきな眼の色になるのだ。

その眼の色は、かつて、剣術の稽古に熱中していたころの自分を想起せしめるものがある。

吉野屋にたのまれると、無下《むげ》にことわりきれぬ自分が、ふしぎであった。

宗春と篠山藩の関係を吉野屋が知ったなら、どのような顔をするであろうか。

(この世は、奇妙なものよ)

滑川勝庵は診察中で、宗春は半刻ほど待った。

「若先生。お待たせしました」

やがてもどって来た勝庵が、

「実は若先生。吉野屋のあるじから、あなたへの御礼がとどいているのです。先刻、おわたししようとおもいましたが、もどられてからのほうがよいとおもって……」

「それは勝庵どのが、あずかっていて下さい」

「いいのですか、みんな酒にかえてしまいますよ」

「よいとも、そうして下さい」

「冗談はやめにして、それでは、あえて金額は申しますまい。若先生」

「はい」

「その中から、お小遣いを、お受け取り下さい」

「わかりました」

勝庵は小判三枚を紙に包み、宗春の前へ置いた。

これは、江戸の庶民一家族が、三月《みつき》を楽に暮せるほどの金だ。

昼餉を共にしようとすすめる勝庵へ、

「明日、馳走になります」

そういって、宗春は帰途についた。

滑川勝庵も、吉野屋が篠山藩へ出入りしていることは知らぬにちがいない。

知っていれば、宗春に吉野屋を診察させなかったにきまっている。

(さて、これから先、どのようなことになるのだろうか、私は……)

わからない。わからないところが、おもしろくなってきた。

いまごろ、自分を探しまわっている堀内一行は、何処の街道を汗にまみれて歩いているのだろうか……。

彼らも辛い。苦しいのだ。

今夜《よ》は「大むら」に招ばれ、その後の夜ふけに、あの物置小屋で、おたみと忍び逢うことになっている片桐宗春の片頬《かたほほ》に、笑《え》くぼが浮いた。

(この世の中、捨てたものではない)

追われ追われて旅から旅への人生が、追手の刃《やいば》に討たれぬかぎり、いつまでもつづいて、

(私の生涯は、逃げまわることだけで終ってしまうのか……)

覚悟をきめていた片桐宗春の人生は、にわかに、多彩の色を帯びてきたようだ。

福松の家へもどると、

「先生。昼餉《ひる》をあがるかね？」

と、福松が、

「今日は夕方から、大むらで、たんと御馳走を食わなくてはならねえですよ」

「うむ……よし、やめにしておこう」

「そのかわり、これをあがりなせえ」

福松は、井戸水で冷やした真桑瓜《まくわうり》と麦湯をすすめた。

「や、これは、ちょうどよい」

瓜を食べてから、宗春は昼寝をした。

おたみが宗春に抱かれながら「ここは風通しがようござんす」といった奥座敷の、障子も戸もすべて開けはなってあったが、今日は、まったく風がない。

それでも宗春は苦にならず、いつの間にか、眠りに落ちた。

前の宗春には、なかったことだ。

昼寝などを、めったにしたことはなかったし、夏の最中《さなか》でも、戸を締めておかなくては落ちつけなかったものである。

いまここに、堀内源二郎一行が飛び込んで来て、昼寝をしている片桐宗春へ襲いかかったなら、どうであろうか。

宗春は、ひとたまりもなく、彼らの乱刃《らんじん》をあびて斬り殺されてしまうにちがいない。

片桐宗春が目ざめたのは、七ツ（午後四時）ごろであった。

あまり汗をかかぬ宗春だが、さすがに全身が、じっとりと汗ばんできていた。

先ず井戸端で水を浴び、髪の手入れをした。

〔大むら〕へは暮六ツ（午後六時）少し前に行けばよい。

宗春が着替えにかかるころには、夕風も出てきた。

ちょうど、そのころであったろう。

羽織《はおり》・袴《はかま》をつけた立派な身なりの侍が小者をしたがえて〔大むら〕の表口へあらわれた。

この侍、なんと浪人・石井常七ではないか。

（これが石井浪人か？）

と、おもうほどに、石井常七はいつもの彼ではない。

青々と月代《さかやき》を剃りあげ、髪もみずみずしく結いあげ、だれの目にも、

（しかるべき身分の侍……）

に映る。

そして、供の小者は、おさだまりの紺看板（紺無地、筒袖の上着）に梵天帯《ぼんてんおび》に木刀を差しこんでいる。これは、伊助であった。

以前には渡り中間《ちゅうげん》だった伊助ゆえ、この姿がぴたりと板についているのは当然だ。

「それがしは、永井伊予守《ながいいよのかみ》が家来、田沢常右衛門《たざわつねえもん》と申す」

と、石井浪人は名乗った。

永井伊予守といえば、日本橋・浜町に屋敷をかまえる三千石の大身旗本で、かねてから［大むら］をひいきにして、時折、そっと、いわゆる「お忍び……」でやって来る。

大身の武家ゆえ、むしろ日中《にっちゅう》にあらわれることが多い。

それと聞いて、あるじの平四郎は料理場から飛び出して来た。

間もなく片桐宗春が見えるというので、平四郎は料理人たちへ何かと指図をあたえていたのである。

「これはこれは……ま、どうぞ、おあがり下さいまして」

「いや、かまうな」

田沢某に化けた石井浪人が、たもとから折りたたんだ紙片を出し、

「あるじより、これを見てもらうようにとのことじゃ」

「さようでございますか、はい、ただいま……」

平四郎は手をふいて紙片をひらいて見た。

むろんのことに、家来が伊予守の代筆をしたものだが、こうしたことは別にめずらしいことではなかった。

十三

永井伊予守は〔大むら〕へ来るとき、家来にいいつけ、前もって予約をするが、ときには急におもいたって、来ることがある。

また、知人を〔大むら〕に紹介する折など、家来に代筆させた短い手紙をとどけることがあった。

ただ、今日あらわれた家来に、平四郎は見おぼえがなかったけれども、不審とはおもわなかった。

手紙の内容は、

「自分が親しくしている幕府《こうぎ》の表御番医師《おもてごばんいし》・岡本長元《おかもとちょうげん》殿が、今日、そちらの近くまで所用あっておもむくよし、そのついでに、ぜひとも大むらの料理を賞味したいと申しているゆえ、よろしくたのむ」

というものであった。

〔大むら〕には五棟の離れ屋と、母屋の広間があり、これに接した座敷が一つあるし、急な客のために、どこか一つは座敷をあけておくのがならわしであった。

しかも、大身旗本・永井伊予守の紹介であり、客は表御番医師というのだから、即座に平四郎は、

「かしこまりましてございます」

「暮六つをまわったころにということじゃ」

「よろしゅうございます。承知いたしました」

「では、そのころに、それがしが案内《あない》をして、お連れいたす」

こういって、石井浪人は伊助をうながし、立ち去ったのである。

この日は、離れ屋も二つあいており、広間の客もなかったので、平四郎は、

「ちょうどよかった」

急いで、御番医・岡本長元を迎える仕度にとりかかった。

〔大むら〕では片桐宗春を、五棟の離れ屋のうち母屋にもっとも近い一棟へ迎えてもてなすことにしている。

何となれば、料理場へ入って指図をしながら、宗春の座敷へも顔を出したかったからであろう。

料理を運ぶ座敷女中は、古参のお吉《きち》と新しく入ったおたみにきめた。

おたみは、宗春が招かれたことを耳にして、

「先日、福松さんのところへ、旦那のお使いでまいりました折に、その先生にお目にかかったので、ごあいさつをいたしました」

と、平四郎に告げたので、

（それならば、顔見知りの女中がひとり、いたほうがよいだろう）

こうおもったのだ。

六郷川でとれた蜆《しじみ》の味噌吸物。百合根《ゆりね》を梅肉であえたものに、鯒《こち》の洗い。小鮎《こあゆ》の風干しに黒胡麻《ごま》であえた隠元豆《いんげんまめ》など、夏らしい、さっぱりとした味で宗春をもてなすつもりの平四郎であった。

香の物は〔大むら〕の名物といわれた白瓜《しろうり》の印籠漬《いんろうづけ》で、そのほかに平四郎は、みずから蕎麦《そば》を打った。

片桐宗春が〔大むら〕へあらわれたのは、暮六つの少し前だ。

「これはこれは……お待ちいたしておりました」

平四郎夫婦は、離れ屋へ宗春を案内し、丁重に礼をのべる。

そこへ、お吉とおたみが、冷やした茶をギヤマンの器に入れたものと、氷砂糖と松葉の液に漬けた梅の実を運んであらわれた。

おたみは、すましこんでいる。

これが今夜、庭外れの物置小屋で自分に抱かれる女かとおもうと、宗春は何やら奇妙な感じがした。

そのうちに、ようやく夕闇が濃くなってきた。

酒が出る。

気のきいた前菜が運ばれる。

平四郎夫婦は、ひとしきり宗春の相手をしたあとで、

「お吉、たのみましたよ」

声をかけておいて、引き下った。

平四郎は、そのまま料理場へ入って指図をする。

(御番医の岡本様が、そろそろ、お見えになるころだ)

他の離れ屋二つには、それぞれ、数人の客が駕籠《かご》で到着していた。

帰る客を待つ駕籠は、表口の左手へ入り、別棟の控え所で駕籠舁《か》きには弁当が出る。

母屋と離れ屋をむすぶ屋根つきの長い渡り廊下を、女中たちがせわしげに行き交いはじめた。

「なるほど。うまいものを食べさせる」

宗春が、ひとりごとのようにいうと、古参女中のお吉が、

「先生に、そう言っていただきましたことを、あるじにつたえましたら、さぞ、よろこびますでございましょう」

如才なく頭を下げてから、

「おたみさん、御酒《ごしゅ》を……」

「はい」

おたみが神妙な顔つきで、宗春の盃へ酌をする。

いつの間にか、外はとっぷりと暮れ切った。

永井伊予守の家来に化けた石井浪人が先に立ち、これも表御番医に化けた萩原孝節を案内してあらわれたのは、このときである。

孝節のうしろに、中間《ちゆうげん》姿の伊助がいた。

表口へ出て来て挨拶をする平四郎夫婦へ、石井常七が、

「この家《や》のむすめごが病気だと聞いて、おついでに、岡本長元様がわざわざ診《み》て下さるという。あるじからも岡本様へおたのみをしてあることゆえ、先ず、病間へ御案内いたすがよい」

落ちつきはらって、そういった。

お歌が病気だということは〔大むら〕の使用人のだれもが知っているし、その口から諸方へひろまりつつあったのだろうと、平四郎夫婦はおもった。

「さぞ心配のことであろう。よしよし、わけもないことゆえ、診て進ぜよう」

そういった萩原孝節も立派な衣裳に身をつつみ、幕府の御番医になりきっている。

これは、平四郎夫婦も客商売だけに、ことわりきれなかった。

しかも、永井伊予守が口ぞえをしてくれたとあって、いよいよ、ことわりきれなかったし、

「さ、病間は何処じゃ、何処じゃ？」

いかにも心やすげに廊下へあがった萩原孝節の言葉に引き込まれて、平四郎が、

「それでは、お言葉にあまえまして……」

「おお、よいとも。よいとも」

お歌は昼すぎから少し熱を出しているようだったたし、

(診ていただいてもかまわないだろう)

平四郎夫婦が先へ立ち、孝節と石井浪人が二階へあがって行く。

表口にいた〔大むら〕の若い者が、伊助へ、

「あの、お駕籠は、こちらのほうへ……」

「よし。いま、そういって来る」

伊助は、ひょいと外へ出て行った。

このとき……。

片桐宗春が、お吉に、

「お、そうだ。お歌坊のぐあいは？」

「はい、おかげさまで……」

「今日は診てあげなかった。ちょうどよい。いま、顔色だけでも見ておこう。案内をたのむ」

「でも、せっかく、おたのしみのところを……」

「かまわぬ。ちょっと見ておこう」

「さようでございますか。では……」

お吉と宗春が立ちあがったときだ。

表口のほうで、

「火事だあ!!」

若い者の叫び声が起った。

十四

〔大むら〕の表口は、萱《かや》ぶき屋根の腕木門《うでぎもん》から外の道へ出られるが、その手前、左側の袖垣《そでがき》をまわると、料理場から通用口、庭へ通じる石畳の細い道路がある。

火は、袖垣のあたりから急に出た。灯油でもかけて火をつけたらしく、瞬時のうちに燃えあがった。

そのとき二階の、お歌の病間では……。

平四郎夫婦も、そしてお歌も気をうしなっていた。

病間へ平四郎夫婦が入るや否や、後ろから入って来た石井浪人が素早く前へまわり、物もいわずに夫婦へ当身《あてみ》をくわせ、気絶せしめたのである。

同時に、御番医に化けた萩原孝節が、おどろいて半身を起しかけたお歌へ飛びかかった。

お歌は、孝節に抱きすくめられただけで、驚愕のあまり気をうしなった。

「それっ!!」

声をかけた石井浪人が大刀を引き抜きざま、廊下へ飛び出した。

萩原孝節は用意の白布をぱっとひろげ、これをお歌の頭からかぶせておいて、

「よし」

お歌を抱きかかえ、石井の後から廊下へ出た。

さすがに悪党、二人のすることはあざやかなものだ。

「だ、旦那。か、火事でございます」

下足をあつかっている老爺の直平《なおへい》が大声をあげて階段を駆けあがって来た、その前へぬっと大刀をひっさげた石井浪人があらわれたものだから、

「わあっ……」

直平は足を踏み外し、階段を転げ落ちた。

石井は、階段を駆け降りざまに、

「退《ど》けい!!」

大刀を打ち振る。

女中たちの悲鳴があがる。

外では、

「水を早く……」

「そっちへ火がまわったぞ」

大さわぎになっていた。

お歌を引っかかえた孝節と石井浪人は、たちまちに外へ走り出た。

料理場から駆け出して来た二人の若い者が、石井と孝節を見て、

「おやっ……？」

「な、何だ、どうしたのだ？」

わめくのへ、石井が、

「おのれら、死にたいか!!」

大刀を振りまわすと、

「いけねえ」

「ひ、人殺し……」

二人とも、けむりがあがっている袖垣の向うへ逃げてしまった。

片桐宗春が、女中お吉と共に廊下へ出て来たのは、この一瞬前であった。

宗春は、異変を直感すると共に、坊主頭の医者ふうの男が、お歌を抱きかかえて外へ

走り出るのを見た。

以前の片桐宗春ならば、他人の異変に関わることをつとめて避けてきたわけだが、それにも限度がある。

このときは、ただ、

(お歌が攫《さら》われかかっている。あぶない!!)

この一事のみで、あとのことは脳裡におもい浮かばなかった。

宗春は、いささかもためらうことなく、

「曲者《くせもの》、待て!!」

叫びざま、外へ飛び出すのへ、振り向いた石井浪人が、

「邪魔するな」

刃を返した大刀で、峰打《みねう》ちに宗春を襲った。

「む!!」

左足《さそく》を引いた宗春は、この一刀を躱《かわ》すや、石井にかまわず、門外《もんそと》の道へ出た孝節を追いかける。

と……。

道の向うの大銀杏《おおいちょう》の蔭に待機していた町駕籠が一挺《いっちょう》、こちらへ走って来るではないか。

駕籠につきそっているのは、留《とめ》とよばれた男である。

放火した伊助が何処からか飛び出して来て、追って来る宗春へ木刀で打ちかかった。

「ばかもの!!」

大喝《だいかつ》一声、宗春は身をひねって躱しざまに木刀をつかみ、ぐいとひねる。

木刀は、伊助の手をはなれた。

「ああっ……」

おどろいた伊助がよろめいたとき、石井浪人が門外へ走り出て来た。

宗春は石井の面上《めんじょう》めがけて、伊助から奪った木刀を投げつけた。

「くそっ!!」

石井は腰を沈め、大刀をふるった。

木刀が二つに切り飛ばされた。

ついでにいっておくが、石井浪人も伊助も留も、邪魔に入った男が片桐宗春だとは気がつかぬ。

外の道には夜の闇が下りていたし、宗春は三年前のときの坊主頭ではない。

宗春もまた、彼らをそれと気づかぬ。

萩原孝節は、町駕籠へお歌の細い躰を投げ込むようにして、

「おい。は、早く、早く……」

叫ぶうちに、片桐宗春が駕籠へ走り寄って、息杖《いきづえ》を振りあげた駕籠舁きの鳩尾《みずおち》へ拳《こぶし》を

突き入れた。

「あっ……」

そやつは、前のめりに倒れ伏して、うごかなくなった。

駕籠は、一人で担げない。もう一人の駕籠舁きは、駕籠を捨てて逃げ出した。

「畜生め!!」

と、留が脇差を引き抜いて宗春へ切りかかった。

その膝のあたりを蹴って倒した片桐宗春へ、追いかけて来た石井常七が、

「うぬ!!」

大刀を突き入れてきたのへ、宗春はわずかに腰を落し、むしろ、こちらから踏みこんで、

「鋭《えい》!!」

左の手刀《てがたな》で、石井の右腕をぴしりと打ち据《す》えたものである。

石井の手から大刀が飛んで、地に落ちた。

このとき、石井常七が、

「ぶ、無礼な……」

と、わめいたのは笑止《しょうし》であった。

脇差を抜こうとした石井の脛《すね》を、宗春が蹴った。

「う……」

もうだめだと感じたのであろう。石井常七は伊助と共に身をひるがえして逃げた。

留は、闇の中を這《は》うようにして、竹藪《たけやぶ》の中へ逃げ込んでいる。

「これ、お歌……」

駕籠の中から引き出したお歌を抱きしめ、あたりへ目をくばった。

みんな、散り散りに逃げてしまった中に、ただ一人、宗春の拳をくらった駕籠舁きだけが気をうしなっている。

「これ、早く此処《ここ》へまいれ」

宗春が、道へ出て来た若い者に、

「この駕籠舁きを縛っておくがよい」

「へい」

「火は消えたか？」

「へえ、消えましてございます」

うなずいた宗春が、

「これ、お歌……お歌……」

軽く頬を叩いてやると、気がついたお歌は泣声をあげて宗春へかじりついた。

このとき、萩原孝節は闇の中を泳ぐように、必死で逃げていた。

十五

この夜の〔大むら〕は、大さわぎとなった。

この夜、片桐宗春が〔大むら〕に来ていなかったら、お歌の誘拐は完全に成功していたろう。

お歌を抱きかかえて二階の病間へ入った宗春は、すぐに主人夫婦の手当にかかった。そのとき、すべてを知った平四郎夫婦のおどろきと宗春への深い感謝。また、火事と聞いて庭づたいに逃げた客たちのありさま。使用人たちの様子などを、いまさらここに書きのべるまでもあるまい。

こうなっては、物置小屋でおたみと逢いびきをするわけにもまいらぬ。何しろ、その物置小屋には、宗春が気絶せしめた駕籠舁きが縛られて投げ込まれ、大むらの若い者が見張りをしているのだ。

宗春は、半刻ほど居残っていたが、隙《すき》をみておたみの耳もとへ、

「今夜は、だめだぞ」

ささやくと、おたみはさもうらめしげに、

「あい。でも……こんなに躰が火照《ほて》っているのに……」

「よいか、おたみ。何事があっても、私から知らせがあるまで、この大むらをうごいて

はならぬ、わかったな」

「……？」

とっさに、おたみは宗春の言葉がのみこめなかったようだ。

そこへ、古参女中のお吉が入って来たので、宗春は立ちあがり、

「主人《あるじ》には黙っていてくれ。庭から帰るゆえ、履物《はきもの》をそっとこちらへまわしてもらいたい」

と、いった。

平四郎は宗春の手当を受けるや、すぐに料理場へ入り、気丈に指図をはじめた。

火が消えたので、客も戻って来た。

その一方で、平四郎は本所の表町に住む御用聞きの文蔵《ぶんぞう》へ使いを走らせた。

御用聞きは、岡《おか》っ引《ぴき》とも目明《めあか》しともいわれ、町奉行所の手先（刑事・探偵）となってはたらく。彼らは町奉行所に直属しているわけではなく、奉行所の与力・同心の下について、自在のはたらきをする。

こうしたわけで、いわゆる「お上の御用をつとめる……」ことを笠に着て、悪辣《あくらつ》なまねをする御用聞きも少くない。

だが、文蔵は、

「表町の親分」

とよばれて、土地の人びとの信頼も厚かった。

〔大むら〕の平四郎も、かねがね、

「あの親分は、ほかの御用聞きとは一味も二味もちがう」

そういっている。

その文蔵が、駆けつけて来るとなれば、いつまでも宗春が、此処《ここ》に落ちついているわけにはまいらぬ。

此処にいれば、必然、片桐宗春も文蔵の調査に協力しなくてはなるまい。

そうなると自分の身分や経歴についても、語らざるを得ないことに、

(なるやも知れぬ……)

のである。

いずれにしても、

(目立ってしまう……)

ことは、たしかだ。

片桐宗春は、目立つことを避けねばならない。

(これは何としても、勝庵どののちからを借りなくてはならぬ)

自分が下手にうごくよりも、そのほうが先だと、宗春はおもった。

で、福松の家へもどると、この夜の事件を手短かにはなし、

るだろう」

「急用をおもい出して、これから勝庵どののところへ行って来る。今夜は泊ることにな
「へえ。おどろきました。大むらに火が出たなんて、ちっとも知らなかった」

「火は、さいわいに消えたが、すぐに見舞いに行ったほうがよくはないか？」

「へえ、そうします」

「では、後をたのむ」

片桐宗春は福松の家を出て、滑川勝庵宅へ向った。

この時刻になると、渡し舟は出ていない。

そこで宗春は、両国橋まで出て、前に何度か来たことがある船宿へたのみ、小舟を出してもらい、大川をさかのぼり、千住大橋の手前の荷揚場《にあげば》へ舟を着けてもらった。

滑川勝庵と医生の白石又市は、まだ起きていて酒をのんでいたが、

「や……どうなすったので？」

「勝庵どの。困ったことになって……」

勝庵は白石に「向うへ行っていてくれ」と目顔でいったが、それを見た宗春は、

「いや、白石さんにも居てもらったほうがよい」

となりの部屋へ去ろうとする白石をとめてから、今夜の事件を語った。

「ふむ……ふむ、ふむ……」

身を乗り出して、すべてを聞き終えた滑川勝庵が、凝《じっ》と空間の一点を見据え、何事か考えていたようだが、

「若先生は今夜、此処へお泊り下さい。明日、私が大むらの主人に会ってまいりましょう」

「そうして下さるか」

「わけもないことです。おはなしの様子では、大むらの主人が、どのような男か、およそ見当がつきます」

「さようか」

「何、案ずることもないでしょう」

「いやなに、長い間、何事にも目立つことなく、ひっそりと生きつづけてきたのが習慣《ならい》となってしまったので、面倒なことは、なるべく……」

「おっしゃるとおりだ。また、そうなさるのが本当です」

勝庵は、あくまでも、宗春が追われる身であることを忘れない。

翌朝……。

滑川勝庵は今戸（橋場）の渡しから大川をわたり、先ず福松宅へ立ち寄り、福松の案内で「大むら」へ向った。

それは、まだ朝のうちであったが、昼近くなって、渡し舟で大川をわたって来る人び

との中に、お初こと初乃の姿を見ることができる。

初乃は、福松の家を知らぬ。その家に片桐宗春が昨夜まで寄宿していたことも知らない。

ただ、手代・新助の報告によって、

(夏目小三郎さまは、どうやら、川向うにおいでなさるらしい……)

と、直感したのである。

昨日の午前中に、宗春が根岸の寮へ来ることを知り、新助に尾行させようとおもったが、ちょうど折悪しく彼は店の用事で、朝早くから出かけてしまった。

吉野屋が、

「一度、先生にお目にかかり、御礼を申しあげておくれ」

たのんだときは、仮病をつかって、ことわっている初乃だ。

いま、大川をわたりきった初乃は、日傘《ひがさ》をさし、堤の上へ立った。

そして、あたりを見まわしているうち、のぼりきった強い日ざしが川面に白く光っているのに視線をとどめ、そのまま身じろぎもせず、初乃は何やらおもいにふけっている様子だ。

夜の秋

一

滑川勝庵は、日暮れ前に三ノ輪へもどって来た。帰りにも今戸の渡し舟を利用したのだが、初乃は、そのずっと前に姿を消していた。

「若先生。大丈夫です。あの大むらのあるじは、なかなかどうして、肚《はら》の据《す》わった男ですよ」

と、勝庵は、待っていた片桐宗春へ告げた。

勝庵は〔大むら〕の平四郎へ、

「あの、山田宗春というお人は、いろいろな事情《わけ》があって、あまりに目立っては困るのです」

くわしくは語らず、ただ、それだけをつたえると、凝と勝庵の眼を見まもって聞き終えた平四郎が、

「わかりましてございます。おっしゃるとおりにいたしますでございます」

しっかりと受け合ったそうな。

つかまえておいた駕籠舁きは、昨夜のうちに御用聞きの文蔵が番所へ引っ立てて行き、きびしく調べあげた。

「ああした朦朧《もうろう》駕籠舁きが、近ごろは増えて困ります」

この日の昼前に、また「大むら」へあらわれた文蔵が平四郎に、

「あの野郎どもは、金しだいで、たのまれた悪事をわけも知らずにやってのける。駕籠舁きは昨夜、逃げたやつどものことをろくに知ってはおりません。ただ前に三度ほど、金をもらって一緒に悪事をしたらしいので……」

告げておいてから、

「何か心当りはありませんか？」

「と、申しますと……」

「だれかに恨《うら》まれているとか……」

「さあ、おぼえがないと申しあげるよりほかに、いいようがございません」

少女のお歌を誘拐しようというからには、先ず、その身代金を奪《と》るのが目的で、おそらく曲者どものねらいはそこにあったのであろうと、文蔵はいった。

つぎには、怨恨一すじの悪事によるもので、これだと、お歌の命にかかわることにな

る。


いずれにせよ、平四郎には、恨まれるおぼえがない。ないが、しかし、このあたりの同業者が〔大むら〕の繁昌を、

（妬《ねた》んでいる……）

ことは事実だ。

それにしても、同業者の妬みが、お歌の誘拐と結びつくはずがないと、平四郎はおもっているから、文蔵にもいわなかった。

文蔵は、片桐宗春についても一応は問うたが、

「ほんとうに、よいときに、よいお人がお客になっていましたね」

そういったのみで、深くは尋ねようともせず、宗春に会おうとも言い出さなかった。

「ともかくも、あなたは大恩人なのですから、大むらのあるじは、どのようにして自分の気持ちをあらわしたらよいのか、御礼の仕様について私にいろいろと尋ねるので、困りましたよ」

勝庵は、そういって、

「いかがです。また、しばらくの間、こちらの隠れ家でお暮しなすっては……」

「勝庵どのには重ね重ね、迷惑をかけるばかりだ」

「なあに若先生。こんなことがあるから、世の中はおもしろいのですよ。福松にも、よ

く言いふくめておきました」

この夜、片桐宗春は久しぶりで三木家の隠れ家へ行った。

(ああ、よけいなことをしてしまった……)

おもう一方では、

(だが、私がいなかったら、お歌は曲者どもに勾引《かどわか》されていたにちがいない。よかった、よかった……)

神経質なお歌だけに、得体の知れぬやつどもの手で誘拐されたとなると、その衝撃だけで、あるいは死んでしまうこともないとはいえぬ。

夕餉《ゆうげ》は勝庵宅ですませた宗春は、隠れ家へ入ると、先ず酒の仕度をした。

ひとりきりで、酒をのみはじめると、どうしても昨夜の事件を想い起さずにはいられない。

自分に斬りかかってきた侍が、三年前に、この隠れ家を襲った浪人たちだとは、気づかなかった。

記憶もうすれているし、そもそも、石井浪人の身なりがちがっていたので、わからなかった。

はげしい乱闘の中で、双方ともに、三年前の朝のことを想起するゆとりはなかったといえよう。

（ただ、あの男……？）

「大むら」の門外へ、宗春が追って出たとき、坊主頭の男が、走り寄って来た町駕籠の中へ、お歌を投げ込むようにした。

（たしかに、坊主頭であった）

「大むら」の門外には行燈《あんどん》が掛けられてあり、その淡い灯影《ほかげ》に、宗春は萩原孝節の坊主頭をたしかに見た。

片桐宗春が駕籠に走り寄り、駕籠舁きの一人を拳《こぶし》で撃って倒したとき、萩原孝節は早くも逃げ出していた。

泳ぐように両手を前へ突き出し、よろめくがごとくに闇の中へ消えた孝節の後姿を、宗春は一瞬だが眼にとめている。

いうまでもなく、その顔つきまでは、宗春もたしかめられなかった。

（あの坊主頭は、前に小千住の茶店の前で出合った、私によく似た医者の風体《ふうてい》をした男ではなかったか……？）

「大むら」の主人がいうところによれば、表御番医師の名を騙《かた》って、曲者どもは乗り込んで来たそうな。

（それにしても……）

あの坊主頭が逃げて行ったときの後姿が、片桐宗春の瞼《まぶた》にやきついてはなれない。

事件の直後は、さして気にならなかったのだが、今日、滑川勝庵宅に落ちついてから、急に、坊主頭の後姿が気になりはじめた。

一瞬のうちに闇に消えた、あの後姿、逃げ走る足どり……。

(たしかに、以前、何処かで、私はあの男を見ている……いつ、何処でだったろう？)

盃の酒は、いつの間にか冷えていた。

二

その夜、片桐宗春は熟睡し、朝を迎えた。

日がのぼりはじめている。

今日も暑くなりそうだ。

宗春は起きあがり、居間の窓の戸を開けた。

朝の、さわやかな微風が窓からながれ入ってきた。

外へ出て、井戸の水を水桶に汲み入れ、その汲みたての冷たい水を一息にのみほしてから、ふたたび、居間の臥床《ふしど》へもどった。

煙草盆を引き寄せ、先ず、一服するのが毎朝のならわしである。

宗春がつかっている煙管《きせる》は三本ほどだが、その中で、亡き父・片桐宗玄《そうげん》遺愛の煙管が最も吸い心地がよい。

したがって、この煙管をつかうことが多い。

銀づくりの、この延煙管《のべぎせる》は携帯用のもので、雁首《がんくび》に桐の花が彫ってあるだけのものだが、

「これは実によい煙管だ。むかし、江戸にいたころ、深川に住んでいた煙管師に注文し、つくらせたものだが、吸い心地は天下一品じゃ」

と、宗春に語ったことがあった。

彫りつけた桐の花は、片桐の姓にちなんだものであろう。

煙草をつめ、うまそうに一服、二服……。

吸ったかと思うと、宗春が、

「あっ……」

自分でも、びっくりするような声を発した。

亡父遺愛の煙管で煙草を吸ったことにより、宗春の脳裡が一つの連想をよんだのである。

連想とは、ふしぎなものだ。

これまでに、この煙管をつかっていて、別に何の想いも浮かばなかったのだが、昨夜の想いが脳裡の片隅に残っていて、それが、この連想を引き出したにちがいない。

宗春の脳裡に浮かんだのは、亡父・宗玄の顔であった。

つぎに、あの坊主頭の男（萩原孝節）が逃げて行く後姿が浮かんだ。

（ま、まさか……）

片桐宗春は、軽く口をひらいたまま、凝然となった。

このときの衝撃は、宗春にとって、木曾街道で堀内源二郎一行に追いかけられたときよりも、層倍のはげしさだったといってよい。

（父だ……あの男の躰つき、歩みぶりは、まさに父だ）

小千住の茶店の外で、笠の内から、目の前を通り過ぎて行った坊主頭の男を見たとき、宗春は、

（何年か前に何処かで、あの男が歩いている後姿を見た……）

ような気がするとおもったが、そのときは、おもい出せなかった。

（そうだ。あれは、父の後姿そのままだ）

とすれば、あの男の顔が、自分にそっくりといわぬまでも、

（似ている……）

ということは、いったい何を意味するのであろうか。

亡父・片桐宗玄は、宗春の母と結婚をして近江の彦根から京都へ移り、以来、死去するまで京都をうごかなかったが、それまでは諸国をめぐり歩き、ことに江戸では、かなり長い間、住み暮していたようである。

そのころ独身《ひとりみ》だった父・宗玄が、どのように暮していたものか、宗春も亡母もくわしくは知らぬ。

また宗玄も、あまり語ることがなかった。

辛うじて、滑川勝庵が父の元敬《げんけい》から聞きおよんだことを、又聞きしたところによると、江戸に住んでいたころの片桐宗玄は、

「一年か半年に一度は、住居を変えておられたようです」

とのことだ。

住居が変れば、環境も変る。

その変った環境をたのしみつつ、すぐれた町医者として、日を送っていたらしい。

あの坊主頭は、そのころの父が、何処かの女に生ませた子ではないのか?

(もしやして……?)

「むう……」

唸《うな》り声をあげた片桐宗春の手から、銀煙管がぽとりと落ちた。

ずっと、むかしのことだが……。

まだ子供だった宗春の手を引き、宗玄が京の町を歩いていたとき、向うから来た中年男が宗玄の懐中物《かいちゅうもの》を掏摸《すり》とって逃げたことがあった。

「待て!!」

宗玄が、自分の手をはなし、すぐさま掏摸を追いかけて行ったときの後姿と、宗春の瞼の中で、昨夜の坊主頭が逃げて行く後姿とが一つに重なってしまった。

そして、どうしても、はなれなくなってしまった。

（あの男は、腹ちがいの、私の兄か……）

このことである。

片桐宗春の顔が、いくらか蒼《あお》ざめてきたようだ。

長い時間が、いつの間にか過ぎた。

宗春は、銀煙管をとって煙草をつめかえ、ぼんやりと、けむりを吐いた。

三

この日、いちにちをどのようにすごしたのか、片桐宗春はよくおぼえていない。

気がつくと、夕闇が家の中にもたちこめていた。

宗春は着替えもせず寝間着のままで、炉端に坐り、煙草を吹かしていたのだ。

臥床は片づけてあったが、片づけたおぼえがない。

だから、食べ物を口に入れたおぼえもなかった。

「ごめん下さい……ごめん……」

台所の外で人の声がする。滑川勝庵の声であった。

はッと気づいて、台所へ降り、戸を開けた。

「若先生。どうなさいました？」

灯火もつけず、寝間着のままであらわれた宗春を見て、勝庵は妙に感じたらしい。

「いや、別に……」

別にどころではない。宗春にとっては非常の事だ。

「入ってよろしいですか？」

勝庵が、声をひそめて尋《き》いた。

中に、女でもいるのかとおもったらしい。

「さ、どうぞ、入って下さい」

「かまわぬので？」

ここにいたって宗春は、勝庵のおもいちがいに気づき、

「うふ、ふふ……まさか……」

苦笑を洩《も》らした。

家の中へ入って来た勝庵は、行燈《あんどん》へ明りを入れている宗春に、

「その後のことが気にかかり、昼すぎから、ちょいと大むらへ行って来ました。何も案ずることはないようですが、しばらくは此処《ここ》におられたほうがよろしいでしょう」

「そうしましょう」

今朝ほど、大むらへ来た御用聞きの文蔵が告げたところによると、昨夜、狼藉《ろうぜき》をはたらいたやつども、すでに江戸から姿を消しているであろうということだ。

何しろ、悪事に加担した駕籠《かご》舁きの一人が捕えられてしまったのだから、それも当然といえよう。

駕籠舁き二人は、一挺《いっちょう》の古駕籠をもち、深川の外れにすんでい、さまざまな小悪事《こあくじ》をやって暮している。相棒が捕えられたというので、逃げた駕籠舁きは昨夜から深川へ帰っていない。これも、お上《かみ》の手がまわることを怖れたのだ。

いずれにせよ、捕えた駕籠舁きの自白だけでは、四人の悪党どもが何処に住んでいたのか、それもわからぬ。

何度か、この駕籠舁き二人に悪事の手つだいをさせている伊助だが、その相談をもちかけるときは、伊助のほうから彼らの〔巣〕へ出向いて来るのだ。

そして、駕籠舁きたちの前では、伊助や石井たちが、めったに語り合わなかったらしい。

「へえ、ただもう、こっちは金さえ貰えば、それでよかったものですから、いわれたことだけをやっていただけなのでごぜえますよ、親分」

捕えられた駕籠舁きは、御用聞きの文蔵へ、そういったとか……。

駕籠舁きは、伊助にたのまれた、そのほかの悪事をすべて白状したが、その中に、三

年前の宗春を襲ったとき、加担していた様子は、

（なかったようだ）

と、宗春は感じた。

御用聞きの文蔵は、別に、片桐宗春に会ってみたいとも、はなしを聞きたいとも、いわなかったそうだ。

「あの親分は、てまえどもとは親しい間柄でございまして、私の申すことを、よく聞いて下さいます。肚《はら》の練れたお人でございますよ」

大むらの平四郎は、滑川勝庵にそういって、

「それにしても滑川先生。山田宗春先生は、いずれにおいでなさるのでございましょう？　実は、むすめも心配しているのでございますが……」

「あ、そのことそのこと。むすめごに変りはありませぬかな？」

「はい。熱も引きましたが、何しろ、あのさわぎで動転しておりますので……」

「むりもない。では私が、ちょいと診《み》ましょう」

勝庵は二階へあがり、まだ蒼ざめているお歌へ、

「宗春先生は、この小父《おじ》さんのところにいるから安心おし。二、三日うちには此処へ見えなさるだろう」

やさしくいいきかせると、とたんに、お歌の顔へ血の色がよみがえった。

　そこで勝庵は診察をし、

「おお、すっかり癒《なお》っている。明日から起きあがって、宗春先生が見えたときには、元気な姿を見せておあげ。そうすれば先生、どんなによろこぶだろう」

　はげましておいた。

「あの子の病気は、気の患いですな。弱いように見えるが、もう少し大きくなると、丈夫になるでしょう」

「私も、そのように診ました」

　片桐宗春は着替えをすませ、酒の仕度をととのえた。

「や、これは、御馳走に……」

「とんでもない。あなたが仕度しておいてくれた酒です」

「また、おっしゃる」

「いや、ごめん」

　何といっても、むかしは一つの家に暮していただけに、打ち解けるのも早いのだ。

「ときに勝庵どの」

「はい？」

「いささか、聞いていただきたいことがあるのです」

「あらたまりましたな」

「さよう。あらたまらざるを得ません」

「ほう……」

片桐宗春は、おもいきって、坊主頭の男のことを滑川勝庵へ語った。

「ふうむ……」

勝庵は目を見張り、口を一文字に引き結び、聞き入っていたが、

「では、魚定《うおさだ》の女房が見たという、若先生によく似た町医者ふうの男というのは……」

「それです。たしかに、あの男にちがいない」

「なるほど……」

「何と、おもわれる?」

「若先生の眼力に狂いはありますまい。まさに同一の男でありましょう」

「いや、そのことのみではない。あの男は私にとって、腹ちがいの兄ということになるのではないか、と……」

「ううむ……」

「いかがであろう?」

「さよう……」

わずかにうなずいた勝庵が、

「私は、この目に、その男を見てはいませんが、こうして、あなたのおはなしをうかが

うと……どうも……」

「どうも？」

「そのような気がします。ないことではない。あって、ふしぎではないことだ」

「やはり、そうおもわれたか」

「はあ。独身《ひとりみ》で、江戸に暮していた宗玄先生ゆえ……」

「何ぞ、あなたの父上から、そのようなことを耳にしたことが……」

「いや、それはありませぬ。また、もしも亡き父が知っていたとしても、若かった私に、そうしたことを洩らすことはありますまい」

「ふうむ……」

今度は宗春が、低く唸った。

「しかも、その男は、幕府《こうぎ》の御番医に化けてあらわれたといいますから、少しは医薬の心得もあるのでしょう」

「………」

「となると、いよいよ、宗玄先生の血をわけた子のようにおもわれます」

「私も、そのように感じた……」

「もし、そうだとしたら、宗玄先生は江戸を去るにあたって、その子を、しかるべき医者の手へあずけたのではありますまいか」

「なるほど」

「または、養子にさせたとも考えられます」

こういって、滑川勝庵がきっぱりとした口調になり、

「いずれにせよ、このことは、お忘れになることだ」

「しかし、そうはいっても、亡父の血をわけた兄が、あのような悪事をはたらいているとなれば……」

「いまのあなたは、御自分のことのみで精一杯ではありませんか」

「だが勝庵どの。江戸にいたころの父が、どのような暮しぶりだったのか、ぜひとも知りたい。知りたくなってきた。どのようなことでもよい。あなたの耳に残っている父のことを、はなしてもらいたいのです」

「さあて……」

滑川勝庵が腕を組み、大きな眼を閉じたとおもったら、すぐにぱっと見ひらいて、

「だれか来る……」

低く、言った。

宗春も耳をすませた。

たしかに足音が、裏手へ近寄って来る。

足音がとまって、台所の戸が叩かれた。

四

「もし……もし、勝庵先生はおられますか、白石です」

戸を叩いたのは、白石又市であった。

「なんだ、お前か……」

宗春が立ちあがるより早く、台所へ降りた勝庵が戸締りを外すと、白石が汗をふきふき入って来て、

「今夜は蒸しますなあ」

「何か、あったのか？」

「お帰りがないので、大方ここだろうとおもいました。先程、吉野屋の手代が使いにまいりまして、明日、吉野屋が根岸の寮へ来るので、ぜひとも、宗春先生においでを願いたいのだそうです」

「ぜひとも……？」

いいさして、滑川勝庵が宗春へ視線を移し、

「若先生。どうなさいます？」

「白石さん。吉野屋は、ずっと根岸にいたのではないか？」

「いいえ、それが店の急用で、今朝早く、池之端仲町へ帰ったらしいのです」

「さようか……」

「どうしましょう？」

するとと勝庵が、

「大丈夫ですか、吉野屋には、このさい、あまり近寄らぬほうがよいのではありませんか」

勝庵は、さして躰も悪くない吉野屋清五郎が、片桐宗春の診察を執拗にせがむので、少し不安をおぼえているようだ。

「ま、ともかくも行ってみます。そして帰りに大むらへ寄り、お歌の様子を見て来ましょう」

「では、夕飯を私のところでなすって下さい」

「はい」

「なるべく、お早く、な」

「心得た」

間もなく、勝庵と白石は帰って行った。

二人が帰るのを、宗春は台所の外へ出て見送った。

これを、竹藪《たけやぶ》の中にいて、蚊に喰われながら見とどけた男がいる。

ほかでもない、吉野屋の手代・新助であった。

吉野屋清五郎の使いに来た新助は、外へ出て物陰に隠れ、勝庵か白石又市が出て来るのを待った。

片桐宗春が勝庵宅にいないとすれば、

(知らせに行くにちがいない)

と、おもったからであろう。

果して、白石又市が外出をし、宗春の隠れ家へ入った。

そして宗春その人が、帰る二人を送って出たのを、新助はたしかに見とどけたのである。

これで、宗春が隠れ家へもどっていることは、初乃の耳へ入るにちがいない。

同じ日の夜ふけであったが……。

坂本二丁目の軍鶏鍋屋《しゃもなべや》〔桜屋〕の二階座敷で眠っていたお米《よね》は、妙な気配に、ふっと目ざめた。

暑い夏のころは、お米も伊助も、この二階座敷を愛用している。

窓を少し開けておくと、涼しい風が入るからだ。

「あ……」

いつの間にか、お米は寝間着をぬぎ捨てていた。

いや、裸体にされていた。

その背中に、ぴったりと、男の裸身が貼りついているではないか。

「お、お前さん……」

「叱《し》っ」

まさに伊助だ。

昨夜、ここへ帰って来なかった伊助だが、さして、めずらしいことではなく、おそらく今夜も帰らず、

(どこかで悪事でもはたらいていなさるのだろう)

お米は、気にもとめなかった。

伊助は背後から腕をのばし、お米の乳房をつかんだ。

「お前さん。ど、どうしなすったのだよ?」

「屋根から入《へえ》って来た……」

「なんだって?」

「昨夜から今日にかけて、だれか此処《ここ》へ、おれをたずねては来なかったか?」

「いいえ、だれも……あっ、もう、そんなことをされては……」

たまらないとばかり、躰の向きを変えようとするお米の耳へ、伊助が口をつけて、

「しずかにはなせ。いいから……このままでいいから、よ」

「だって、お前……」

お米が鼻を鳴らしはじめた。

「いいか、お米。だれか来て、おれのことを尋ねたら、このところ、半月ほども顔を見せませんといっておけ。だれが来ても、そういうのだ。いいか。いいな」

「あい、よ」

「しばらくは帰って来られねえかも知れねえが……といっても、一月ほどの辛抱だ」

「何か、まずいことになったのかえ？」

「なあに、大丈夫だ。ただ、大事をとっているだけよ」

「あ……あっ、お前。な、何をするのだよう」

「じっとしていろ。たまには、こういうのもいいだろう。え？」

暑く重苦しく垂れこめている夜の闇の中で蚊遣《かや》りのけむりが、はげしく揺れうごいた。

「お米。おれの留守中に、浮気をしやがったら承知しねえぞ」

「す、するもんかね」

「お前は、油断がならねえ。何しろ、亭主が死ぬとすぐに、おれとくっついた女だからな」

「それは、お前がむりやりに……」

「嘘をつけ」

「だって、お前が、あの晩に……」

「女という生きものは、おのれが納得してえがために、どんな嘘でも平気でつくのだ」

「……」

「どの女でも、みんなそうだ。え、どうだ。そうだろう。ちがうか、え、ちがうかよ」

伊助は執拗に、いや強暴に、お米を言葉と躰で責めたてはじめた。

五

翌日の昼前に、片桐宗春が吉野屋の寮へ出向くと、

「よくおいで下さいました。今日は先生に、ぜひとも、聞いていただきたいことがあるのでございます」

吉野屋清五郎は、庭に面したいつもの部屋へ宗春を招じ入れ、人ばらいをしてから、こういって、かたちをあらためた。

(もしやすると、初乃と私のことを吉野屋が知ったのではないか?)

一瞬、宗春はそう感じたが、またしても、その直感は狂っていた。

「先生。私の店は、上等の袋物をあつかっておりまして、吉野屋と申せば、江戸でもそれと知られた店になりました。私は、その五代目の主人《あるじ》なのでございます」

と、清五郎は切り出した。

いったい、何を語ろうというのであろう。

「まことに失礼ながら、先生は、欲のないお方だと、かようにお見うけいたします。いかがでございましょう？」

「……」

そういわれてみると、そうかも知れぬ。これまでの片桐宗春は、欲をもつゆとりもなく逃げまわっていたのだから……。

だが、いまは少しちがってきている。

第一に、宗春は追手の堀内源二郎一行を、さほど、恐れぬようになってきた。

（来るなら来い。闘ってやる。その結果、斬り殺されてもよい）

そうおもうようになり、隠れ家への出入りにも、さして神経をつかわぬ。

「大むら」の一件が、自分の身におよぶことをはばかるのは、一に自分の身分が長い間の逃避行によって、あいまいなものになっているからだ。

江戸の時代《ころ》は、人別《にんべつ》の証明や所在がやかましく、いざとなったとき、

「三ノ輪の近くに住む町医者・山田宗春」

というだけでは通らない。

さらに当時は、一個の人間に何か起ったとき、その責任は周囲の人びとにまでおよぶ。

たとえば、宗春が犯罪をおかしたとなると、滑川勝庵や白石又市、ひいては隠れ家を提

供してくれた三木家にまで、

「累がおよぶ」

のである。

「自分さえよければ、何をしてもよいのだ」

という時代ではなかった。

いまの……というより、昨日からの片桐宗春は、

(江戸にいたころの、亡き父のことを何とかして知りたい。どのようなことでもよい)

この一事を、おもいつめている。

「先生。御存知のように、私は六十をこえてしまいました」

「はあ……」

「先《さき》の女房との間に、二人の子をもうけましたが、二人とも早死をしてしまいました」

「……？」

「後妻《のちぞえ》のお初との間にも子はなく、これより先、子をもうけることもないとおもうのでございますよ」

なるほど、その通りやも知れぬ。

淡々という吉野屋清五郎の言葉を、宗春は他人事《ひとごと》のように聞いていたが、

「いまの私には、吉野屋という店を後に残すつもりは毛頭ございません」

いい出た吉野屋の言葉は、おもいもかけぬものであった。

「なれば、御養子をおもらいになればよろしいのでは……」

「はい。一応は養子をとりましたが、後のことは知りませぬ。店のことを考えますと、かえって、いろいろと、人間の煩悩《ぼんのう》とやらいうものにつきまとわれてしまいましょう。それが、いやなのでございます」

五代もつづいた老舗の主人としては、意外な言葉、思案といってよい。

「そのような煩悩につきまとわれぬうち、私は他国へでも行き、ひっそりと余生を送ろうとおもっております。このことを先生は、何とおもわれましょうか？　それを……それを私は、ぜひとも、うかがってみたいのでございます」

しだいに、吉野屋清五郎の声に熱がこもってきた。

こたえに窮した片桐宗春は、例の銀煙管《ぎんぎせる》を出し、煙草をつめはじめた。

この寮で煙草を吸うのは、これがはじめての宗春であった。

その手もとを、凝《じっ》と見つめていた吉野屋が、

「先生。めずらしい煙管を、お持ちでございますな」

と、いった。

「この煙管が、どうかしましたか？」

「ちょっと、拝見を……」

宗春の手から煙管を受け取り、まじまじと見入っていた吉野屋が、

「これは、むかし、深川に住んでいた煙管師・彦蔵《ひこぞう》がつくったものでございます。間ちがいはございません」

片桐宗春の顔色が、少し変った。

「その煙管師を、御存知か？」

「私の店からも注文したことが、何度もございます。いまはもう、仕事ができる齢《とし》ではございませんが、長生きをして、まだ深川に住んでおりますよ」

「どこに……深川のどこに住んでいるのです？」

われ知らず、宗春の声は切迫していた。

ちょうど、そのころであったろう。

江戸をはなれること二十里二十町、東海道の小田原城下へ箱根の方から入って来た旅の侍が二人。

一人は、片桐宗春を兄の敵《かたき》と追いもとめる堀内源二郎。一人は助太刀としてつきそっている児玉権之助《こだまごんのすけ》である。

二人は、小田原の本陣・保田利左衛門《やすだりざえもん》方へ入って行った。

小田原は、東海道でも名だたる宿駅で、大久保加賀守・十一万三千石の城下でもある。

その本陣といえば、貴人の宿所であり、丹波・篠山の城主・青山下野守も参勤で江戸

へ来たり帰ったりするときは、この保田本陣へ泊る。

堀内源二郎一行は、旅費が不足すると、小田原の保田本陣や篠山藩の京都屋敷へ立ち寄り、金を受け取る。

何しろ、源二郎の父は、篠山藩の最高権力者で家老の一人でもある堀内源左衛門だけに、敵討ちの旅費は惜しまぬ。

山陽道や中仙道にも、保田本陣のように、金を立て替えてくれる本陣や脇本陣があるという周到さだ。

それもこれも、跡つぎの長男を片桐宗春に斬殺された怒りと恨みが大きく、はげしいからであろう。

堀内源二郎と児玉権之助を迎えた本陣では、

「ちょうどようございました。昨日、江戸の御屋敷から書状がとどいたところでございます」

こういって、あるじの保田利左衛門が一通の書状を、源二郎へわたした。

「さようか」

書状を一読して、堀内源二郎の顔色《がんしょく》が、さっと変った。

「どうなされた？」

と、児玉権之助。

「夏目小三郎が、江戸にいるそうな」

「えっ……」

「以前、京の屋敷にいた者が路上で、たしかに見かけたという」

「まことですか？」

「後をつけたが、見うしなったそうだ」

書状は、江戸藩邸の留守居役《るすいやく》・田村惣兵衛《たむらそうべえ》からのもので、おそらく、同じ知らせが京都屋敷へも向っているにちがいない。

知らせが一昨日、小田原へ着いたのだから、この書状は四日か五日前に江戸藩邸から出たものであろう。

「源二郎殿。では、すぐさま江戸へ……」

「よし」

二人は、保田利左衛門が立て替えた旅費を受け取るや、すぐさま街道へ飛び出して行った。

ところで……。

読者は、もう一人の助太刀・本田弥平が源二郎につきそっていないことに気づかれたろう。

いまや本田弥平は、この世の人ではない。

この春、播州《ばんしゅう》（兵庫県）の竜野《たつの》城下で急死してしまったのだ。いまでいう脳溢血《のういっけつ》のようなものだったのか……。

「源二郎殿。小三郎めの居所を突きとめられなかったのが残念ですな」

「だが児玉殿。江戸にいることがわかっただけでもよい。これで充分だ」

「それは、そうですな」

「今度こそ、逃しはせぬ」

長年にわたる旅の疲れが浮いていた二人の顔に血色がみなぎり、

「児玉殿。急ぎますぞ」

「心得た」

汗まみれの二人は、走るように東海道を下って行った。

六

場面を、ふたたび吉野屋の寮にもどしたい。

吉野屋清五郎は、故片桐宗玄遺愛の銀煙管をつくった煙管師が、まだ生きていると告げて、宗春を興奮させた。

あまり期待はできぬが、

（その煙管師が、もしや、父のことをおぼえてはいないだろうか？　ともあれ、訪ねて

みよう）

いますぐにも、深川へ向いたい片桐宗春へ、吉野屋が、さらに意外なことをいい出した。

「先生。私は、店を捨てようと考えているのでございます」

「何ですと？」

「実は私、若い番頭の佐太郎と申す者を、一応は養子にしてあります。ですが私は心の中で、先ほども申しあげましたように、養子をとったつもりはありませぬ。店をくれてやるつもりなのでございます」

「くれてやる……？」

「佐太郎が、どこまで吉野屋をつづけて行けるか、それは当人しだいでございます」

「で、後妻《のちぞえ》の方《かた》は？」

「これはこれで、しかるべく、金をわたし、これより先は好きなように世を渡らせようとおもっております。ですが、それだけで満足するか、どうか……この女は、なかなかのものでございましてな」

「なかなかのもの……？」

「女は、たちまちのうちに心が変るものでございますなあ」

「ほう……」

「いまの家内は、養子の佐太郎と折り合いがよくありません」

「それは、困りましたな」

「いいえ、困りませぬ。傍《はた》で、じっと見ておりますと、おもしろうございますよ」

吉野屋は低く笑って、茶をのんだ。

「京におりましたときの家内については、よく存じませぬ。ただ、家内の兄にあたります人が篠山藩にいて、私どもの商売とも関わり合いがございます。いまは、京から江戸の御屋敷へ移って来ておりましてな」

「………」

初乃の兄・平山丈助ならば、京にいたころの宗春がよく知っている。

(平山が、江戸屋敷詰めになったのか……)

吉野屋清五郎は、団扇《うちわ》を取り、宗春へ風を送ってよこしながら、

「家内の、お初は、やみやみと吉野屋の身代《しんだい》を佐太郎ひとりにゆずりわたすつもりはございますまい」

「……?」

「私は、何処かへ行ってしまいますから、後のことは知りませぬ。お初のような女を押えきって、他の奉公人をも手なずけ、吉野屋を、しっかりと我物にしたとなれば、佐太郎も一人前の商人《あきんど》になれましょう」

他人事のように語る吉野屋清五郎なのである。

「私も、これで……」

いいさして吉野屋は、指を折ってみて、

「あと五年か六年か、それから先は、もう、この世の人ではありますまい。人の一生などというものは、はかないものでございますなあ」

宗春には、返す言葉がなかった。

しかし、何となく、吉野屋清五郎という人間が少しずつ、わかりかけてきたようなおもいがする。

いまの吉野屋の心境と、少し前までの宗春のそれとは一脈相通ずるものがないとはいえぬ。

「先生ならば、私の気持ちがわかって下さると存じます。私は先生に、死水をとっていただきたいのでございます。先生のお住居《すまい》も近くに建てさせていただきます。いかがなものでございましょう。これは、あまりに自分勝手なお願いでございましょうか？」

「いや、さようにはおもわぬ」

「先生は、私の寿命を御存知なのでございましょうね？」

「………」

「ただ、近くに住んでいただきたい。先生には先生の、私などが立ち入ることのできぬ暮し向きというものがございましょう。それは、別のことでございます。私は決して、お邪魔になりませぬ。ただ、近くにいていただきたい。そして、死水をとっていただきたい。先生ならば、それが、おできになるのではないか、と……」

吉野屋の声は低かったが、ただならぬ響きをふくんでいる。

片桐宗春は、即答ができなかった。

七

むかしは腕のよい煙管師で、いまは八十を二つか三つほど越えたが、矍鑠《かくしゃく》として生きているという彦蔵老人の住居は、深川の万年町二丁目にあるそうな。

あまりに熱情をこめた吉野屋清五郎の願いを、その場で無下にことわりかねた宗春は、

「考えてみましょう」

の一語を残し、寮を出ると坂本の通りで町駕籠を拾い、

「深川へやってくれ」

と、命じた。

今日の宗春は笠をかぶっていない。

深川は、水郷である。

江戸の内といっても、運河や堀割が土地を縦横にめぐり、江戸湾の汐《しお》の香りと新鮮な

魚介と、冨ヶ岡八幡宮と、その門前町の賑いを一つに合わせた気風は一種独特のもので、土地《ところ》の人びとは永代橋を西へわたるだけでも、

「ちょいと、江戸まで行って来るよ」

そういったとか。

片桐宗春は両国橋をわたって本所から深川へ入り、仙台堀川《せんだいぼりがわ》に架《か》かった海辺《うみべ》橋の北詰で、駕籠から降りた。

橋を南へわたると、左側にはいくつもの寺院がならび、右側が万年町二丁目、平野町とつづく。万年町の自身番屋《じしんばんや》（各町内の番所）の番人に、宗春が、

「このあたりに、むかし、煙管をつくっていた……」

尋ねかけると、番人小屋にいた中年の番人が、打てばひびくような口調で、

「彦蔵さんの家《うち》なら、その木戸を入って左側の三軒目でござんす」

といった。

「さようか。かたじけない」

「なあに……」

教えられた家の前まで来ると、小道に面した板の間へあぐらをかき、切り出しを器用につかって細い竹の棒をけずり、鳥籠をつくっていた老人が、近づいて来た片桐宗春を見あげた。

頭はすっかり禿げあがって、残る毛をきれいに剃りあげた小柄な老人は、じろりと宗春を見たが、見たとたんに、おどろきの表情に変り、変ったままの顔が空間へ貼りついてしまったかのようだ。

(この老人は、たしかに、まだ亡父のことをおぼえている……)

宗春の直感は、久しぶりで適中した。

「あなたが彦蔵さんか？」

宗春が問いかけるや、ぽかんと口を開けていた彦蔵が、

「おどろきました。まあ、すっかり……」

「すっかり？」

「へえ、大きくおなりなすったものだから、びっくりいたしました」

坐り直し、深く頭を下げた彦蔵老人が、

「お前さまは、片桐宗玄先生のお子さんでございましょうね」

というではないか。

「いかにも私は、近江で、片桐宗玄の子に生まれました」

「すると、あの、千住で、お医者さまをしていなすった萩原景南《はぎわらけいなん》先生のところへ御養子にお入りなすった孝之助《こうのすけ》さまでございますね」

そのとき宗春は、

（この老人は、私を腹ちがいの兄と間ちがえている……）

と、直感した。

となれば、兄をもうけたころの亡父のことを、かなり知っているにちがいない。

この直感も、まさに、

「的を射た……」

のである。

片桐宗春は、胸さわぎを押えつつ、

「私は、さほどに、亡き父に似ていますか？」

「似ているも何も、むかしの宗玄先生が夢の中から出て来たようなもので……もう、びっくりいたしましたよ。さようでございますか、京の都で宗玄先生は、お亡くなりになりましたか……」

「はい」

「宗玄先生には、死んだ女房の病気を癒していただき、そのほかにも数えきれぬほどのお世話になりましてございます」

見る見る彦蔵老人の両眼から、熱いものがふきこぼれてきた。

「いかがであろう。その辺りまで、つき合って下さらぬか」

「はい、はい」

「酒は、おきらいか？」

「いえ、もう……」

苦笑した彦蔵の顔は、酒光りがしている。

彦蔵は、帯をしめ直してから、戸締りもせずに外へ出て来た。

板の間は、煙管師をしていたころの仕事場であったのだろう。奥に、もう一間あって、その奥が台所らしい。彦蔵のほかには、家族の人の気配もなかった。

後でわかったことだが、ひとり娘が望まれて、同じ深川の佐賀町にある味噌問屋の次男と結婚した後も、彦蔵は旧居からうごかず、娘の仕送りでのんびりと老後をたのしんでいるらしい。

近くの海福寺・門前に松桂庵《しょうけいあん》という小ぎれいな蕎麦《そば》屋がある。宗春はそこへ彦蔵をさそった。

松桂庵の二階に小さな座敷があって、

「ここの店は、酒が旨《うも》うございますよ」

と、彦蔵が教えてくれたのだ。

酒が運ばれてきた。

「先ず……」

「これは、おそれ入りましてございます」

「彦蔵どの。私は、まぎれもない片桐宗玄の子だが、先ほども申したように生まれたところは江戸ではない」

「あ……」

「おわかりか？」

「はあ……」

大きく息を吸って、うなずいた彦蔵が、

「な、なるほど……」

「私には、腹ちがいの兄がいる。な、そうであろう？」

「は、はい」

八十をこえていながら、彦蔵は少しも惚《ぼ》けていない。勘ばたらきが小気味よいほどであった。

八

夕暮れが近づいてきた。

彦蔵老人と再会を約した片桐宗春は、町駕籠を拾って、いま、千住へ向いつつある。

腹ちがいの兄を養子にしたという萩原景南の住居については、

「なあに、千住へ行って、お尋ねになれば、すぐにわかりますよ。もう亡くなっておいでなさいましょうが、土地《ところ》の人たちは、忘れるものじゃあございませんよ。まして、宗玄先生がこれと見込んで孝之助さまを養子におあげなすったほどの方ですから、きっと人柄がよいお医者さまだったにちがいありません」

彦蔵老人は、そういった。

駕籠に揺られながら、

（はじめて兄を見たのは、江戸へもどって間もなく、小千住の飛鳥明神の茶店の前であった）

あのときのことを、宗春は想い起している。

通新町の魚定の女房も、

（兄を近くで見ている……）

となれば、腹ちがいの兄・孝之助は養父・萩原景南の家に、まだ暮しつづけているのではあるまいか……。

（兄は、悪事をはたらいているらしい）

そのような兄を見つけ出したところで、どうなるというのであろう。

いまの宗春では、どうにもならぬといってよい。

少女誘拐の片棒を担ぐような男になっているのだから、たとえば片桐宗春が、

「私は、あなたの、腹ちがいの弟です」

名乗り出たところで、別に胸を打たれるわけでもあるまい。

（このように、探しまわったところで、むだではないのか……）

それにもかかわらず、宗春の胸の内は、得体の知れぬ感情に揺らいでいる。

（亡き父が、いまの兄の身性《みじよう》を知ったなら、どのように哀しむであろうか）

父・宗玄は、兄を養子にやり、弟の自分も夏目家へ養子に出し、淡々としているような人柄であったが、いまにしておもうとあたたかい心のもちぬしであったようにおもう。

彦蔵老人は、

「二度ほど、孝之助さまをお生みなすった、お福さまという御新造《ごしんぞ》さまを連れて、私のところへ見えたことがございます。細《ほ》っそりとした、肌が抜けるように白い方で、一時は宗玄先生、そのお福さまと深川へ住みついてしまおうか、などといってなさいました」

その、お福なる婦人は、孝之助を生んで一年後に、風邪をこじらせ、高熱を発して、あっけなく死んでしまったという。

男手ひとつに、幼児を育てるのはむずかしい。

そこで片桐宗玄は、知友・萩原景南の望みをいれ、養子にやってから、ひとり江戸を去ったという。

江戸を去る前の日に、彦蔵老人を訪ねた宗玄は、近くの料理屋で酒をのみながら、そのいきさつを簡単にはなして聞かせたそうな。

千住大橋をわたったところで、片桐宗春は駕籠を降りた。

「こいつは、やって来そうですぜ」

と、駕籠舁《か》きがいった。

見あげると、空に黒雲がうごき、稲光が疾《はし》った。

宗春は、大千住の宿《しゅく》へ入ってすぐの、左の道へ入ったところにある茶店へ入り、中年の亭主に、

「ものを尋ねたいが、このあたりに、むかし、萩原景南先生という医師が住んでおられたか？」

するとも、亭主が、

「お前さまも、お医者さまでごぜえますか？」

「ま、そんなところだ」

「景南先生は、もう十五、六年も前に亡くなりましたが、でも若先生が、お宅におりますで」

「ほう、若先生が……で、その、お宅は？」

「この道を、まっすぐに行くと、稲荷さまの社《やしろ》に突き当りますでな、その前を右へおいでなさると……」

小さな庭のある、茅ぶき屋根の質素な家だが、まわりには人家がないし、家の背後が竹藪《たけやぶ》になっているから、すぐにわかると亭主はいった。

宗春は、茶店で売っている番傘を買った。

外へ出ると、また稲妻が光った。

雨が落ちてきて、雷が鳴った。

九

故萩原景南の家は、片桐宗春の隠れ家ほどの小さなもので、家の戸は、すべて閉ざされている。

雨が強くなってきた。

宗春は裾を端折《はしよ》って足袋《たび》をぬぎ、跣《はだし》となった。

こころみに、近寄って家の戸口を叩いてみたが、こたえはない。

それを見ていたらしく、畑の向うの家から中年女が出て来て、宗春に声をかけた。

「もし……もし、そこのお人、孝節先生はいませんよ」

「お留守か？」

「戸はいつも締まっていますがね、いるときは、そこの門口に瓢簞《ひょうたん》がぶら下っています」

「ほう。瓢箪が、な……」

「何日も留守にすることが多い孝節先生ですから、いつ帰るか知れたものじゃありませんよ」

女は、家の中へ引っ込んだ。

（孝節先生……兄は、萩原孝節というのか……）

女の口調は、ぶっきらぼうであったが、萩原孝節への悪意のようなものは感じられなかった。

在宅のしるしに、瓢箪を軒下へ吊《つる》しておくのは、

（兄は、独り暮しをしているのか、私と同じように……）

このことであった。

同時に、それは、孝節が町医者をつづけていることではないのか。なればこそ瓢箪を吊して、

「今日は、いるよ」

と、患者に知らせているのではあるまいか。

町医者をしていながら、このように小さな、かなり荒れ果てている家に暮しているということは、萩原孝節の医業が、あまり金にならぬことを物語っている。

それとも孝節は、おのれの医術を金儲《かねもう》けにすることを好まぬのか……。

そうだとすると、宗春の孝節に対する印象は大分にちがってくる。

(もしやすると、腹ちがいの兄ではないのやも知れぬ)

片桐宗春は、憮然《ぶぜん》となった。

雨はひどくなるし、雷鳴は烈しくなるばかりだ。

そこで宗春は、孝節の家の周囲をひとまわりしてから、先程の茶店へ引き返した。

「これでは歩けない。ひとやすみさせてくれぬか。酒をたのむ」

「萩原先生のお宅は、わかりましたかえ?」

と、茶店の亭主。

「うむ。わかった」

「若先生は、おいでなせえましたか?」

「いや、他行中であった」

「あれ、まだ帰《けえ》っていねえので?」

「そうらしい」

「困ったものだねえ、全く。亡くなった景南先生は、自分の留守中に急の病人が来たら大変だというので、めったに外出《そとで》をしないお方でしたがね」

「若先生は、いつも留守がちなのか?」

「へえもう、出て行ったらいつ帰るか、知れたものじゃあござえませんよ」

「なるほど」

「何処で何をしているのだかねえ」

「ふうむ……」

「土地《ところ》の者は、若先生のことを藪医者《やぶいしゃ》だなんぞといいますがね。そりゃまあ、先代にくらべたらどうしようもないが、でも、若先生にはいいとこもあります」

「それは？」

宗春は、おぼえず身を乗り出した。

「先ず、病人の治療に一所懸命なことですよ。口は悪いがね」

「そうか、口が、な……」

「そのつぎは……」

「どんな？」

「治療代が安い」

「ほう……」

「金を置いて行きたけりゃあ、むりのないように置いて行け、というのが若先生の口ぐせでねえ」

どうも、宗春の印象とはちがう。

しかし、そのような患者のあつかいかたをして、質素に暮しているのも、ひそかにはたらく種々の悪事の偽装なのかも知れない。

「まあ、よくよく考えてみれば、あの若先生も気の毒な人だ。まだ幼いうちに先代の養子にもらわれてきて、そりゃもう先代の御夫婦が可愛がって育てたものだからね。ところが、若先生が九つか十のときに先代の御新造が急病で死んでしまいましてね」

しばらくして萩原景南は、後妻を迎えた。

この女は、いまわりの女髪結《おんなかみゆ》いだったそうな。

千住は、奥州・水戸・日光街道の第一駅として古くより繁昌をした。千住大橋が架けられたのは文禄年間というから、戦国時代が完全に終っていなかったころだ。

しかも、品川、新宿、板橋と共に「四宿《ししゆく》」とよばれたほどの千住であるから、遊女屋も年を重ねるにつれて増えた。

宿場の遊女屋を「食売旅籠《しよくばいはたご》」といい、女郎を「飯盛女《めしもり》」といったのは、徳川幕府が万治のころに宿場に遊女を置くことを禁じたからである。

禁じはしたが、間もなく「名称」を変えることにより、これをゆるすかたちをとった。

江戸時代はすべて、このように融通をきかせることにより、事を運んだのであった。

人間も、人の世も矛盾そのものなのだから、黒でなければ白だという理屈を振りまわしていたのでは何事も解決しないのだ。

黒と白との中間色、すなわち融通の色をもって、種々の政令も定められたのである。

ゆえに、以前のおたみも、表向きは小千住の食売旅籠・松むらの飯盛女ということになる。

萩原景南は、飯盛女たちの髪結いをしていた女を後妻に迎えたのだが、この女がいけなかった。

孝之助が養子であることを告げたばかりでなく、ことごとに、

「若先生へ、辛く当ったそうでござえますよ」

茶店の亭主が、宗春へ洩《も》らした。

これで、孝之助の性格が一変してしまった。後妻と養子の間にはさまって、たまりかねた養父は、やがて孝之助を知りあいの医者のもとへやり、医術をまなばせたそうだ。

二十前後に、養父の許《もと》へ帰って来た孝之助は、萩原孝節の名をもらったが、依然、父の後妻との折り合いが悪く、何度も家出をした。

「これには先代の景南先生も、ずいぶんと苦労なすったそうで。病気にかかって死なれたのは、その所為《せい》かも知れません」

養父の死後、一年ほどして、後妻が血を吐いて急死した。

土地の人びとは、ひそかに、

「若先生が毒を盛った……」

なぞと、うわさをしたものだが、いまは消えた。

亭主のはなしに聞き入っているうち、夕立も熄《や》んだ。

茶店を出た片桐宗春は、千住大橋を南へわたりつつ、

(萩原孝節は、やはり、私の兄にちがいない)

あらためて確信をもった。

十

宗春が滑川勝庵宅へ着くと、勝庵は不在であった。

古くからの知人が急病で倒れ、迎えの町駕籠に乗って本郷まで駆けつけて行ったと、
白石又市がいった。

白石の手料理で、酒をのみ、飯を食べたが、宗春は何を口に入れているのか、味もわからぬまま箸《はし》をうごかした。

「どうかなさいましたか?」

白石が心配そうに、

「吉野屋で、何かあったのですか?」

「いや、別に……」

「で、大むらのほうへは?」

そうだ。大むらへ立ち寄ることを、宗春は、すっかり忘れていた。

「行ったが、別段、変ったこともなくて……」

面倒なので、そうこたえておいた。

いまは、白石又市と言葉をかわすのもわずらわしくなり、早々に片桐宗春は勝庵宅を出て、隠れ家へ向った。

(明日は、いそがしいぞ。大むらへ寄って、それから深川へ行こう)

明日、彦蔵老人と会う約束をしてある。

むかし、亡父・宗玄が深川に住み暮していたころの家を、彦蔵の案内で見ることになっていた。

隠れ家へ帰り着いた宗春は、先ず、汲《く》みたての井戸水をたっぷりのんでから、件《くだん》の銀煙管を取り出し、煙草を吸った。

胸の内が、少しずつ落ちついてくる。

開けはなった窓から、冷え冷えとした夜気がながれ入ってきた。

夕立の後ということもあろうが、この夜気は、まぎれもなく秋のものであった。

まだ夏が終らぬのに、日中の熱気が何処へ消えたかとおもうような、冷んやりとした夜気を感じることがある。

忍び寄って来る秋の跫音《あしおと》が、前ぶれもなく、人びとの耳を打つのだ。

そしてまた翌日は、ぎらぎらと輝く夏の陽光に、人びとはあえぐ。

だが、いずれにせよ、その跫音は、これからの夜になると、しだいに高まりつつ、長い間、暑熱にあえいでいた人びとに、こころよい眠りをさそうのである。

ずっと昔、京都の家で父の宗玄と二人で暮していたころ、

「妙に今夜は冷える。暑いのも、もう一息じゃな」

或夜、縁先で庭の闇に見入りながらつぶやいた宗玄へ、何気もなく宗春が、

「江戸は、どんなところですか？　私もいつか行ってみたいものだ」

こういい出ると、宗玄は吐いて捨てるように、

「よせ」

いったが、おもい直したように、

「行きたければ行くがよい」

「父上は、江戸に住んでいたことがおありだと聞きましたが……」

「うむ」

「いかがです。一緒に……そうだ、私を連れて行って下さい」

「めっそうもない」

「いけませぬか？」

「わしはいやだ。ごめんこうむる」

宗玄の声には、二度と宗春がさそいの言葉を出せぬほどの、きびしい拒否がふくまれ

ていた。

(父上は、江戸がおきらいなのだ)

と、そのときは単純におもっていたが、いまはちがう。

片桐宗玄には、江戸で、愛する女を得て、その女に死なれ、女との間にもうけた男の子を養子にやり、江戸をはなれたという過去があったのだ。

(ふうむ……)

いまにして、父の心がわかりかけてくるようなおもいがする。

(父上は、私を生んだ母よりも、兄を生んだ女《ひと》を深く心にかけていたのやも知れぬ。どうも、そうらしい)

自分が夏目家の養子にのぞまれたときも、父は淡々と、自分の跡をつぐべき宗春を手ばなして、

「人の世は三代、四代もつづけばよいほうで、あとは、その墓も無縁のものとなってしまいます」

と、養父・夏目彦右衛門にいったそうである。

そのときは、

(一人息子を養子にやるというのだから、ひどい父親だ)

亡父の胸の内をはかりかねた片桐宗春であった。

だが、いまは、亡父の言葉の底にひそむ虚無感が、

（わかりかけたような……）

おもいがする宗春であった。

翌朝、早く起きた宗春は、先ず〔大むら〕へ向った。

お歌は、宗春を見ると大よろこびだったし、

「こんなものをつくらせましたが、お歌と一緒に召しあがって下さいまし」

主人夫婦が、白粥《しらがゆ》に生卵を落したものを運んで来た。

宗春の膳には名物の白瓜の印籠漬や、手製の昆布の佃煮も出た。

「これは何より」

朝餉《あさげ》をすませていなかった宗春は、遠慮なく馳走になった。

お歌は、粥のおかわりをした。

「おお、えらい。これなら、あと五日もすれば元通りの躰になる」

宗春がほめてやると、お歌が、

「先生。あしたも、来てくださいますか？」

折しも、そのとき、女中のおたみが茶を運んであらわれ、素早くめくばせを宗春へ送った。

「よろしい。明日の夕方に、また来ましょう」

「あ、うれしい」

すると、おたみが、

「お嬢さん。ようございましたねえ」

さもうれしげに、声をかけた。

間もなく、宗春は〔大むら〕を辞した。

廊下へ出ると、おたみが、あたりを見まわしつつ近寄って来て、

「先生。明日の夜ふけに、あの小屋で……」

「わかった」

ぱっとはなれて階下へ降りたおたみが、

「旦那。先生がお帰りですよ」

告げる声がきこえた。

宗春は福松の家へ立ち寄り、

「明日は泊めてもらうやも知れぬ」

いい置いて、渡し舟で大川を今戸へわたった。

そして、橋場の総泉寺・門前で駕籠を拾い、深川へ向った。

片桐宗春があらわれるのを、彦蔵老人は待ちかねていて、

「さ、まいりましょう」

先へ立った。

父・宗玄が、お福と新婚の日々を送り、孝之助をもうけた家は、深川の蛤《はまぐり》町にあった。

その家は、冨ヶ岡八幡宮・門前の一つ裏側にあって、四間《ま》ほどの家だが小さな庭もあり、その庭が堀川に面している。

折しも、その堀川を小舟でながして行く魚売りが宗春の目にとまった。

（父は庭へ出て、こうした魚売りの舟をよびとめ、魚や貝を買ったのであろうか……）

父が買った魚を、お福が受け取り、料理にかかる姿まで、目に浮かぶようである。

（なるほど、深川に住むというのは、こうしたことか……）

堀川を遠ざかる魚売りの売り声に耳をかたむけている宗春へ、彦蔵が、

「中を見せてもらいましょうか？」

「かまわぬのか？」

「たのんでみましょう。いまは、神谷《かみや》春歩《しゅんぽ》先生という絵師のお宅になっていますがね」

「では、たのむ」

この日の夕方になって、血相を変えた堀内源二郎と児玉権之助が、小田原から江戸へ到着した。

十一

昨日は、夜気が冷んやりとしていたけれども、今夜は蒸し暑い。

〔大むら〕の、庭外れの物置小屋で片桐宗春とおたみは、束の間の逢いびきをした。

「おたみ……これ、どうした？」

「ああ……」

「おい、これ……」

「あい……」

こたえる声も夢現《ゆめうつつ》で、おたみは宗春のくびすじへ双腕《もろうで》を巻きつけたまま、ぐったりとなっている。

「このあたりへ、大むらの夜廻りが来るのではないか？」

「さあ……」

「私は今夜、福松の家に泊る」

「ああ、うれしい。それじゃあ明日は、私のほうから行きますよう」

「福松がいるぞ」

「いたって、かまわない」

「無茶をいうな」

「あら、先生。こんなに汗をかいて……」

「お前の所為《せい》だ」

おたみは、水桶に井戸水を汲《く》み、手ぬぐいを用意しておいた。

水でしぼった手ぬぐいで、宗春の背中をふきながら、

「ねえ。先生は何処にお住いなのですか？」

「そうだな……」

おたみになら、隠れ家を教えてもよいとおもった。

「お前は、以前にいた小千住のほうへ行くことがあるか？」

「ええ、あります」

その当時の料理屋ではたらく座敷女中には、ほとんど休日というものがなかった。冬と夏の暇なときに交替で、一日二日の休みをとるのが精一杯なのだが、大むらの主人・平四郎は、

「奉公人には、できるだけ、息ぬきをさせてやらなくてはいけない」

つねづね、そういっていて、半日ほどなら、暇なときに女中たちが外へ出て行くのを咎《とが》めないという。

おたみも、月に一度や二度は、そうした暇をもらい、浅草寺《せんそうじ》へ参詣に行き、帰りに好物の蕎麦《そば》を食べて来たりする。また、この「大むら」へ入るについて世話になった小千

住の旅籠《はたご》・近江屋へ遊びに行ったりするらしい。

「私の住居《すまい》は、小千住から遠くはない」

「私も、そうおもっていました。松むらにいたときから……」

「今度、逢うまでに、絵図を描いておこう」

「うれしい」

「そのときまでに、連絡《つなぎ》の方法も考えておこう」

「私も、よく考えておきます。でも先生。前のように、福松さんのところに寝泊りしていなさると、とても便利なのですけど」

「そのことも考えている。ときに、先日の、お歌が勾引《かどわか》されかかったことについて、お上《かみ》の調べはどうなった？」

「どうなったって、かいもく手がかりがつかめないので、どうにもならないということですよ」

「そうか……だが、おたみ。私の住居を知っても他言は無用だぞ。何かと面倒だからな」

「はい。わかっています、先生」

「どれ、今度は私がふいてあげよう。向うをお向き」

「あい」

「お前は、すっかり丈夫になったようだな」

「どうして、わかります？」

「肥えた」

「まあ、いやな……」

「よいあんばいに肥えたというのだ」

「あれ、くすぐったい……」

「おたみ……」

「あい？」

このとき、片桐宗春は何故、つぎのようなことをおたみに尋ねたのか、自分でもよくわからなかったが、それにはそれで、宗春の脳裡に一種の潜在意識がはたらきかけたのであろう。

宗春は、こういった。

「おたみ。お前、越中《えっちゅう》（富山県）の井波《いなみ》というところを知っているか？」

「そんなところ、知りませんよう」

「そうだろうな」

「私の生まれは、葛飾《かつしか》の新宿《にいじゅく》の在で、それから小千住へ売られてきて、そのあとは、この大むらですから……そのほかの土地は、見たことがありません。故郷《くに》の両親も親類も、みんな死に絶えてしまいました。でも先生、越中なんて、ずいぶん遠いところなのでしょうね？」

宗春は、沈黙した。

それから間もなく、二人は別れた。

この夜、宗春は福松の家へ泊り、翌朝、おたみがやって来たとき、折よく福松は外へ用事に出てしまったので、

「ああ、よかった」

おたみは、いきなり宗春に抱きついてきて、

「儲《もう》かった、儲かった……」

うれしげにいって、宗春の唇《くち》を強く吸った。

名月

一

暑い日々がつづくうちに、朝夕の涼気は、あきらかに変ってきて、たちまちに、半月ほどが過ぎた。

「初乃。お前は、夏目小三郎を覚えているか？」

めずらしく、兄の平山丈助が、池之端仲町の吉野屋を訪ねて来て、妹・初乃の部屋へ入ると、茶も出ぬうちに、そういった。

「はい」

こたえた初乃の声は、全く乱れていない。

自分と夏目小三郎……いや片桐宗春のことは、兄に知られていないという自信がある。

「夏目さまといえば、あの、堀内貫蔵さまを殺害して、逐電《ちくてん》をされた……」

「そのことよ」

「それが、どうかいたしましたか？」

「知ってのとおり、夏目に殺された堀内貫蔵殿の父親は、御家老・堀内源左衛門様だ」

「はい」

「御家老が、御次男の源二郎殿に助太刀をつけて、夏目小三郎の行方を追っていることは知っていような」

「い、ちらと耳にはさみましたが……」

「それで、夏目小三郎を江戸で見かけた者がいる」

「まあ……」

「一年ほど前に、京都屋敷から江戸の藩邸へ移って来た木村与平次《きむらよへいじ》殿だ。下谷の金杉《かなすぎ》の通りで見かけたそうな」

木村与平次は中年の藩士で、京都屋敷にいたときの片桐宗春を見知っている。親しい間柄ではなかったが、路上で出合っても見誤ることはない。

木村は、そのとき、坂本二丁目の裏通りにある長松寺《ちょうしょうじ》という寺に仮寓《かぐう》している知人を訪問し、さそわれるままに表通りへ出て、金杉下町・西側の大崎屋という料理屋の二階座敷へあがった。

開けはなった窓から、金杉の通りが見わたせる。

酒が運ばれて来て、木村は知人と共にのみはじめたが、何気なく外を見やると、通りの向う側の細道からあらわれた男が、日よけにかぶっていた浅目の塗笠を、ひょいとあげて空を仰いだ。

「それが、まぎれもなく夏目小三郎だったそうな」

「まあ……」

兄に茶菓を出す初乃の手指はふるえてもいないし、顔の色もかわらなかった。

「木村殿は、夏目の居処を突きとめてやろうと、すぐに駆け下りて通りへ出たが、人ごみにまぎれて、夏目は姿を消してしまったという」

「兄上。それは、いつのことなのです？」

「さよう。二十日……いや二十何日か前になるだろう。御家老の指図もあって、こうしたときには、敵討ちの旅に出ている源二郎殿へ連絡《つなぎ》をつける手筈になっていてな。さいわい、すぐに知らせが届き、源二郎殿は、助太刀の児玉権之助と共に江戸へやって来た」

「………」

「私も夏目の顔を知っているというので、木村与平次殿と共に、こうして汗をかきかき、歩きまわらされているのだ」

「夏目小三郎を探しにでございますか？」

「そうだ」

「兄上。なれど、あの果し合いは、立合人をつけた勝負と聞いております。それならば敵討ちにならぬはずではございませんか」

「だから……だから夏目は逐電したのだ。あのときのさわぎを、お前も覚えていよう」

「……」

「だが、御家老は御自分の威勢に物をいわせて手をつくし、関わり合いのないわれわれまでも、その助けに狩り出されるというわけだ」

「御苦労なことでございますねえ」

「いや、家中《かちゅう》でも、こうした御家老のふるまいについては、とやかく申す者もいる。公私を混同なされているというのでな。あ、このようなことを吉野屋の耳へ入れてはならぬぞ」

「わかっております」

「吉野屋は？」

「いま、根岸の寮のほうへ……」

「また、躰《からだ》のぐあいでもよくないのか？」

「今年の暑さが、大分に、こたえたらしゅうございます」

「いかぬな、それは……」

「兄上は、これより、どちらへ？」

「御屋敷へ帰る。今日は坂本、金杉から千住のあたりまで歩いて来て、すっかり疲れてしまった」

「いま、手ぬぐいを井戸水でしぼってまいりましょう」

「すまぬな。ときに初乃。吉野屋の番頭の、ほれ何と申したか……」

「佐太郎でございますか？」

「おお、その佐太郎は京へまいったと聞いたが、いつごろ江戸へもどる」

「もう、そろそろかと……」

「もどったら、御屋敷へよこしてくれ。殿様から御下命の品がある。そのときは、お前も一緒に来てくれ」

「承知いたしました」

二

このところ、吉野屋清五郎の体調がよくない。

「しばらくは帰らぬつもりだから、たのむよ」

後妻のお初に言い置き、根岸の寮へ引きこもってから七、八日になろうか。

片桐宗春は一日置きに寮へ行き、吉野屋の容態を診てから、丹念に指圧をしてやると、

「ああ、楽になりました。痛みが消えてしまいました」

吉野屋は泪《なみだ》ぐんでよろこぶのである。

このごろ吉野屋は、しきりに腰の痛みをうったえるようになってきた。

その痛みが、日毎に強く、激しくなってくるようだ。

「先生と御一緒に、他国へ行ってしまおうと思案をしておりましたが、これでは……こうなっては、それも、おぼつかないようにおもわれます」

などと吉野屋は、心細いことをいい出す。

宗春は、

「一度、あなたが診てあげて下さい」

こういって、滑川勝庵を同道したことがある。

勝庵宅へもどってから、

「いかがです？」

「さよう……」

勝庵は、むずかしい顔つきになり、沈黙したが、ややあって、

「心ノ臓のはたらきが、急に、おとろえて来ましたな」

「さよう。それで心配をしているのです。指圧をすると痛みはやわらぐのですが、すぐにまた痛みはじめる」

寮の女中が、ひそかに、

「一日一日と、旦那様の食が細くなってゆくものですから、気が気ではありません」

宗春へ告げた。

「つまるところ、人間の病気なぞというものは医者にもわからないのですよ。わかる病気なら手当の方法もあるが、どうも、人間の躰というものは、わからぬことが多い。多すぎるのです」

と、滑川勝庵はいう。

「若先生。今日、吉野屋は私に、長旅をしても大丈夫か、と尋ねましたが、何か、そのようなはなしが前からあったのですか？」

「さあ、別に……」

「あの吉野屋の主人というのは、どうも一つ、わからぬところがある」

勝庵は、くびを傾《かし》げた。

宗春も同感だが、勝庵よりは吉野屋清五郎という人間が、わかりかけてきている。

だが、吉野屋が宗春へたのんだことは、勝庵に洩《も》らしてはいなかった。

宗春は、いま、隠れ家と福松の家とを行ったり来たりしていた。

おたみは、まだ一度も隠れ家へ来たことはないが、宗春の絵図と説明によって、

「いつでも行けますよ」

こういって、絵図を焼き捨ててしまったほどだ。

おたみの勘のはたらきは悪くない。

片桐宗春は、あれから何度も深川へ行き、彦蔵老人をさそい出し、酒を酌みかわしながら、亡父・宗玄の思い出ばなしを聞いた。

しかし、彦蔵は老人だし、思い出すことといえば同じことが多い。

「このはなしは、前にしましたっけね」

彦蔵自身が、苦笑する始末であった。

ともかくも亡父が、萩原孝節を生んだ、お福という女を深く愛していたことは、まぎれもない事実だ。それが彦蔵のはなしを聞いただけでも、宗春にはよくわかった。

それだけに……。

京都の家で、無口な父・宗玄に、つつましく仕え、短い生涯を終えた母のことが、何かあわれでならなかった。

彦蔵によれば、

「宗玄先生は、そりゃもう、よくお笑いになるかたで、酒をめしあがると、夜っぴて……」

夜通し、しゃべって倦《う》むことを知らなかったそうな。

宗春が知っている父とは、まるで別人のようではないか。

江戸を去ってからの宗玄は、あきらかに、

「人がちがってしまった……」

のである。

三

その日。

片桐宗春は、滑川勝庵宅へ行き、髪のかたちを変えた。

これまでは、総髪《そうがみ》を無造作にたばね、襟《えり》もとのあたりで結んでおいたのを、もっと上の後頭部のところでまとめ、毛の先を白石又市に切りそろえてもらったのだ。

つまり、茶筅《ちゃせん》ふうの髪かたちとなったわけで、大小の刀を腰に帯し、袴《はかま》でもつければ、

「剣客《けんかく》……」

と見ても、おかしくはない。

折しも、滑川勝庵は留守であったが、

「こんな髪のかたちにして、大丈夫ですか？」

宗春の身の上をわきまえている白石又市が、不安そうにいう。

「この髪は自分で結い直したことにする。勝庵殿には黙っていなさい」

「ですが、それは……」

「大丈夫、大丈夫」

隠れ家へもどってから、片桐宗春は奥の部屋へ行き、一振《ひとふり》の脇差《わきざし》を取り出した。

越前守助広《えちぜんのかみすけひろ》一尺七寸五分の銘刀である。

この脇差は、むかし、恩師・石黒素仙《いしぐろそせん》から贈られたもので、旅をしているときの宗春は、これを腰に帯しているけれども、江戸に落ちついたいまは短刀一つをたばさむのみだ。

新刀ながら、

「逸品じゃ」

と、石黒素仙が贈ってくれた助広の脇差を抜きはらい、宗春は凝《じっ》と見入った。

助広の脇差の手入れは欠かさぬ宗春であるが、この日も入念に手入れをした。

その翌日。

髪のかたちが変った姿に、助広の脇差を帯し、笠もかぶらぬまま、片桐宗春は隠れ家を出た。

その姿で、先ず〔大むら〕へ行くと、折しも廊下を通りかかったおたみが、びっくりしたように口を開けた。

そのおたみの顔へ見る見る血がのぼって来て、

「先生。今日は、福松さんのところへ、お泊りでございますか?」

「そのつもりだ」

おたみの眼が「今夜、物置小屋で……」と、いっている。

宗春がうなずいて見せると、おたみはうれしげに、帳場の方《かた》へ走り去った。

すぐに、主人・平四郎夫婦があらわれ、

「先生。その、お姿は？」

「おかしいかな……」

「いえ、めっそうもございません。お刀を腰になさると御立派でございますなあ」

お歌は、まだ病床にいる。

今年の夏の暑さは、吉野屋清五郎の躰にも影響をおよぼしたし、お歌のような腺病質な少女の躰からも精気を奪った。

あれから、間もなく全快して起きあがれるかとおもったお歌なのだが、またしても食欲をうしない、寝ついてしまったので、宗春は、

（これは気長に治療をして、体質を変えてしまわぬといけない）

丹念に、治療をしている。

主人の平四郎は、宗春への礼金を早く渡したいらしいが、

「病人が、すっかり回復してからのことにしていただきたい」

宗春は、まだ受け取らなかった。

病床のお歌も、宗春の姿を見て、顔を赤らめた。

自分では、それほどに姿かたちが変ったとおもわぬが、たとえ脇差でも、さすがに短刀とはちがった差し心地で、田能の石黒道場で修行を積んでいたころの、剣士・夏目小三郎へもどったような気分になることは事実であった。

そうした気分が、われ知らず、姿の上にあらわれるのであろうか……。

朝夕が涼しくなったので、お歌も、いくらか元気を取りもどしたようだ。

宗春は〔大むら〕を出て、福松の家へ行き、

「今夜、泊めてもらいたい」

「お待ちしておりますよ」

福松だけは、どうも宗春とおたみの関係を心得ている……ようにおもわれる。

おたみが福松の家へあらわれると、いつの間にやら、姿を消してしまう。

福松の家を出た宗春は、渡し舟で大川をわたった。

そして、対岸へ着いた舟から、乗客たちと共に陸《おか》へあがったとき、片桐宗春は、おもいもかけぬ人の姿を見たのである。

初乃の兄の、平山丈助であった。

はっとしたが、宗春は別段にあわてなかった。

笠もかぶらぬ顔《おもて》を隠しもせず、約三間《げん》をへだてて平山丈助を見つめた。

平山はちらりと宗春のほうを見たようだったが、すぐに視線の向きを変え、宗春に横

顔を見せたまま、ゆっくりと南へ去って行く。

（気がつかなかったらしい）

宗春は、その場に立ちつくし、山谷《さんや》堀《ぼり》の方へ遠ざかる平山丈助の後姿を見送ったが、平山は振り返りもせず、足の運びを速めることもなく遠ざかって行った。

（平山丈助が江戸詰めになったと、吉野屋から聞いてはいたが……）

平山が、もし宗春に気づいたならば、これを篠山藩に通報することは間ちがいない。

以前の宗春ならば、平山丈助の眼をも怖れたろうが、いまはちがう。

笠もかぶらずに歩行をしているのは、

（これよりは、逃げ隠れなどせぬぞ）

肚《はら》が決まっているからで、短刀を脇差に変えたのは、襲いかかる者があれば、迎え撃つ覚悟だからである。

平山丈助の姿が見えなくなってから、宗春もゆったりとした足どりで千住の方向へ歩みはじめた。

平山は、たしかに片桐宗春を一瞥《いちべつ》した。

それでいて、気がつかなかったのは、もう十年も宗春の顔を見ていなかったのと、坂本で宗春を見かけたという木村与平次が、

「どう見ても、町医者の風体《ふうてい》と見受けた。夏目小三郎の実父は、京の町医者だと聞いた

ことがあるし、小三郎も医術の心得がないとはいえぬ」

と、いっていたからだ。

（町医者……町医者の姿をしている夏目小三郎……）

そのイメージで、平山は宗春を探しまわっているものだから、渡し舟から降りた数人の乗客にまじり、陸へあがって来た片桐宗春を一瞥するにはしたが、見逃してしまったのだ。

人間の記憶、勘ちがいなどというものは、およそこうしたものなのかも知れない。

さて……。

通新町へ出た片桐宗春は、例の〔魚定《うおさだ》〕へ立ち寄って、女房に、

「何でもよいから、昼餉《ひるげ》を食べさせてくれぬか」

「よござんすとも。でも先生。今日は、まるっきりちがったお姿だものだから、びっくりしました」

「さほどに、ちがうか？」

「ええもう、いつか、先生そっくりの坊主頭の男を見かけて、声をかけてしまったことがありますけど、こうしたお姿を見れば、お人柄のちがいが、はっきりとわかります」

女房は鱸《すずき》の切身を手早く塩焼きにして、茄子《なす》の煮びたしなどと共に、膳ごしらえをしてくれた。

「うまいな。この鱸は……」

「さようでございますか。あるじが帰ったら申しつたえます」

「片身をもらって行こう」

「でも、先生おひとりでは……」

「いや、みやげにしたいのだ」

箸を運びつつ、片桐宗春は少しも胸さわぎをおぼえぬ自分に気づいた。

以前ならば、平山丈助の姿を見かけただけで、魚定へ立ち寄る余裕《ゆとり》もなく、隠れ家へ帰っていたろう。

〔魚定〕を出た宗春は、吉野屋の寮へ向った。

日ざしは強かったが、吹きわたる風は、まさに、秋のものといってよい。

四

吉野屋清五郎は、宗春がみやげにした鱸を甚《いた》くよろこび、女中のおむらへ、

「すぐに食べたいから、焼いておくれ」

と、命じた。

何やら、今日は体調がよいようであった。

宗春の診察が終ると、吉野屋は鱸の塩焼きで粥《かゆ》を一杯、うまそうに食べた。

食後なので、指圧は避けた宗春へ、吉野屋清五郎が、ちょっとかたちをあらためるようにして、

「まことに、失礼でございますが……」

袱紗《ふくさ》に包んだ金包みを、片桐宗春の前へ置き、

「どうか先生。何もおっしゃらずに、お受け取り下さいまし」

深ぶかと頭を下げた。

「……？」

中をあらためてみると、百両もの大金が入っているではないか。

当時の百両といえば、庶民一家族が七、八年から十年は楽に暮せる大金であった。

「吉野屋どの。治療の代金は、滑川勝庵先生を通じて、いただきすぎるほどにいただいていますが……」

「それとこれとは、別でございます」

「はて……？」

「ほんとうは、五百両も千両もさしあげたいところなのでございます」

「なれど……」

「先生。お金《たから》というものは、決して邪魔になるものではございませんよ」

まさしく、そのとおりだ。

「それに先生……」

と、吉野屋清五郎は、宗春の胸の底をのぞき込むような眼の色になって、

「これでは、遠い他国で余生を送ることも、いよいよ、むずかしくなりましてございます」

「いや、それは、わかりませぬ。人の躰というものは……」

「いえ、先生。自分の躰を、いちばんよく知っているのは自分でございます。そのことは先生が、よく御存知のはずではございませんか」

そういわれると、宗春には返す言葉がなかった。

この一カ月……いや、二十日ほどの間に、吉野屋の病状が、これほど悪化しようとは、宗春にしても滑川勝庵にしても、

「予期せざること……」

であったと、いうよりほかはない。

その引金となったのは、この夏の異常な暑さだったといえぬこともない。

はげしい暑気に衰えた吉野屋清五郎の体力につけ込んで、いままで吉野屋の体内の何処かに潜み隠れていた病巣が、にわかに大きくなってきたようにおもわれる。

しからば、その病巣が何かというと、宗春や勝庵にもわからぬ。おそらく、他の名医でもわからぬだろう。

現代のように、レントゲンや透視、その他の器械を駆使し、何回も検査を重ねても、ついにわからぬ病気があるのだから、約二百年も前の当時では、医術にも限度があったのは当然であろう。

「ま、てまえの生涯と申すものも、先ず、こんなところでございましょう」

今日の吉野屋清五郎は顔色《がんしょく》もよく、澄み切った声音《せいおん》にも張りがある。

さほどの難病を抱えた病人とはおもわれなかった。

しかし、吉野屋のいうことには、おそらく、

(間ちがいはない……)

ような気がする。

「たとえ、どのようなことがあろうとも、私がつきそっていましょう」

と、宗春はいった。

「そ、それは、まことでございますか？」

「はい」

「かたじけのうございます」

吉野屋清五郎は合掌し、瞑目《めいもく》し、

「もはや私は、二度と池之端の店へは帰らぬつもりでおります」

「さようか。それで、このことは、後ぞえの方に申されましたか？」

吉野屋はかぶりを振って見せ、

「何で、申しましょう。お初ばかりではなく、店の者たちへも申してはおりませぬし、いまは、だれも、この寮へは近寄せませぬ」

そういった吉野屋の声には、一種の朗かな響きがあった。

(吉野屋は、すっかり覚悟を決めたものとみえる)

このことであった。

(この上、吉野屋の容態《ようだい》が悪くなったときは、この寮へ泊り込むことにしよう)

片桐宗春もまた、そのように心を決めたのである。

辞去しようとする宗春の手を、吉野屋がつかんで、

「どうか、この金を、お受け取り下さいまし。金は武家の刀も同様、商人《あきんど》の心でございます」

と、いいはなった。

宗春はうなずき、素直に金包みをふところへ入れると、吉野屋清五郎は、またも合掌をした。

この日の宗春は、吉野屋の寮を出てから、深川へ向うつもりでいた。

いまは町絵師・神谷春歩が住んでいる亡父・宗玄の旧居を、いま一度、仔細《しさい》に見ておきたかったのである。

神谷春歩は人柄の善い中年の絵師で、この前、彦蔵老人がわけをはなしてたのむや、すぐさま立って家の内外を案内しながら、

「さあ、ゆっくりとごらん下さい。片桐宗玄先生のことは、このあたりの人たちも、よくおぼえているようです」

その口ぶりから察しても、亡父が深川で住み暮した日々は、幸福そのものだったように想われる。

「そうそう、これは宗玄先生が、この家を引きはらうとき、一つだけ残して行かれた物だそうで、私の前に、此処《ここ》に住んでいた人からいただいたのです」

そういった神谷春歩が、画室の戸棚から、古びた瓢箪《ひょうたん》の花活《はない》けを出して来たときには、片桐宗春は思わず固唾《かたず》をのんだ。

千住の萩原孝節が、在宅を示すために軒先へ吊して置くという瓢箪のことが、すぐに脳裡へ浮かんだからである。

「そういえば宗玄先生、瓢箪が大好きで十も二十も持っていなさいましたよ」

と、彦蔵が口をはさんだ。

京都における亡父は、瓢箪とは無縁の人であった。

いま、萩原孝節が軒先へ吊すという瓢箪も、むかしは父が所有していたものであろうか……。

吉野屋の寮を出た宗春は、ちょっと考えていたようだが、このまま何処へも立ち寄らず、福松の家へおもむくことにした。

根岸から、安楽寺の傍道《わきみち》をぬけ、金杉の通りへ出た片桐宗春は、平山丈助のことなど忘れてしまっている。

もしも、宗春が深川へ向っていたなら、その男の顔を見なかったろう。いや、見なかったにきまっている。

右手に小ぶりの薬籠《やくろう》の包みを提げた片桐宗春は、金杉の通りを三ノ輪の方へ歩みはじめた。

日ざしは、まだ強かった。

五

下谷・三ノ輪の通りの西側に薬王寺《やくおうじ》という寺があって、これから、もう少し先へ行くと、片桐宗春なじみの〔魚定〕の店がある。

で、宗春が薬王寺の門前へさしかかったとき、千住の方《かた》からやって来た中年の侍が、宗春の正面から近づいて来た。

その侍も、片桐宗春も、笠をかぶっていない。

羽織・袴《はかま》をつけ、満面に汗が浮いた赭《あか》ら顔をさらした侍を見て、宗春は、

（あ……京の屋敷にいた木村与平次だ）

と、わかったが、いささかもたじろぐことなく、真正面から木村へ近づいて行った。

二人は、肩と肩とがさわるばかりに擦《す》れちがったが、木村は一度も宗春へ視線を向けてよこさなかった。気づかなかったのだ。

何となれば、擦れちがった片桐宗春が振り向いて見たとき、木村与平次は宗春に背を向けたまま、一度も振り返ることなく、しかも、ゆったりとした足取りで遠ざかって行くではないか。

木村は、ほかならぬこの通りを歩んでいた夏目小三郎を、

「見かけ申した」

と、篠山藩の江戸屋敷へ通報した本人である。

それでいて、間近く擦れちがった宗春を見逃してしまった。

これも、平山丈助と同じく、一つの錯覚といってよい。

いや、平山よりも木村のほうが、その度合いは大きいといえる。

何となれば、この前に料理屋の二階から見かけた夏目小三郎の姿が脳裡に残っているので、脇差を帯し、髪のかたちもちがってい、しかも、臆《おく》することなく正面から擦れちがった侍が、まさか夏目小三郎だとは感じられなかった。

夏目小三郎なら、木村を見て狼狽《ろうばい》するはずだ。そして、逃げなくてはならぬ。

人間の眼などは、このように信用がならぬものなのだ。

晴天の午後であったが、秋めいた大気がさわやかで、人通りも多かった。

人ごみの中へ、木村の姿が消えてしまうのを見とどけてから、宗春は歩み出した。

同じ日に二度も、京都藩邸にいたころ見知っていた二人と出合った片桐宗春である。

以前の宗春ならば、

（これは危ない）

たちどころに旅仕度をととのえ、江戸をはなれていたろう。

だが、いまの宗春はちがう。今朝、平山を見かけたときと同じように胸さわぎもおぼえず、浅草へ向う。

むしろ、そのときよりも、宗春は落ちつきはらっていた。

どのようなことがあろうとも、重病の吉野屋清五郎に、

「つきそっています」

約束をしたばかりだ。

それは男と男の約束というよりも、医者と患者との約束であった。

そしてまた、大むらの少女お歌の病気をも、

（癒《なお》しきってしまわねばならぬ）

と、おもっている片桐宗春である。

この二つは、夏目小三郎としてよりも、医者の片桐宗春として、

(なしとげねばならぬこと……)

であった。

(それにしても……)

同じ日に、平山と木村に出合うということは、何を意味するのであろうか。

彼らは、篠山藩の江戸藩邸に詰めているはずだ。

江戸藩邸は、神田の鍛冶橋《かじばし》にある。

神田から、千住、下谷、または浅草となると、たとえ彼らが非番であり、私用のための外出であったにせよ、同じ方面へ姿をあらわしたというのは何故か……。

そして、その方向は、宗春の生活区域なのだ。

よくよく考えてみると、どうも危ない。

しかし、渡し舟に乗って大川をわたる片桐宗春の頰には微笑が浮かんでいた。

宗春が福松の家へ着くと、ちょうど大むらの用事で、おたみが来ていた。

「あら、先生。お歌ちゃんが、お待ちかねでございますよ」

おたみは、今夜、物置小屋で忍び逢うつもりだから、すぐに腰をあげて帰りかけた。

このとき、片桐宗春の脳裡にひらめいたものは何であったか……宗春は、ふところから金百両の金包みを出しながら、

「おたみ、待て」

「はい？」

「ま、そこへ坐れ」

「あい……？」

福松が気をきかせて立ちあがりかけるのへ、

「お前さんも、此処《ここ》にいてくれ」

「へい……？」

「おたみ。この包みの中に、百両入っている。お前にやろう」

「ええっ……」

おたみはびっくりして、眼をみはったが、百姓・福松は顔色も変えずに、

「おたみさん。いただいとけよう」

と、いったのである。

「だ、だって、こんな大金を、いただくおぼえがありませんよ」

「お、おぼえも糸瓜《へちま》もねえでないかよ。いただいとけ、いただいとけ」

「でもおじさん……」

「はて面倒な……女は、これだから、あつかいにくいだよう」

福松は金包みを取りあげ、

「それなら、おらがあずかっておいてやろう。入り用のときは、いつでも、そういいなせえよ」

そういって福松は、片桐宗春のほうへ向き直り、

「ねえ、先生。それでいいだね？」

念を入れた。

宗春は、我意《わがい》を得たというように、にっこりとして大きくうなずいて見せた。

おたみは、茫然《ぼうぜん》となっている。

六

五日後に……。

片桐宗春は、久しぶりで滑川勝庵宅で夕餉《ゆうげ》の馳走になった。

このところ勝庵は、本郷に住む知人の患者にかかりきりで、ときには泊り込みで看護にあたっていたし、宗春とも、あまり顔を合わせていなかった。

この日。宗春は朝から深川へ行き、彦蔵老人と会ったり、亡父の旧居だった蛤《はまぐり》町の神谷春歩宅を訪ねたりして、ゆったりとした時間をすごした。

それというのも、宗春の胸の底には、

（当分、深川へも来られなくなるやも知れぬ……）

そのおもいがあった。

〔大むら〕のお歌は、秋めいてくるにつれ、また、元気を取りもどしてきて、食欲も出てきた。

それに引きかえ、吉野屋清五郎の容態が、

（どうも、おもわしくない）

のである。

昨日の夕暮れどきに、京都へ仕入れに行っていた養子の佐太郎が、二番番頭の藤三郎と共に江戸へ帰って来た。

この知らせが寮にとどくや、吉野屋清五郎は、

「すぐに、寮へ来るようにと、佐太郎にいっておくれ」

と、命じ、

「お初は来るにおよばない。いいね」

念を入れたのを、片桐宗春は知っている。

昨日は午前中に一度と、夕暮れどきに一度、吉野屋の診察をおこなった宗春なのである。

旅仕度を解くや、佐太郎は駕籠《かご》を飛ばし、寮へ駆けつけて来たが、

「旦那……」

そういったきり、あとは声をのんだ。

京都へ向う前の吉野屋と、江戸へもどって来て見るそれとが、あまりにもちがっていたからであろう。

「佐太郎。何もびっくりすることはない。もっと、こちらへお寄り」

「はい」

「これから吉野屋の旦那は、お前さんだよ。いいかえ、しっかりしておくれよ」

佐太郎は、こたえるすべもない。

「仕入れの様子は、どうだった？」

「は、はい……」

持参した、数冊の小さな帳面をひろげる佐太郎を見て、宗春は辞去することにした。これから二人の間で、込み入った商用の相談がおこなわれると看《み》たからだ。

そのとき吉野屋は、

「佐太郎。お前からも先生に、よく御礼を申しあげておくれ。私はね、先生に死水をとっていただくのだ」

「へ……」

佐太郎は、眼を白黒させて、

「だ、旦那。そんなことを……」

「また旦那という」

「ですが、旦那……」

「ああ、たよりないねえ。そんなことでは、吉野屋の身代を切りまわせませんよ」

佐太郎は宗春を見て、

(そんなに、お悪いのでございますか？)

尋ねるような、眼の色になった。

宗春は腰をあげ、

「では、吉野屋どの。また明日……」

「はい、はい。お待ちいたしております」

佐太郎は宗春を送って出ようとしたらしいが、吉野屋にとめられたらしく、病間から出て来なかった。

送って出た女中のおむらへ、

「明後日あたりから、此処へ泊り込みたいとおもう」

宗春がいうや、おむらの顔から血の気《け》が引いた。

「先生。そ、それは……」

「いいかね、おむらさん。しっかりしてくれなくてはいけない。吉野屋どのも、おむらさんをたのみにしているのだから……」

「でも、そ、そんなに急な……」

宗春がうなずいて見せると、おむらは堪《た》えかねたように、嗚咽《おえつ》をかみころした。

そして今日も、宗春は午前中に吉野屋を診《み》て、それから〔大むら〕へまわり、お歌を診てから、滑川勝庵宅へやって来た。

今夜は、隠れ家へ泊るつもりであった。

「若先生。なんだか、ずいぶん長い間、お目にかからないような気がします」

勝庵は、なつかしげに宗春を迎えた。

白石又市が、手ぎわよく酒肴《しゅこう》の仕度をととのえる。

滑川勝庵は、少し窶《やつ》れていた。

泊り込みで、重病人を看護しつづけていたからであろう。

「御病人は、いかがです？」

「先ず、どうやら安心というところへ漕《こ》ぎつけました」

「それはよかった」

「吉野屋は、どんなぐあいです？」

「よろしくありません。一度、診てあげて下さい。たのみます」

「では明日にでも、一緒にまいりましょう」

「ぜひとも、お願いする」

そういった片桐宗春の顔を、まじまじと見入った滑川勝庵が、

「若先生……」

「はあ……？」

「髪のかたちが、変りましたな」

「さよう」

「お腰には、その脇差を……」

「はい」

「ふうむ……」

微《かす》かに唸《うな》った勝庵が、

「わからぬ。どうも、わからぬ」

「何がです？」

「別人を見る、おもいがします」

「私のことか？」

「はい。ちょっと、お目にかからぬ間に、若先生のどこやらが、がらりと変ってしまったような……」

「いや、さようなことはないはずだが……」

「いや、そうではない。そうではない……」

勝庵は、わずかにかぶりを振りつつ、自分へ言いきかせるがごとくにつぶやき、両眼を閉じて考え込んでしまった。

宗春も黙然と、盃を重ねていたが、ややあって、

「勝庵どの。私は明日から、吉野屋の寮へ泊り込むつもりです」

「えっ……？」

「吉野屋清五郎の寿命は、つきようとしています」

「ふむ……」

「私に死水をとってもらいたいそうです」

「ほう」

月がのぼった。

十五夜の名月である。

「いやあ、しまった、しまった!!」

大声をあげ、酒を運んで来た白石又市が、

「今夜は、十五夜だったのですよ。すっかり忘れていました。月見の仕度をしておくのでした」

白石は、勝庵と宗春の様子をみるや、あわてて台所のほうへ引き下っていった。

また、長い沈黙がすぎて、滑川勝庵から口を切った。

「若先生。あなたは、もしも、堀内源二郎一行と出合うたとき、逃げることなく、立ち向われるおつもりですな？」

「そのつもりです」

宗春のこたえに、ためらいはなかった。

「やはり……」

「これまで、あのように匿《かくま》って下された勝庵殿の親切に、そむくことになるやも知れぬが、私には、堀内一行を怖れ、逃げ隠れする理由《わけ》は何一つないとおもうようになりました」

「なるほど……」

うなずいた勝庵が、膝《ひざ》を打ち、

「そうなれば変る。何も彼《か》も変ってくる……」

「いけませぬか。御不快か？」

「いや……」

くびを振って見せたが、勝庵の眼には、何やら寂しげなものがただよっていた。

吉野屋の寮の老僕・喜十が、勝庵宅へ駆け込んで来たのは、このときである。

「どうした、喜十さん。そんなにあわてて……」

「こちらにあの、山田宗春先生は見えておいでてございますか？」

「ああ、おられるよ」

と、白石又市。

「た、大変……大変なんでございます。すぐに、先生を……」

「どうしたのだ？」

「うちの旦那が、い、いま、急に……」

筒抜けにきこえる喜十の声に、片桐宗春は盃を置いて立ちあがった。

七

宗春と滑川勝庵、それに勝庵の大きな薬籠《やくろう》を担いだ白石又市が、吉野屋の寮に駆けつけ、病床に横たわった清五郎を見たときには、一瞬、

（息絶えてしまった……）

そうおもった。

吉野屋清五郎は夕餉の粥《かゆ》を半分ほど食べた後、急に、苦しみはじめた。

心ノ臓の発作が起ったのである。

これまでに吉野屋は心ノ臓の苦しさを、あまりうったえたことがなく、この夜のような激しい発作に襲われたこともなかった。

宗春は、すぐさま吉野屋の胸を強く擦《さす》りはじめ、勝庵は秘蔵の丸薬を取り出した。

「劇薬だが、のませてみましょう」

勝庵は、吉野屋のくびを抱き、

「若先生。水を……」

宗春から受けとった水を、丸薬と共に自分の口へふくんだ。

吉野屋は、火鉢の灰のような顔色《がんしょく》になり、歯を食いしばっている。

滑川勝庵は、その吉野屋の口へ自分の口を押し当て、口うつしに黒い丸薬をのみ込ませた。

ふたたび、吉野屋を仰向けに寝かせ、宗春が胸の摩擦をつづけると、吉野屋清五郎が、ぽっかりと眼をひらいた。

「吉野屋どの。宗春でござる。これに滑川勝庵先生もおられます」

「あ……」

「まだ、苦しゅうござるか？」

と、勝庵。

つぎの間では、女中おむらと老僕の喜十が固唾《かたず》をのんでいる。

「ああ、先生がた。もう、だめかとおもいました」

吉野屋が落ちついた声でいうのへ、勝庵が、

「ぐあいは？」

「大分、楽に……」

「さようか、それならばよい」

勝庵は宗春と顔を見合わせ、うなずき合った。

「吉野屋どの。今夜から宗春先生がつきそって下さるそうな。安心をして、お寝《やす》みになるがよろしい」

と、これは滑川勝庵がいったのである。

「はい。かたじけなく……」

「もう口をきかぬほうがよろしい。さ、眼を閉じて、ゆっくりと呼吸《いき》をなさるがよい。そうそう、そのように……」

やがて、吉野屋は眠りはじめた。

家へ帰る勝庵を、宗春は外まで送って出た。

「あのような発作が起るとは、おもいませんでした」

「さよう。脈の打ちようも、さして悪くはなかったのに……」

どうもわからぬ。

当時の医術では、医者の眼、耳、指によってたしかめられる範囲でしか、病状がわからなかった。

勝庵は、件《くだん》の丸薬が三粒ほど入った包みを宗春へわたし、

「よほどに、ひどい発作が起らぬかぎり、お用いにならぬことです」

「わかりました」

宗春が、包みを鼻に近寄せてみて、

「麝香《じゃこう》ですな」

「そのほかに、いろいろと入っています」

竹藪《たけやぶ》の中の小道を歩みつつ、

「いずれにせよ、吉野屋の寿命はつきたようですな、若先生」

「さよう……」

「あの男、町人にしては覚悟がよい」

「そのことです」

「店からは、だれも駆けつけて来ない。これは、どうしたわけなのです？」

「吉野屋が、近寄せないのでしょう」

「ほう……後妻もですか？」

「さよう」

「よほどに、深いわけがあるとみえますな」

「そのようです」

十五夜の名月は、竹藪の小道にまで青白く差し入ってきて、やや離れてついて来る白石又市の提灯《ちょうちん》もいらぬほどであった。

草むらで、秋の虫が鳴きこめている。

竹藪の道が、畑の中の道になった。

「勝庵どの」

「はい？」

「四、五日前のことですが、吉野屋が私に百両もの金をくれました」

「百両……大金ですな」

「町人の金は、侍の刀と同じだといいましてな」

「ふうむ……」

「もらった百両は、或る女にやりました」

「女……」

足をとめて宗春を見た勝庵は、月の光りを満面に受け、その大きな両眼が見ひらかれたまま、まばたきもせぬ。

「では、これで……」

片桐宗春は、勝庵に背を向けて歩み出した。

向うから、白石又市が足を速めて近寄って来た。

「明朝、私が一度、寮へ参上しましょうか？」

「そうだな、そうしてもらえるとありがたい」

「はい。では……」

「あ、ちょっと……」

「何か？」

「白石さん。あなたは、いずれ妻女を迎え、子も生まれましょうが、できるならば、いつまでも、勝庵どのの側にいてあげて下さい」

「はあ。もとより、そのつもりですが……あらたまって、急に、どうなすったのです？」

「いや、何でもない、何でもない」

竹藪の道を引き返している宗春を見送って、白石又市はくびをかしげた。

「おーい、白石。何をしているのだ？」

向うで、滑川勝庵が呼ぶ声がきこえた。

初雁《はつかり》

一

江戸へ到着した堀内源二郎と児玉権之助は、三十間堀《さんじっけんぼり》二丁目・裏河岸の宿屋〔住吉屋《すみよしや》仁兵衛《にへえ》〕方へ滞留している。

ここは、現代の中央区銀座二丁目にあたる。

いかに、父が篠山藩の権力者であっても、堀内源二郎は江戸屋敷へ入るわけにはまいらぬ。

兄の敵・夏目小三郎を探しまわっているのだから、源二郎も、一応は浪人の身になっているのだ。

しかし、住吉屋は篠山藩との関係が深く、小ぢんまりとした宿屋だが立派な造りで、目の前の三十間堀に舟着場をもってい、舟も出せる。

鍛冶橋御門《かじばしごもん》の篠山藩邸からも近いし、料理も酒もよいので、篠山藩の家来たちが密談をかわしたりするのには、もってこいの場所といえる。

住吉屋へ旅装を解いた堀内源二郎と児玉は、藩邸から木村与平次、平山丈助に来てもらい、打ち合わせをすませるや、すぐに江戸市中へ出て行った。

二人とも編笠をかぶった浪人姿である。

木村は、一日置きに住吉屋へやって来て、源二郎と児玉の前へ江戸の絵図をひろげ、種々の打ち合わせをする。なかなかに熱心であった。

それというのも、この敵討ちに自分が協力すれば、源二郎の父・堀内源左衛門からも、

(みとめられよう)

そうおもうからだ。

藩の権力者にみとめられれば、それは木村与平次の立身、昇進にむすびつくであろう。

「塗笠を、こうあげましてな。空を仰いだときの顔は、まぎれもなく夏目小三郎でありましたよ」

と、木村与平次が、

「笠をかぶっていたので、よくはわかりませなんだが、坊主頭のように見受けました」

「それで、医者だと……？」

「さようです、源二郎様」

そこで、木村は源二郎・児玉と共に、坂本から金杉にかけての町医者を探りにかかっ

た。

木村が先ず、坂本に住む知人の口から、いろいろと聞き出したことはいうまでもない。

いまのところ、わかったのは、三ノ輪に住む滑川勝庵という町医者と、いま一人は下谷・竜泉寺《りゅうせんじ》町に住む小川玄徳《おがわげんとく》で、何といっても、この二人の医者に町の人びとの人気があるらしい。

二人の医者の居宅も突きとめたし、日数をかけて、勝庵と玄徳が家から出て来るところを見とどけもした。

おもえば、よくも、片桐宗春が源二郎たちと出合わなかったものだ。

源二郎たちは、あの辺りの料理屋や居酒屋、煮売り屋などへ入り、酒をのみながら、

「このあたりに、何と申したか、名は忘れてしまったが、よく流行《はや》る医者どのがいたな？」

などと、女中に声をかけて探るわけだが、これも深入りをすると、当の夏目小三郎の耳へ入って、逃げられてしまうおそれがある。

敵討ちは、追われるほうも大変だが、追うほうも骨が折れるものなのだ。

ともかくも、滑川勝庵と小川玄徳は、夏目小三郎ではない。

二人とも長い間、江戸に住み暮しているのだし、顔も姿も別人なのである。

「木村殿は、町医者の風体と申されたが、それにとらわれてもいかぬし……」

「さよう。もっともでござる」

「また、あの辺りに夏目が住んでいると、きめてかかるのもいかぬ」

「ふむ、ふむ」

いまは、平山丈助をふくめ、あわせて四人が探索の範囲をひろげつつある。

藩邸でも、江戸家老から、

「夏目小三郎を、もしも町中《まちなか》で見かけたときは、必ず後をつけ、居所《いどころ》を突きとめること」

という内命が出たけれども、夏目小三郎の顔を見知っている藩士は四人以外には、ほとんどないといってよい。

夏目小三郎の居所がわかり、堀内源二郎がこれを討つときは、江戸藩邸にいる藩士のうち、屈強の士《もの》が三名、助太刀をすることになっていた。

木村与平次が見た夏目小三郎は、

「旅姿ではなかった」

そうだ。

してみると、旅人として江戸を通り過ぎたのではない。江戸に住み暮しているとおもってよい。

だが江戸は、丹波・篠山の城下ではない。

いわゆる「将軍家の御膝元《おひざもと》」であり、徳川将軍の城下といってよい。その城下へ、諸国の大名が江戸屋敷を置き、将軍への忠誠をしめしていることになる。

ここは、篠山藩・青山下野守五万石の城下ではなく、したがって、篠山藩の法律は適用されぬ。

たとえ、夏目小三郎を見出して斬り合いとなり、これが表沙汰となったときは、幕府の裁きを受けなくてはならぬ。

首尾よく小三郎を討ち取ってしまってからなら、

「これは敵討ちでござる」

と、篠山藩から届出をすれば何のこともない。

しかし、小三郎が生きていれば、

「いや、あれは正式の立合人をつけた果し合いであります」

反駁《はんばく》をするにきまっている。

そして、それは事実なのだから、幕府の取り調べ次第では、

「事は面倒になる……」

のである。

ゆえに、夏目小三郎は、あくまでも暗殺のかたちで討ち取ってしまわねばならぬ。

その夜も、堀内源二郎と児玉、木村の三人は、住吉屋の二階座敷へ酒を持って来させ、

絵図をひろげ、ああでもない、こうでもないと熱心に語り合っていた。

同じ夜……。

下谷・坂本二丁目の軍鶏鍋屋《しゃもなべや》〔桜屋〕の二階座敷へ、伊助が屋根づたいに忍び込んで来た。

秋になったが、お米は相変らず、この二階座敷で眠っている。ここならば、伊助が忍び込んで来ても、使用人たちに気づかれないからだ。

「お米……おい、お米。起きろよ、おい」

「あ……」

「すっかり涼しくなったなあ」

「そろそろ、鍋をはじめないと……」

「そのことよ」

「お前さん。何処へ行っていなすったのだえ？」

「あれから、だれも訪ねては来ねえか？」

「来ませんよ。何をしたか知れないけれど、もう帰って来ても大丈夫ですよ」

「ふうん……そうか、だれも訪ねては来ねえか……」

「いつまでも、こんな泥棒猫のまねをしていたいのですかえ？」

「冗談じゃあねえ」

「だったら、お前さん……」

「うむ。どうやら、ほとぼりはさめたらしいな」

「お前さん。いま、いったい何処にいるのさあ？」

「何処だっていいじゃあねえか。江戸に近いところだよ」

「だから、どこ？」

「そんなことより、お米。お前、大丈夫だろうな？」

「何がですよ？」

「浮気をしてはいめえな？」

「また、はじまった。お前さんが、こんなに餅を焼く人だとはおもわなかった……」

「しらべてやるから、裸になれ」

「ばか」

「うるせえ」

「あっ……な、何をするんだよ、お前さん。そんなことを、お前……」

「しずかにしろ」

「それで、いつ、帰って来なさるのだえ？……あ、よしておくんなさいよう」

「そうだな。四、五日うちには、帰って来られるだろうよ。おい、その行燈《あんどん》を、もっと、こっちへ……」

「いやだったら、そんな……」

「行燈を明るくして、見るところを見とどけねえと、よくわからねえからな。何だ、こいつは？」

「の、蚤《のみ》に喰われたのですよう」

「嘘をつきやあがれ」

「嘘じゃない。嘘じゃないったら……」

お米が、鼻を鳴らしはじめた。

二

その日も、また、平山丈助が池之端の吉野屋へあらわれ、

「夏目小三郎の顔を見知っているというので、毎日のように歩きまわらねばならぬ。たまったものではない」

と、お初に零《こぼ》した。

お初は、根岸の寮からの報告で、片桐宗春が三日ほど前から夜も泊りこみ、夫の清五郎の看護にあたっていることを知っているけれども、それを気《け》ぶりにも見せぬ。

「それはさておき、吉野屋の主人《あるじ》は、よほどに悪いのか？」

「そのようでございますよ」

「そのようだと……妻のお前が、寮に行っておらぬでもよいのか?」

「来るな、と、いわれております」

「それは、ちと、妙ではないか」

「妙ですが、うちのあるじは、そうした人なのでございましょう、兄上」

「……?」

「いま、お酒をつけさせます。今日は、ゆるりとしておいでなされませ」

いつしかお初は、侍の娘だったころの口調になっていた。

「初乃……」

「はい?」

「お前は、妙な女になってしまった……」

「さようでございましょうか?」

「妙ではないか。あるじが重い病にかかっているというのに、平気な顔を……」

「しておりますか?」

「している。妙だ。ちかごろのお前は、兄の私にも、肚《はら》の底が知れぬような……」

男に、女の肚の底がわかるものではないと、お初はおもっているが、薄く笑って、こたえなかった。

「私は今日、通りかかったので、見舞ってやろうとおもい、根岸の寮へ立ち寄ってみたのだが、女中にことわられてしまった」

「寮の女中は、何と申しておりましたか？」

「かかりつけの医者から、だれも会わせてはならぬと、かたく命じられたそうな」

「その、お医者さまは、寮におられましたか？」

「わからぬ。表口の傍《わき》の小座敷で、茶を出されたが、奥へは入らなかった」

「さようでございましたか……」

お初は部屋を出て行き、酒肴《しゅこう》の膳の仕度をいいつけてから、もどって来た。

それを待っていたかのように、平山丈助が、

「初乃。吉野屋清五郎に万一のことがあった場合、お前の立場は大丈夫なのか？」

「心配をして下さるのでございますか？」

「妹のことだ、当然ではないか。それに……」

「それに？」

「お前は、吉野屋の後妻に迎えられたとは申せ、なにぶん、前が前ゆえ……」

「前は、吉野屋の妾《めかけ》だったからというのでございますね」

平山は、むっとしたように口を噤《つぐ》んだ。

日が詰まってきて、暮れ六ツ前だというのに、外は、すっかり暗くなっている。

兄の平山丈助は連日のように、下谷、浅草の一帯を歩きまわり、夏目小三郎を探して

いる。

堀内源二郎と助太刀の侍、それに木村与平次も同じような行動をとっているに相違ない。

そして、町医者になりすました夏目小三郎は彼らが探しまわっている土地で、何事もなく日を送っているのだ。

運がよいといおうか、探しているほうに運がないというのか、もし、お初が小三郎のことを洩《も》らしたなら、彼らは、どんなによろこぶことであろう。

しかし、お初は、それをしなかった。

はじめて、女の肌をゆるした男を、お初は忘れきれないのであろうか。

そうだ、忘れきれぬからこそ、この夏、小三郎の隠れ家へ忍んで行き、髪を洗う半裸の姿を見せつけ、

「あのときの借りを返して下さいまし」

と、せまったのだ。

だが、これはまずかった。

あまりにも変ってしまったお初に、小三郎は瞠目《どうもく》し、加えて、お初が吉野屋清五郎の妻と聞いて、尚更に手も足も出なくなってしまった。

男は、歳月を経た女の変化におどろくが、女は自分の変化に気づかぬ。

男は過去にこだわるが、女は、そのときどきに変化して行く自分を、そのままに受けとめ、わけもなく溶け込み、水がながれるように生きて行ける。

しかし、お初は自分を隠れ家へ残し、何処かへ立ち去ってしまった小三郎を、恨みにおもっている。

あのときのことは、まだ過去のものとはいえぬほど、つい先ごろのことだからだ。

そのくせ、小三郎の居所を兄に告げないのは何故か……。

(告げるなら、私から直《じか》に、藩邸へ告げてくれる)

しかし、告げるとしても、その前に、

(しなくてはならぬことがある……)

そのことの成行きしだいによっては、小三郎の居所を告げなくともすむやも知れぬ。

何事も、

(小三郎さましだい……)

であった。

それにしても、夏目小三郎は、

(どういうつもりなのだろう?)

自分と出合っても、逃げ隠れもせず、しかも、いまは吉野屋の寮に詰めきり、夜は泊り込んでいるのだ。

（小三郎さまは、私が藩邸へ密告するだろうと、おもうてはいないのか？）

そうとしかおもえぬ。

小三郎を江戸で見たというので、堀内源二郎たちが、すでに江戸へ入り、行方を探しているることは、むろんのことに知っていないのであろう。

探索の地域は狭《せば》められている。

いつ何どき、金杉や三ノ輪の道すじで、小三郎と彼らがばったり出合うか知れたものではないのである。

三

夏目小三郎が、あの事件によって京都藩邸から脱走した後、

「私は、金子《かねこ》房之助《ふさのすけ》へ、お前への言付《ことづ》けをたのんだぞ」

と、片桐宗春は、お初にいった。

お初は、それを待っていたのだ。

いつでも、藩邸を脱け出せるよう、ひそかに身仕度をととのえていた。

だが金子房之助は、小三郎の言付けを、お初につたえなかった。

何故だろう。

それは、その後の金子の言動を思い返せば、こたえが出る。

「初乃どの。小三郎殿の一生は、これで終りとおもわれたがよい」

と、金子房之助はいった。

お初は絶望し、自暴自棄となった。

すると、金子房之助が、たくみに、お初へ言い寄って来た。

若い女の絶望は、おそろしい。

すがりつけるものなら、藁《わら》一本でもよいのだ。

お初が金子に肌身をゆるすまでに、さして月日を必要としなかった。

何度、金子に抱かれたろう。

金子は一言も、

「夫婦《めおと》になろう」

とは言わなかったが、お初は、その期待を抱いていた。金子房之助には、妻も子もなかったからだ。

そのうちに、丹波・篠山の国許から、金子へ転勤命令が下った。

「国許へもどれ」

というのである。

金子房之助は、お初の目を逃れるようにして、追われる盗人のように国許へ引きあげてしまった。

お初の絶望は、層倍のものとなった。なまじ、金子によって、息を吹き返せることを望んでいただけに、こうなると捨鉢になり、その後、お初は京都藩邸内の遊び好きの藩士二人と関係をもつようになった。

このうわさが藩邸へひろまったとき、兄の平山丈助の激怒がどのようなものであったか、およそ知れよう。

平山は木刀を揮《ふる》って妹を折檻《せっかん》した。

いまも、お初の左手の小指とくすり指が利《き》かないのは、このとき、木刀で打たれたからだ。

京都へ仕入れに来た吉野屋清五郎が、藩邸の留守居役・内山三左衛門《うちやまさんざえもん》の長屋へ滞留したのは、ちょうど、このときであった。

吉野屋清五郎は、かつて江戸藩邸にいた内山と旧知の間柄だったのである。

吉野屋が、お初のことを聞いたのは、内山三左衛門の口からだ。

内山は留守居役だけに、平山兄妹のことを案じていて、

「こうなったからには、妹のほうを、何処ぞの商家へでも嫁がせてしまったほうがよいとおもうている。このことが国許へも知れわたるようになると、兄の平山の行末にもかかわることゆえ」

と、吉野屋へ洩らした。

吉野屋は、それとなく、お初を観察して、内山に、

「妹さまのほうを、てまえが江戸へ連れて行き、身が立つように考えてみてもよろしゅうございます」

「それは、まことか？」

「はい」

「かたじけない」

「何の、お役に立ちますれば……」

内山三左衛門は、京都の商家にも知己が多く、吉野屋が仕入れをするときも、何かと口をきいたり、紹介状を書いてくれたりして、その効力が大きい。

兄の平山丈助も、嫂《あによめ》の律《りつ》も非常によろこんだ。

こうして、お初は、吉野屋清五郎の手に引き取られ、江戸へ身を移したのであった。

吉野屋は、はじめ、お初を妾にすることなど考えてもみなかったらしい。

江戸へ来て、しばらくの間、お初は吉野屋の身のまわりの世話や、客の武家方の応対などをやらされた。

江戸の水に慣れるにつれ、お初は何事にも行きとどくようになった。

お初には、江戸の水が合ったようである。

四

この日。

平山丈助が、根岸の吉野屋の寮へ見舞いに立ち寄ったとき、片桐宗春は奥の病間にいた。

吉野屋清五郎は、よく眠っていた。

女中のおむらが平山の来訪を告げるや、宗春は、

「見るとおりの重病人ゆえ、会うことはならぬ。茶菓《さか》でもてなして、帰っていただくがよい」

即座にいった。

おむらは、宗春にいわれたとおりにした。

篠山藩士の中でも、吉野屋と関係が深い平山丈助が見舞いに立ち寄ることは、おかしいことではない。

（何処かへ用事に出たついでに、立ち寄ったのであろう）

と、宗春は、推測した。

京都屋敷にいたころの片桐宗春は、平山丈助を嫌ってはいなかったし、

（いずれは、自分の義兄になる人……）

と、おもっていた。

小心《しょうしん》な男だが、決して悪い人柄ではない。

あの事件が起るまでは、妹の初乃とも仲よく暮していたし、もし何事もなく、宗春が夏目小三郎として京都屋敷に勤務していたら、

(自分と初乃とのことも、きっと、ゆるしてくれたろう)

また初乃も、

「兄上ならば、大丈夫でございます」

自信をもっていたのだ。

だが、すべては終った。

こうして、吉野屋清五郎の枕頭《ちんとう》に詰めきっている自分が、夏目小三郎という侍とは、

(別の男なのだ……)

としか、おもえぬ。

平山丈助の来訪を聞いたときも、宗春は平然としていた。

もし、平山が強引に病間へあらわれたとしても、同じであったろう。

宗春が平山の面会を謝絶したのは、夏目小三郎としての不安からではない。あくまでも医師・片桐宗春としての処置であった。

(若いころに、自分は医術をまなんでおいてよかった)

なればこそ、

（医者として、生きぬくことができる……）

のである。

（何故、早く、このことにおもい至らなかったのか。さすれば長い年月を、ただもう逃げ隠れすることのみに費やさずにすんだのだ。なれど、いまからでも遅くはない）

このことであった。

三十六歳になってしまった宗春だが、いまは、一介の町医者として生涯を終えようと、心に決めたのだ。

医者としての立場をもって、身に降りかかるすべてを処して行く。

その覚悟が決まってからは、われながら心も落ちつき、事にあたっての判断が狂わなくなってきた。

日が暮れて、宗春は別間で夕餉をしたためた後、病間へ入って行くと、

「あ、先生……」

吉野屋清五郎が目ざめていて、

「毎日、かたじけのうございます」

蚊が鳴くような声でいう。

清五郎はすっかり食欲をうしない、粥も食べられなくなってしまった。

今朝、滑川勝庵が様子を見に来てくれたが、外まで送って出た片桐宗春へ、

「あと、五日か六日のいのちですな。若先生は何とおもわれます？」

「さよう……」

宗春も同感であった。

人のいのちが衰えるときは、このように呆気《あっけ》ないものなのか……。

この夏、三年ぶりに、逃亡の旅から江戸へもどった宗春を大よろこびで迎え、

「先生、ひどうございますよ。黙って何処かへ行っておしまいになるなんて……」

いそいそと敷蒲団へ身を横たえ、宗春の指圧に眼を細めていた吉野屋清五郎であった。

それが、たった一夏を越しただけで、急激に衰え、いまは死を待っている。

宗春が吸飲《すいのみ》の水を清五郎にのませてやったとき、女中のおむらが、吉野屋の番頭・佐太郎が来たことを告げた。

すると清五郎は、

「よし。此処《ここ》へ通しておくれ」

低いが、張りのある声でいった。

五

清五郎の養子であり、番頭でもある佐太郎は、京都から帰って以来、三度も寮へ来て

いた。今夜で四度目だ。

後妻のお初にさえ会おうとしない吉野屋清五郎だが、佐太郎との面会は拒まない。

自分が死んだ後の、吉野屋の経営について清五郎が佐太郎へ、いろいろと言い遺している らしい。

佐太郎は寮へ来るとき、算盤《そろばん》と何冊もの帳簿を必ず携えてあらわれる。

その帳簿をひろげて見せながら、佐太郎が説明し、清五郎が指示をあたえる。

そのときの二人は、ぴたりと呼吸が合っていた。

（なるほど……）

片桐宗春は、清五郎が佐太郎を養子にえらんだわけが、よくわかるようなおもいがした。

こうしたとき、宗春は席を外すが、二人は、かなり長い時間を語り合っている。

佐太郎は二十七歳になるというが、まだ独身である。

しかし、吉野屋清五郎は佐太郎が妻に迎える人まで、えらんでおいたらしい。

それは、同業の小間物屋で横山町一丁目に店舗がある近江屋《おうみや》作兵衛《さくべえ》の次女だそうな。

吉野屋は、寝込む前に、衰えた躰を駕籠に乗せて近江屋へ行き、後事を托した。

吉野屋と近江屋とは若いときから親交が深いのだと、女中のおむらは宗春に告げた。

佐太郎は、商人のくせに口数も少く、愛想がよい男ではない。

それでいて、たとえば片桐宗春に向い、

「御苦労さまでございます」

とか、

「ありがとう存じます」

とか、手短かな挨拶をするとき、その簡単な、ありふれた言葉に、

(心がこもっている……)

と、宗春は看《み》た。

長らく剣術の修行をしてきた片桐宗春だけに、それがよくわかるのである。

「佐太郎は、あんな男でございますが、商売の品物については、よく目が利きます」

いつであったか、吉野屋清五郎が宗春にそういったことがある。

「もう少し、生きていてやって、佐太郎を仕込んでやりたかったともおもいますが、いまとなっては、どうしようもありませぬ。佐太郎は吉野屋の主人として、自分一人で道を切りひらいて行かねばなりません。それが、あの男にとって良い薬となるならば、吉野屋も何とか、つづいて行けましょう」

清五郎は、他人事《ひとごと》のように、淡々として言うのだ。

数ある奉公人のうちで、清五郎が佐太郎に店をあたえる決意をしたのは、

「跡つぎの者は、自分の苦労をしなくてはなりませぬ。吉野屋の初代となったつもりで、

自分が初めて店を開いた気持ちになれる男でなくては、うまくまいりません。血を分けた我子でございますと、ついつい甘くなってしまいますが、私は佐太郎をきびしく仕込みました」

こういって清五郎は、

「先生。後妻のお初に店をゆずらぬわけが、おわかり下さいましたでしょうか？」

問いかけてきたが、宗春はこたえなかった。

（自分は医者で、商人ではない……）

からであった。

気分のよいときに、吉野屋清五郎は、

「私が死んだ後は、必ず、商売が落目になりましょう」

と、いったことがある。

「何故に？」

「はじめは、店の奉公人が、みんなそろって、佐太郎をもりたてるというわけにはまいりますまい。そうなると、手ぬきがひろがり、ひいては商売が落ち込むのでございます」

「ほう……」

「実の子の私が、先代の父親の跡をついだときですら、そうでございました。父の代の大番頭なぞはいちいち口やかましく、若い私の申すことなど、なかなかに聞き入れませぬ。私は、こうした年寄り連中が死ぬのを、一日千秋のおもいで待っていたのでございます」

これは、武家・大名の世界でも同じことであった。

「佐太郎も、これからは苦しむことでございましょう」

吉野屋は薄く笑ったが、

「そこを辛抱し、何年もかかって、一人、二人と客を増やし、店の信用をつけて行かねばなりませぬ。それには、当人の工夫と、売る品物の質を落さぬことでございます」

「いかさま、な」

「先生、何故、私が、お初を後妻に直したか、おわかりでございますか？」

「さて……？」

「私は、あの女に手をつけるつもりはなかったのでございますが……つい、その……」

お初が湯殿で半裸となり、髪を洗っている姿を見て、吉野屋清五郎は、

「われにもなく……」

欲情のおもむくままに、手をつけてしまったという。

やがて、お初を妾宅へ移したが、この三年ほどは、お初を抱くこともなくなっていた。

吉野屋清五郎には財力がある。妾としてのお初と手を切るなら、いくらでも方法があ

ったろう。

だが吉野屋は、後妻と養子の縁組を同時におこなった。これは奉公人も納得が行かなかったし、片桐宗春にも腑《ふ》に落ちぬところであった。

「何故か、おわかりでございましょうか？」

「わかりませぬ」

初乃の事だけに、宗春は、おもわず吉野屋の言葉に聞き入った。

「もともと、お初と申す女は、男というものを信用いたしませぬ。くわしくは存じませぬが、京にいたころ、男出入りがございましてな」

その影響が、

「あの女の心にも、肌身にも、まだ澱《おり》のように淀《よど》んでいるのでございます」

清五郎は、そういったのである。

そのようなお初を、もはや子を生ませるちからをも失った清五郎が、何故に後妻としたのか……宗春には謎であった。

「先生。私の死後、養子の佐太郎は新妻を迎えます」

「ふむ……」

「すると、お初は、この若い夫婦の義母になるのでございます」

「さよう……」

「ここで、佐太郎は苦労いたします」

「……？」

「つつましく暮すなら一生困らぬ金をやって、別に住んでくれと申しても、お初は素直にいうことを聞くような女ではございませぬ」

「はて……？」

「奉公人たちにも、お初は、評判がよろしい女でございましてな。それを、お初は、ちからとたのんでおります」

京から江戸へ来て、吉野屋の世話を受けつつ、なまじ、富裕な商家の様相を知るにつれ、お初は金のちからのみを信ずる女となってしまったというのか……。

清五郎の死後は、

「奉公人の三分ノ二は、お初の味方につくことでございましょうな」

例によって、他人事のように、吉野屋清五郎は語ったのである。

「この苦労を凌《しの》ぎぬいたとき、佐太郎は一人《ひとり》前の商人《あきんど》となりましょう。商人は品物を売るだけではすまされませぬ。人としての苦労を凌がなくては、真の商いがどういうものかを知ることができないのでございます」

いい終えたとき、清五郎は少年のようなはにかみの色を顔に浮かべ、

「先生に向って、長々と、勝手なことばかり、しゃべってしまいまして……何やら、自

分で自分に言い聞かせているような気分になってしまったのでございます。どうか、おゆるし下さいまし」

「いやなに……すると、吉野屋どのは？」

「はい？」

「御養子に苦労をさせたいがために、その、お初さんとやらを後ぞえになすったといわれるのか？」

「そのとおりでございます。佐太郎という男は、女の苦労が足りませぬ」

「女の、苦労……」

「と申しても、惚れたはれただけが女の苦労ではございません。そうではございませんか？」

「ふうむ……」

六

養子の佐太郎が寮へ来た翌朝に、片桐宗春は、女中のおむらへ、

「ちょっと、出かけて来る」

「あの、その間に、旦那さまは大丈夫でございましょうか？」

昨夜は佐太郎を相手に一刻（二時間）の余も打ち合わせをした吉野屋清五郎は、死ん

だように眠りこけてしまった。朝になっても目ざめない。

その相貌《そうぼう》には、あきらかに死の影が忍び寄って来ているのを、おむらも気づいたのであろう。

「まだ、大丈夫だ」

宗春は、きっぱりといって、寮を出て行った。

後でわかったことだが、この日、吉野屋清五郎は昼前に目ざめ、おむらに命じて半身を起し、筆紙《ひっし》の仕度をさせ、何やら書きしたためたそうだ。おそらく、遺言状であったのだろう。

宗春も、清五郎の病状が徒事《ただごと》ではないと看て、

(これよりは、自分も一歩も外へ出ずに詰めきることになろうから、その前に……)

〔大むら〕の、お歌の様子を見ておきたいとおもったのだ。

お歌は、すっかり元気になっていた。

床をはらった二階の部屋で、人形あそびをしている顔に、あざやかな血色がよみがえっている。

「よかった。もう、これでよい。これでよい」

宗春は、うれしげに何度もうなずいた。そのとき、われ知らず眼の中が熱くなったのは、どうしたわけなのだろうか。自分でもわからなかった。

お歌のために、半月ぶんの薬をわたして、

「重病人を抱えているので、しばらくは来られぬとおもう」

告げると、主人の平四郎が、

「長い間、まことにもって、ありがとう存じました。お歌が癒《なお》りましたのも、みんな先生のおかげでございます」

低頭して宗春を送り出したが、医療代については口に出さなかった。そして翌日に、百姓・福松の家へ来て、

「これを先生に、おわたししておくれ」

金三十両を、あずけて去った。

宗春が、お歌の誘拐をふせいだことを思えば、たとえ百両の大金を礼によこしてもふしぎではない。しかし、そうすれば必ず、宗春が拒むことを平四郎は心得ていた。

三十両はなまなかな金額ではないけれども、

(これなら、先生が受けて下さるだろう)

考えぬいてきめた金額であった。

ところで……。

この日は〔大むら〕に、おたみの姿が見えなかった。

帰りぎわに、それとなく他の女中に尋ねると、今日は予約の客も少いので、半日の休

みをもらい、小千住の旅籠・近江屋へ遊びに行ったという。

(では、もしやすると、隠れ家へ立ち寄るやも知れぬ)

片桐宗春は、福松の家へも立ち寄ることなく、渡し舟で大川をわたり、先ず小千住の近江屋へ向った。

「はい。おたみさんは一刻ほど、しゃべってから、大むらのほうへ帰りました」

と、近江屋の女中が宗春の問いにこたえた。

「さようか。ならばよろしい」

そこで、宗春は隠れ家へ足を速めた。

いずれにせよ、吉野屋のための薬や、着替えの衣類を取りに隠れ家へ寄るつもりで出て来た宗春である。

竹藪の中の道へ入ると、

「あれ、先生……」

おたみが、木蔭から飛び出して来た。

「中へ入っていればよいのに。戸締りはしておらぬと申しておいたはずだ」

「でも、何だか気が咎《とが》めて……」

「此処《ここ》で待っていたのか」

「あい」

「いま、大むらへ寄って来たところだ。お歌は、すっかり元気になったな」

「庭を飛びまわっています。病気の前にくらべると、人がちがったようですよ」

裏手へ来たとき、おたみが空を仰いで、

「先生。今日は、よいお日和《ひより》ですねえ」

「そうだな」

「あれ、雁《かり》がわたっている……」

「寒い国から、冬をすごしに飛んで来るのだ」

「あら、そうなんですか。はじめて聞きました」

二人は、家の中へ入った。

「まあ、きれいになっていること」

「掃除をしてくれる人がいるのだ」

白石又市は、いつ宗春が帰って来てもよいように、一日置きに隠れ家へ来て掃除をし、水を汲《く》んでおく。

「ま、茶でものもうか……いや、それよりも酒だ。燗《かん》はよいから仕度をしてくれ。お前ものむがよい」

「あい」

「おたみ……」

「はい？」

「お前、いつでも、大むらを出られるか？」

「……？」

「出て、私と一緒に、旅へ出る気になれるか？」

「うれしい。先生と一緒に？」

「そうだ。行先は遠い国だぞ。それでもよいか？」

「はい」

いささかもためらうことなく、おたみは強くうなずいた。

うなずいて、噎《むせ》び泣いた。

「泣くな」

「で、でも……こんな、しあわせが待っていてくれるなんて……」

「しあわせになるか、どうか、それはわからぬ」

「いいのです、地獄へ落ちたって、先生と一緒なら……」

おたみは、借金をこしらえて〔大むら〕へ奉公に出たのではないし、いままで何の迷惑もかけてはいない。

「いざそのときになれば、私から大むらのあるじへ手紙を残しておこう。ただし、お前が出るときは黙って出るのだから、いまのうちに仕度をしておくがよい。荷物は小さく……よいか、小さな荷物だぞ」

「うれしい、先生」

おたみが、宗春へ抱きついてきた。

千住大橋

一

吉野屋清五郎が息を引きとったのは、三日後の夕暮れであった。

朝、目ざめたときの清五郎は、重湯を少し口にしたほどで、

(まだ、大丈夫……)

と、片桐宗春は看《み》た。

昼すぎに病間へ行き、脈をとっていると、清五郎が物もいわずに、凝《じっ》と宗春の顔に見入っているではないか。

そのときの吉野屋清五郎の眼ざしを、宗春は、

(生涯、忘れないだろう)

と、おもった。

まだ、人の世の汚濁を知らぬ三、四歳の童児のごとく、六十を越えた清五郎の瞳は澄

み切っていた。

（このような、あどけない眼の色をした老人を見たことがない……）

われを忘れ、その美しい瞳に見とれていた宗春が、はっと気づいて、

「夕餉《ゆうげ》には、また、重湯の仕度をさせましょうか？」

やさしく微笑をして言うと、清五郎は無言のままで宗春に向い、合掌をした。

「吉野屋どの。それは、やめて下され」

清五郎が合わせた両手を、しずかに引きはなすと、子供がいやいやをするようにかぶりを振った吉野屋清五郎が、またしても宗春を拝むのである。

「困りましたな」

黙って、合掌をつづける清五郎の清澄《せいちょう》な瞳は、ひたと片桐宗春の顔に向けられていた。

夕暮れが近づいて来たとき、

「重湯をあげてくれぬか」

宗春は、おむらにいいつけ、自分の部屋にあてられた一間へ入り、一服してから、薬の調合に取りかかった。

そこへ、

「せ、先生……」

低く、切羽つまったような声で呼びかけ、部屋へ入って来たおむらの顔から血の気が

引いていた。

「どうした？」

「変なんでございます、旦那さまが……」

「何……」

病間へ入って、両眼を閉じている吉野屋清五郎を見た瞬間に、宗春は、

（息絶えた……）

と、感じた。

（しまった。何故、つきそっていてあげなかったのか……独りで死なせてしまった、独りで……）

悔やんだが、どうしようもない。

死の静謐《せいひつ》にみちびかれた清五郎は、いかにも安らかな死顔になっていた。

女中おむら、老僕の喜十が入って来たかとおもうと、二人は同時に号泣した。

泣きながら、おむらは線香の用意をした。

三人は、線香をあげ、吉野屋清五郎の遺体へ長い祈りをささげた。

清五郎の枕元には、いつの間にか遺書一通が置かれてあり、その宛名は〔吉野屋佐太郎殿〕となっている。

片桐宗春は喜十に向って、

「このよしを、池之端の店へ知らせ、何よりも先ず、佐太郎どのに来てもらうがよい」

「は、はい」

よろめくように、喜十が部屋を出て行ってから、宗春はおむらへ、

「私は、もはや、この場におらぬほうがよい」

「でも、それは……」

「いや、そのほうがよいのだ」

宗春は、遺書をおむらへわたし、

「この、吉野屋どのの書き置きは、宛名のとおり、お前さんから佐太郎どのへ手わたしてもらいたい。よいな?」

「はい」

おむらの声は、しっかりしたものだ。

「何か私に用事があるときは、滑川勝庵先生の御宅まで来るがよい。わかったな?」

「はい。わかりましてございます」

「では、たのんだぞ」

腰をあげかけた宗春の前へ、おむらはぴたりと両手をついて、

「先生。かたじけのうございました。旦那様が、このように、安らかなお顔で冥土《めいど》へ旅立つことができましたのは、みんな……みんな、宗春先生のおかげでございます」

振《ふ》り搾《しぼ》るような声であった。

「いや、なに……できるかぎり、手はつくしたがおよばなんだ」

「いいえ、旦那様が、どれほど、よろこんでいなさいましたことか。それは、いちばん、私がよく知っておりますでございます」

「そのようにいってくれると、私の胸の内も、いくらかは、安まるような……」

「ありがとうございます。ありがとう存じました」

寮を出た宗春は、滑川勝庵宅へおもむいた。

勝庵も白石又市もいなかった。何処かへ往診にでも行ったのであろう。

例のごとく戸締りもしていない家の中へ入り、行燈《あんどん》をつけ、そこにあった筆紙をつかい、宗春は吉野屋清五郎の死亡を簡単にしたためてから、行燈の火を消して外へ出た。

隠れ家へもどった片桐宗春は、先ず、井戸端で何杯も水を浴びてから家の中へ入り、冷酒を茶わんで二杯、ゆっくりとのんだ。

のみながら、宗春は半眼《はんがん》となって、何事か思いに耽《ふけ》っている。

空は曇ってい、湿気をふくんだ夜の闇が重くたれこめ、蒸し暑かった。

酒をのみ終えてから、奥の間へ入った宗春は仕度に取りかかった。

旅仕度である。

これも慣れきっているので、すぐに終った。

また、居間へもどり、硯箱《すずり》を開けて墨をすりはじめた。

すりながら、宗春は両眼を閉じた。

これから書こうとする手紙の内容を考えているらしい。

やがて、筆を手にした宗春は、一通の手紙を一気に書きあげた。この手紙は〔大むら〕の主人・平四郎にあてたものである。

また、墨をする。

巻紙をひろげ、筆を走らせたが、すぐにやめて書いた手紙を引き裂いた。

書き直しにかかったが、どうも、うまく書けないらしく、これも引き裂いてしまう。

立って台所へ行き、またしても、茶わんに冷酒を汲《く》む。片桐宗春は何故か、落ちつかぬ様子である。

外に足音が起って、

「宗春先生。白石です」

「おお」

戸を開けると、白石又市が入って来て、

「いま、先生の書き置きを拝見しました」

「さようか。で、勝庵どのは？」

「例の、本郷の病人が少し悪くなったので、今夜は向うへ泊りこむそうです。私は薬を取りにもどって来たのです」

「それは、いかぬな」

「いえ、命にかかわるようなことはないと、勝庵先生はいっておられました。吉野屋が、いけなかったそうですね」

「手は、つくしたのだが……」

「はあ。吉野屋は、よろこんでいたとおもいます」

「……」

「いずれにせよ、明日のことに……」

「勝庵どのへ、よろしく、おつたえ願いたい」

「承知しました」

「ま、ひとつ」

と、宗春は茶わんの冷酒を白石にわたした。

「これは、ありがたい」

白石は、さも旨《うま》そうにのみほした。

「もう、ひとつ」

「いただきます」

雨音がしてきはじめた。

二

翌朝、雨は熄《や》んでいた。

片桐宗春は、大川を舟で渡り、寺島村の福松の家へおもむいた。

「あっ、先生。久しく見えなかったねえ」

「変りはないか？」

「へえ、おかげさんで……」

「すまぬが……」

宗春が言い終えぬうちに、

「先生。わかっているだよ、うん」

福松は、ひとりうなずき、家を出て行った。

銀煙管《ぎんぎせる》を出して煙草を吸ううちに、福松がもどって来て、

「おたみさん、すぐに来るだよ」

宗春に告げるや、姿を消してしまった。

しばらくして、おたみが庭先へあらわれた。

「おたみ。ここへおいで」

「先生。もう、いつでもようござんす」

「仕度は、できているな？」

「はい」

「よくきいておいてくれ。明日の夕暮れどきに、身仕度をして、私の隠れ家へ来ていてくれ。よいな」

「大丈夫です」

おたみの顔が輝いた。

「大むらの御主人にも、だれにも内証《ないしょ》にして、黙って抜け出して来てもらいたい。それができるか？」

「できますとも」

「ひとりで思案がつかぬときは、ここの福松に相談するがよい。福松ならば、何を打ちあけても大丈夫だとおもう」

「私も、そうおもいます」

「これでよし。さ、大むらへもどるがよい」

「はい」

「大むらでは、変りはないか？」

「お歌ちゃんも、すっかり元気になりました」

「よかった。これで、江戸に、おもい残すことはなくなった。では、いま申したことを忘れずに……よいか。明日の夕方だぞ。お前が来ぬときは、私ひとりで江戸を発《た》ってしまうことになる。ここへは二度と来ない。わかっていような?」

「はい」

しっかりとうなずき、おたみは〔大むら〕へ帰って行ったが、その帰りぎわに、垣根のところで振り向き、ほとんど声にならぬ声で、

「うれしい」

と、いった。

やがて、福松がもどって来た。

宗春は、その前に金十両の包みを置き、

「いろいろと、世話になった。まことに些少《さしよう》だが、こころよく受け取ってもらいたい。私の気持ちだ」

「いや、先生。旅へ出れば金が要る。こんなことはしねえで下せえ」

福松は何も彼《か》も、見とおしているらしい。

「それも考えた上でのことだ。どうか、こころよく受けてもらいたい」

「おらが預かっている百両は、どうするだ?」

「あれは、おたみにやった金だ。おたみへわたしてくれ」

「おたみさんと別れるつもりかね?」

「いや、一緒に連れて行く」

「ひやあ、よかった。それがいい、それがいい。先生よう。あの女は男に福をもって来る女だ。おら、そうおもう」

「ほう……そうか」

「そうだとも。それから先生。大むらの旦那が三十両、お礼だといって置いて行きなすったのをあずかっているが、これを持って行って下せえよ」

「わかった」

宗春は「大むら」の主人へあてた手紙を福松へわたし、

「これを、明日の夜になってから、平四郎どのへ手わたしてもらいたい」

「先生。おたみさんは、その前に抜け出すのだろうね？」

「黙って抜け出さずともよいのだが、私の身の上には、いろいろと事情《わけ》があって……ただ、大むらへ、おたみが義理を欠くことになる。それで、私から、その手紙を……」

「いや、大丈夫ですよ、先生。おたみさんには借金はねえと聞いている。けれども、大むらへ来たとき、何んの彼んのと仕度をしたので、そのぶんが、どうなっているか……？」

「それは、おたみにやった金のうちから、きちんとするだろう」

「へえ、そうだね」

「では、これで……また、会うときも……いや、それはないであろう」

苦笑した片桐宗春が、

「ありがとう」

万感を、この一語にこめ、深く頭を下げた。

福松は、渡し舟の舟着き場まで、宗春を送って来た。

大川をわたり、陸《おか》へあがってから対岸に目をやると、堤の上に立った福松が豆粒のように見えた。

福松は、しきりに手ぬぐいを打ち振っている。

宗春も手を振り、別れを告げた。

空は明るみをたたえてきて、薄日が差しはじめた。

片桐宗春が隠れ家へもどったのは、九ツ半（午後一時ごろ）であったろう。

竹藪の中の小道を、隠れ家へ近づいて行きながら、

「……？」

宗春は、何者かが少し前に、この小道を通ったらしいことを直感した。

前夜の雨を吸った土に、自分のものではない高下駄のあとがついている。今朝、この道を通ったときにはなかったのだ。

台所の窓は締まっていた。

宗春は、音もなく台所の戸口へ身を寄せた。

寄せたまま、しずかに戸を引き開けた。

台所には、だれもいなかったが、女の匂いが微《かす》かにただよっている。

土間へ入り、戸を開けたまま、宗春は家の中を見まわした。

だれもいない。

いないが、土間に、女用の高下駄があった。

と……。

奥の部屋のあたりで、人の気配が起った。

やはり、だれか……いや、女がいたのだ。

(初乃か……)

そのとおりであった。

奥から出て来た初乃は、宗春を見て、にっと笑った。

それは、何とも形容しがたい笑いであった。

その笑いの意味が、宗春にはわからぬ。

ときによって、女の笑顔ほど、不可解なものはない。

宗春は初乃へ、しずかに声をかけた。

「今日は、家捜しに見えられたか?」

「…………」

初乃は黙ったままで、依然、笑顔をつくっている。

「いかに捜しまわったところで、何もござらぬ」

「吉野屋のあるじが、いかい御世話になりましたそうな。ありがとうございました」

「今日は、吉野屋清五郎どのの妻お初どのとして、此処へまいられたのか？」

「はい」

「何か御用か？」

「いま、申しあげます」

お初が、ゆっくりと居間へ入って来た。

宗春は、まだ台所の土間に立ったままである。

洩れていた薄日が雲に隠れ、家の中が薄暗い。

お初の両眼が、白く光っていた。

「ま、こちらへおあがりなさいませぬか。この家は、小三郎さまの家でございます」

お初が何を言い出そうとしているのか、宗春にはわからぬ。

「吉野屋の佐太郎が、昨夜は何度も滑川勝庵先生の御宅へまいり、小三郎さまをさがしていたようでございますよ」

と、お初がいった。

三

片桐宗春は、依然、台所の土間に立ったままであった。

お初は、居間へ坐った。

どちらが客なのか、わからない。それが可笑《おか》しかったのか、お初は口を歪《ゆが》めるようにして薄く笑った。嫌な笑いである。宗春が知っていた初乃は、一度も、このように笑ったことはない。

「それで、御用とは？」

「小三郎さまは、堀内源二郎さまが江戸へ来ていることを、御存知でしょうか？」

「……」

やはり、そうだったのか……平山丈助か木村与平次に、何処かで顔を見られたのだと、宗春はおもった。

「このことを、小三郎さまは何とおもわれますか？」

この、お初の問いかけに対して、片桐宗春のこたえは、

「別に……」

の、一言であった。

お初の顔に、戸惑いの色が浮かんだ。

お初もまた、宗春の胸の内がわからぬのやも知れない。

「今日は、お願いがあってまいりました。いまの小三郎さまは、お医者さまでです。そこで、ぜひとも、毒薬《どくぐすり》をいただけませぬか？　もしも、ならぬと申されるならば、あなたさまのことを、すべて篠山藩の上屋敷へ告げまする」

一気に、お初はいった。

宗春は、その顔を見つめていたが、ややあって、

「毒薬にも、いろいろある」

と、つぶやくように、

「人のいのちを奪いたいと申されるか？」

「はい」

「だれのいのちを？」

「それは、私の勝手でございます」

「ふうむ……」

「おことわりなされますか。それならば、あなたさまのことを……」

「………」

宗春は、沈黙した。

お初の両眼が、薄暗い部屋の中できらきらと光っている。

どれほどの時間が、過ぎたろう。

片桐宗春の低い声が、

「よろしい」

たしかに、そうきこえた。

「では、毒薬を?」

「いつまでに、わたせばよい?」

「明日のうちに……」

「急なことだな……」

「はい。そうなのでございます。急なのでございます」

お初は、やっと、納得がいったような表情を浮かべた。

(やはり、小三郎さまは、私の告口《つげぐち》を恐れていた……)

このことである。

立ちあがって、お初が、

「私の手の者が、ずっと小三郎さまを見張っております。念のため」

「……」

「明日の昼ごろに、まいってよろしゅうございますか?」

「よろしい」

「今度は、まさかに、お約束を違《たが》えはいたしませぬな？」

宗春は、うなずいた。

お初が、その傍を擦り抜けたとき、女の肩が宗春の二の腕に触れた。

その感触は、信じられぬほどのやわらかさであった。宗春が知っているお初の肌身は、もっと固太りで弾力を秘めていた。それが、いま触れた肩の肉のやわらかさは宗春の二の腕を吸い込んでしまうかのようだ。

「吉野屋どのの葬儀は？」

「明後日でございます」

「さようか……」

お初は、肌身と香料の匂いを残して、立ち去った。

宗春は、まだ、うごこうともしなかった。

立ちつくしたまま、瞑目《めいもく》している。

しばらくしてから居間へあがり、奥の部屋へ入って、何やら薬を調合しはじめた。

それが終ると、底の浅い手桶を持ち、外へ出た。

通新町の〔魚定〕へ行き、夕餉のための魚介を買いに出たのである。〔魚定〕の夫婦に、それとなく別れを告げたかったこともある。

宗春は夕餉をすませてから、町駕籠で深川へ行き、元煙管師の彦蔵に別れを告げるつもりであった。

この夜、片桐宗春は深川の彦蔵宅へ泊った。

同じ夜。

坂本二丁目の〔桜屋〕へ、突然、三人の男があらわれた。

一人は伊助で、一人は浪人・石井常七。

もう一人はほかならぬ、町医者・萩原孝節だ。

「あれえ、お帰んなさい」

お米が、よろこびの声をあげて飛び出して来た。

三人は、入れ込みに充満している客を掻きわけ、二階座敷へあがって行った。

二階への梯子段へ足をかけた伊助が、お米にこういった。

「どんどん、酒を持って来い。今夜は、のみあかすからな」

四

翌朝早く、片桐宗春は彦蔵老人がよんでくれた町駕籠に乗り、隠れ家へ帰って来た。

空には雲が厚く垂れこめてい、いまにも雨になりそうであった。

風は絶え、今日も蒸し暑い。

お初は昼少し前に、隠れ家へあらわれたが、

「ほかに、寄るところがございますので……」

こういって居間へはあがらず、土間に立ったままで、灰色の袱紗《ふくさ》にのせた、薬の包み二つを宗春から受け取った。散薬である。

「これは、すぐに、利《き》きますのでしょうか？」

「のみ終えて、およそ一刻ほど後になってからだ」

「まあ……血のようなものを吐いたりいたしますか？」

「吐かぬ。心ノ臓をやられるから……」

「はい」

うなずいて、お初が薬を胸元の奥深くへしまいこみ、

「今日は、これで帰りますが、近いうちに、お目にかかれましょうか？」

「……」

「小三郎さま。もう、安心をしておいでになってようございますよ」

「……」

「お目にかかれるものと、初乃は、ひとりぎめをしております」

いうや、身を返し、お初は外へ出て行った。

（あの薬を、だれにのませるつもりなのか……吉野屋の佐太郎に、か。それとも、別

に？）

ところで……。

篠山藩士・木村与平次が上野の山下のあたりへあらわれたのは、ちょうど、このころであったろう。

今朝、いつものように木村与平次が、三十間堀の宿屋〔住吉屋〕へ立ち寄ると、堀内源二郎が少し蒼《あお》い顔をして横になっている。

腹が痛むというのだ。連日の探索で疲労も激しいらしい。

「ま、ゆっくりと躰をおやすめになることです。それに今日は、どうも雨になりそうですし……」

「木村うじは、これから？」

「例の、坂本に住む知人《しりびと》と会う約束になっています」

「それは、何ぞ？」

「その知人にも、心あたりを探してもらっていますのでな」

「さようか。それは恐れ入る」

「ともかくも、夏目は町医者をして暮しているらしいのですから、間もなくわかりましょう。もう一息です」

木村は二人をはげまし、住吉屋を出て、知人の仮寓する長松寺へ向った。

木村与平次の知人は、高瀬久太郎《たかせきゅうたろう》といい、小金《こがね》を持ち、のんびりと独り暮しをたのしんでいる浪人であった。

京都から江戸へ出て来て間もなく、木村は湯島天神社・境内の茶店で、高瀬浪人と知り合ったのだ。四十前だというが気さくな高瀬とは、たちまちに気が合い、非番の日には出かけて行って酒を酌みかわすのが、木村与平次の何よりのたのしみになっている。

さて、この日……。

上野山下から坂本へ来て、木村は高瀬久太郎をさそい出し、この前に夏目小三郎らしき男を見かけた料理屋の二階座敷へあがり、その後の様子を聞いた。

「三日ほど前に、こんなうわさが耳へ入りましてな。このあたりの、病人たちの間で、大変に人気がある町医者がいるそうです」

「ほう……で、その名は?」

「山田宗春とか、宗げんとかいって、どこに住んでいるのか、それもよくわからぬそうな」

「ははあ……」

木村は固唾《かたず》をのみ込み、

「それは、どうもくさい」

「さよう。居所が知れぬというのが、な。もう少し待って下さい。いま調べているところだから……」

と、高瀬がいった。

「たのむ、高瀬殿。費用《ついえ》は、いくらかかってもかまいませぬ」

「ま、おまかせ下さい」

「これは、よいことを聞きました」

二人は軽く酒をのみ、食事をして別れた。

(どうやら、目鼻がついてきたような気がする)

坂本の裏通りにある長松寺まで、高瀬久太郎を送った木村与平次が、

(このことを、早く知らせてやりたい)

急いで、表通りへ引き返した。

あと五、六歩で表通りへ出るところまで来た木村の眼の前……つまり表通りを、すーっと通り過ぎた男の横顔が、ぱっと木村の目の中へ飛び込んできた。

(あっ。な、夏目小三郎……)

今日は、笠もかぶっていない横顔だ。見あやまることはない。

そっと表通りへ出た木村与平次は、三ノ輪の方へ歩んで行く町医者ふうの、坊主頭の男の後姿を見て、

(まさに夏目だ。小三郎だ)

背恰好といい、歩みぶりといい、見おぼえがある。

木村は、いささかもためらうことなく尾行をすることにした。

木村が見た町医者ふうの男が、片桐宗春ではないことに、読者は気づかれたにちがいない。何となれば、いまの宗春は坊主頭ではない。

この男は昨夜、桜屋で酒をのみつづけて泊り込み、いましも千住の我家へ帰ろうとしている萩原孝節であった。

何しろ〔魚定〕の女房ですら、宗春と見たほどに、この二人は姿が似ている。腹ちがいの兄弟だから当然であるやも知れぬが、よくよく顔を見れば、いかに木村だとて、孝節が夏目小三郎ではないことがわかったはずだ。

しかし、木村与平次にとって、小三郎を見るのは十年ぶりなのだ。

見あやまると同時に、その後姿を、

(まさしく夏目小三郎!!)

おもい込むのも、当然といってよかった。

(何としても、気取《けど》られてはならぬ)

木村は、この一念である。

ゆえに尾行の間隔も充分にとって、あくまでも慎重に尾《つ》けた。

そして、ついに……。

萩原孝節が自宅へ入るのを見とどけるや、駕籠を拾って、三十間堀の住吉屋へ急行した。

本郷から帰って来た白石又市が、片桐宗春の隠れ家へあらわれたのは、それから間もなくのことだ。

「病人の様子が落ちつきましたので、勝庵先生も、日暮れまでにはもどられます」

と、白石は告げた。

「それは何より」

「いかがです、夕方はうちへおいでになりませんか?」

「さよう……」

宗春は、ふっと黙り込み、何か考えているようだったが、すぐに、

「白石さん。お願いがある」

「何でしょう。何でもいって下さい」

「実は……」

「はい?」

「いま、此処《ここ》へ、女がひとり、来ることになっている」

「ははあ……」

白石が目をみはって、

「さよう。この女を今夜だけ、勝庵どのの家にあずかってもらいたいのです。いかが？」

「女ですか？」

「承知しました」

「この女については、前に一度、勝庵どのの耳へ入れておいたことがある。あなたは耳にしていなかったか？」

「聞いておりません」

「間もなく、その、おたみと申す女が此処へ来ます。その前に白石さん、あなたに聞いていただきたいことがある」

こういって宗春が、冷酒を白石に出してから、おたみとのいきさつを語りはじめた。

おたみは日暮れ前に、隠れ家へやって来た。

昨日、福松の家へ行き、あずけておいた金百両のうちから福松へのお礼や、自分が出《しゅっ》奔《ぽん》した後の〔大むら〕への返金、奉公人たちへのお礼などについて、おたみが、

「おじさん。よろしくたのみます」

「よし。引き受けたが、おらのことは心配しねえでくれ」

福松は、おたみと相談し、金二十両をあずかり、残る八十両をおたみへわたして、

「おたみさんの道行きの相手が、あの先生ならば、大むらの旦那は、きっとよろこびな

さる。これは、おれがうけあってもいいよ」

そういったという。

一方……。

木村与平次が住吉屋へ駆けつけると、

「それは、まことか!!」

堀内源二郎も児玉権之助も勇み立った。

そこには平山丈助が来ていたので、

「よし。これから藩邸へ行き、助太刀の二人を……」

「そうして下され」

「ともかくも、われらは先に行き、見張っていよう。こうなっては、片時も眼をはなしてはおられぬ」

いい出たのは、腹痛も忘れて起きあがった堀内源二郎である。

源二郎と児玉、木村の三名は町駕籠で千住へ向うことになった。

「よろしいか、源二郎殿。助太刀が駆けつけるまで、手出しは無用ですぞ」

いい置いて、平山丈助は鍛冶橋・御門内の藩邸へ駆けもどって行った。

空のどこかで、稲妻が光った。

五

片桐宗春は、江戸を発《た》つにあたり、滑川勝庵と白石又市へ置き手紙を書くつもりであったが、どうしても筆がすすまなかった。

そこで、あれほど世話をかけた勝庵と白石へは、やはり、自分の口から、すべてを告げなくてはならぬ。それでなくては、

(礼を失する……)

おもい直した。

ゆえに、今夜は、ぜひとも勝庵宅へおもむくつもりでいたし、もしも勝庵が留守のときは、本郷の患家先まで行くつもりでいた。その場所は、本郷一丁目の薬種問屋・伊勢屋八右衛門である。

そこで、帰って来た白石又市へ、おたみをあずけたのは、ふと思い立ったことがあるからだ。

江戸をはなれ、江戸を忘れきってしまうつもりの宗春であったが、最後に、腹ちがいの兄・萩原孝節の家を見に行きたくなってきた。

あれから数度、千住の孝節宅へ行ってみたが、いつも留守であった。

(もしやすると、兄は帰って来ているやも知れぬ。一目、会っておきたい。黙って、こ

の私の顔を、兄に見せるだけでもよい)

そのおもいが、強くなるばかりである。

自分が千住へ行っている間、おたみひとりを隠れ家へ残しておくことは、何となく不安になってきた。

吉野屋のお初が、蠢動《しゅんどう》しはじめたということもある。

宗春は、自分の荷物を白石へ托し、おたみへ、

「では、夜になったら、そちらへ行く。安心しているがよい」

「あい」

おたみは、いささかも宗春を疑っていないようであった。

白石又市が不審そうに、

「先生。この荷物はなんです? まさか、江戸を……」

「明日、発つ」

「ええっ」

このとき……。

堀内源二郎らを乗せた三挺の駕籠は、三ノ輪の通りを千住へ向っている。

白石とおたみが立ち去ってから間もなく、片桐宗春も隠れ家を出た。

先刻から、しきりに稲妻が光っているが、まだ雨は降り出さなかった。

宗春は着ながしに羽織をつけ、脇差を腰に、高下駄を履《は》き、降り出したときの用意に雨傘を持っている。

平山丈助の報告により、二名の助太刀が、平山と共に藩邸を出て、これも町駕籠で千住へ向いつつあった。

平山は、木村が描いた簡単な絵図によって、萩原孝節宅をわきまえている。

二名の助太刀は、いずれも篠山藩ではそれと知られた剣の遣い手であって、片桐宗春といえども、およぶところではない。

宗春は、千住大橋へさしかかった。

（初乃は、あの薬を、だれにのませるつもりなのか？）

もとより、お初にわたした薬は毒薬ではない。

胃の軽い痛みをやわらげるだけのもので、だれがのんでも害にはならぬ。

あの利巧な女が、ほんとうに毒薬と信じきって、宗春の手から受け取ったのであろうか。

（それとも……？）

お初はお初なりに、毒薬と密告との切り札を出して、宗春の胸の内を、

（推《お》し量《はか》ろうとしたのか？）

このことである。

今日、お初は隠れ家を去るにあたり、

「近いうちに、お目にかかれましょうか？」

と、いった。

「もう、安心をしておいでになってようございますよ」

と、いった。

「お目にかかれるものと、初乃は、ひとりぎめをしております」

とも、いった。

これらの言葉は、何を意味しているのであろう。

（わからぬ。わからぬことを、いくら考えてもむだなことだ）

片桐宗春が千住大橋をわたりつつあるとき、すでに、堀内源二郎ら三名は町駕籠を返し、萩原孝節の住居を窺《うかが》っていた。

孝節宅と道をへだてて、材木置場がある。

隠れて、様子を窺うには、絶好の場所だ。

三人は、この材木置場へ身を潜めた。

「裏手も見張らなくてはいけないでしょうな」

木村与平次が、そういったとき、沛然《はいぜん》たる雨になった。

「これはいかぬ」

雨仕度をしていない三人が、おもわず腰をあげたときである。

孝節宅の表戸が開き、孝節が傘を手にあらわれた。

「あっ、出て来た……」

木村が声を押しころし、

「夏目小三郎です」

萩原孝節は羽織もつけていない。

気軽に、近くの大千住で妓《おんな》でも抱くつもりなのか、またはなじみの店で酒をのむつもりだったのか……。

軒下に吊してあった瓢簞《ひょうたん》を外し、これを家の中へ投げ込んでおいて、孝節が戸を締めた。

まだ、二人の助太刀は到着していないが、

(もはや、待ってはいられぬ!!)

と、堀内源二郎は気負い立った。

(この機会を逃したら、またしても逃げられてしまうやも……)

冷静に考えれば、孝節を尾行することも考えられたろうが、

「源二郎様、討ち取りましょう!!」

傍の児玉権之助は、早くも大刀を抜きはなった。

こうなっては、堀内も躊躇《ちゅうちょ》できぬ。

また、討ち取る自信もあった。

「おのおの、間もなく助太刀が、これへ……」

木村与平次は二人を押しとどめようとしたが、聞くものではない。

堀内と児玉の両眼が、見る見る殺気に光りはじめた。

そのとき、千住大橋をわたりきった片桐宗春は、はじめに此処へ来たとき立ち寄った茶店の前を、通り過ぎていた。

六

雨の白い幕を割って、萩原孝節が道へ出て来た。

このひどい雨の中に外出をしようというのだから、遠くへ行くつもりではなかったにちがいないが、そのようなことを推測する余裕もなく、堀内源二郎と児玉権之助は材木置場の陰から飛び出した。

木村与平次も大刀を抜いた。抜くことは抜いたが、斬り合うつもりはない。何しろ、剣術の稽古など生まれてこの方、一度もしたことがない木村である。近年は、木村のような侍が増えるばかりだとか……。

「夏目小三郎、待て!!」

「堀内源二郎、兄の敵《かたき》を討つ!!」

児玉と堀内が叫んだ。

だが、振り向いた萩原孝節には、何を叫んでいるのか、少しもわからなかったろう。

わかったのは、白刃を振りかざした二人の侍が、自分に向って斬りかかろうとしていることであった。

何が何だかわからぬが、この場合、孝節にわかっているのは、ただ一つ、逃げなくてはならぬということだ。

ひらいたままの番傘を二人に投げつけておいて、萩原孝節は身をひるがえした。

「卑怯!!」

喚《わめ》きざま、堀内源二郎が、逃げる孝節の背中へ大刀を叩きつけた。

「ああっ……」

のめった孝節は、尚も逃げようとする。

その左手へ走り寄った児玉権之助が、

「たあっ!!」

躍《おど》りあがるようにして、孝節の左肩を深く切り割った。

片桐宗春が、そのありさまを見たのは、このときだ。

二人に斬られ、のめり倒れた坊主頭の男を、咄嗟《とっさ》に、

（兄だ!!）

と感じ、傘を投げ捨て高下駄をはね飛ばし、足袋跣《たびはだし》となった宗春が、小川に架《か》かった土橋を走りわたり、

「待て!!」

倒れ伏した孝節を庇《かば》うようにして立ちふさがった。

「おのれら、何をする？」

これを材木置場の陰から見た木村与平次が、

「あっ……」

おどろきの声をあげた。

堀内と児玉も、おもわず顔を見合わせた。

（似ている……）

このことである。

片桐宗春は脇差を抜きはらい、二人を牽制《けんせい》しつつ、片膝をついて、萩原孝節を見た。

孝節は、すでに息絶えていた。

孝節の躰から、おびただしい血汐《ちしお》がふき出し、これを激しい雨が洗いながして行くかのようだ。

（兄が、私の身がわりになってしまった……）

目の前に刀をかまえている二人の、どちらかが、堀内貫蔵の弟・源二郎にちがいない。

「兄の敵!!」

と、われ知らず、片桐宗春が叫んだ。

虚をつかれた堀内源二郎は、二歩三歩と後退した。

いったんはおどろいたが、かまわぬから、宗春も斬ってしまえとばかりに、児玉権之助が、

「やあっ!!」

宗春の左手から斬りかかった。

飛び退《の》きざまに、宗春が児玉の刀を打ちはらった。

はずみというものは恐ろしいもので、児玉ほどの剣士の刀が手をはなれ、落ちてしまった。

「人殺しィ」

何処かで、女の声がした。

この近くに住む女房が、このさわぎを目撃したのであろう。

「だれか来てェ……人殺しだよう」

この声に、堀内は怯《ひる》んだ。

そして、さらに、

「兄の敵」

呼ばわって迫る、片桐宗春の声にも怯んだ。

いま、二人が斬り殺した坊主頭の男が、夏目小三郎の兄なのか……。

それならば、まさに二人は、夏目にとって兄の敵ということになる。

大刀を落した児玉権之助は、差しぞえの脇差を抜き、

「源二郎様。こやつも、討ち取ってしまいましょう」

いうや、じりじりと宗春に迫って来た。

宗春は腰を沈め、刀を脇構えにして、いささかも怯まぬ。

堀内源二郎は闘志が失せてしまったらしい。

源二郎にとって、夏目小三郎は兄を斬った男ではあるが、それは立合人をつけての上の勝負の結果なのだ。いま此処で、たとえば千住の宿役人が出て来たりしたなら、これはどうしても源二郎の不利となってしまう。

「ぬ!!」

踏み込んで、脇差を突き入れた児玉の右へ飛びぬけざまに、宗春が児玉の肩先を切りはらった。

ぴゅっと、血が疾《はし》った。

そのとき、材木置場のあたりへ通りかかった女が、

「きゃあっ……」

悲鳴をあげ、傘を放り出して駆け去った。

木村与平次が飛び出して来て、

「まずい。一応、引きあげて……」

堀内の腕をつかんだ。

児玉も、肩先を切られ、気力が萎《な》えてしまったようだ。

「斬り合いだ」

「孝節先生が倒れていなさる」

男の声もまじり、雨の中を宿場の人びとが駆け寄って来る。

堀内源二郎が、突然、身をひるがえして走り出した。

木村も、同時に逃げはじめた。

「待て」

宗春は、横合いから斬りつけてきた児玉の刀を打ちはらい、これにはかまわず堀内源二郎を追った。

児玉は、きょろきょろとあたりを見まわしていたが、

「あいつだ。あいつが孝節先生を斬ったんだよ」

女の声がすると、宿場の人びとが児玉へ石を投げつけはじめた。

「早く、お役人を……」

叫ぶ声がする。

もう居たたまれなくなり、児玉権之助は、堀内と木村が逃げた反対の方向へ、泥しぶきをあげつつ走り出した。

一方……。

片桐宗春は、堀内と木村を追いながらも、しだいに殺意が消えて行くのを、どうしようもなかった。

（これからは、医者として生きぬこうと心を決めたのに、人を殺すことはできぬ……）

宗春なのである。

（これまでだ）

ぴたりと、宗春の足が停まった。

依然として、雨勢はおとろえない。

脇差を鞘《さや》へおさめ、木立を縫《ぬ》って、宗春は引き返した。

だが、人だかりは増える一方で、宿場の人びとは萩原孝節の遺体を、家の中へ運び込もうとしている。

宿役人も駆けつけて来た様子だ。

（兄上。おゆるし下さい）

木立の蔭で、宗春は、ひそかに両手を合わせた。
（孝節どのと私は、縁の薄い兄弟だったのだな）
やがて……。
片桐宗春は、千住大橋を南へわたり、小塚原町を右へ曲がった。
そのとき、三ノ輪から千住大橋の南詰めへさしかかった三挺の町駕籠がある。
その駕籠には平山丈助と二名の助太刀の侍が乗っていた。
ひどい雨なので、駕籠は垂れを下したまま、千住大橋を北へわたりはじめた。
「急げ、急げ!!」
と、先頭の駕籠の中で、平山丈助が大声をあげている。
そのとき宗春は、牛頭《ごず》天王《てんのう》社の横手の道を通新町の通りへ出ていた。
通りを突っ切り、宗春は隠れ家へ向っている。

七

片桐宗春が隠れ家へ入って間もなく、雨は熄《や》んだ。
宗春は先ず、井戸端へ行き、水を浴びた。
夏とはちがい、身ぶるいをするほどに冷たかったが、何杯も水をかぶった。
家の中へもどり、着替えをし、髪をととのえた。

宗春の顔には、血の気がなかった。

腹ちがいの兄・萩原孝節まで死なせてしまったのは、もとより、自分と堀内貫蔵の果し合いが原因になっている。だが、いまさら、どうにもならぬ。いかに思案してみても、こたえは出ないのだ。

(このようになるのだったら、むしろ、こちらから、篠山藩の江戸屋敷へ名乗り出てやるのだった)

茶わんの冷酒を二杯のむと、ようやく胸の内が落ちついてきた。

助広の脇差を抜いて、あらためると、児玉権之助へ傷を負わせたときの血くもりがしている。

宗春は、すぐさま、脇差の手入れにかかった。

こうして、わざと、ゆっくり時をすごしているのは、篠山藩のうごきを看《み》ようとおもったからだ。

堀内、児玉、木村は、逃げ帰った後、どうするつもりなのか……。

彼らは、本物の夏目小三郎を見たのだから、

(このまま、自分を打ち捨てておくはずはない……)

その覚悟だけは、しておかなくてはなるまい。

ただし、彼らも、夏目小三郎にとっては兄の敵《かたき》となってしまった。

（初乃は、この隠れ家のことを、藩邸へ告げるであろうか……？）

それは、ないように感じられるが、油断はならぬ。

いずれにせよ、今日の一件が初乃の耳へ入るのは、明日になるだろう。

今夜は、吉野屋清五郎の通夜で、明日が本葬だそうな。初乃は、むろんのことに清五郎の妻として葬儀に出る。

初乃の兄・平山丈助も、葬儀にあらわれるのではないか……。

今日の一件が初乃の耳へ入るとすれば、おそらく、そのときであろう。

ともかくも、堀内・児玉のほかに、木村与平次もいたのだから、篠山藩に知れるのは当然である。

五ツ（午後八時）ごろになって、片桐宗春は隠れ家を出ると、滑川勝庵宅へ向った。

この家、竹藪の中を通っている小道、石井戸など、宗春にとっては生涯、忘れかねる隠れ家であった。

竹藪を出たところで、振り向いた宗春は、しばらく立ちつくし、隠れ家に別れを惜しんだ。

（私は、もう二度と、江戸の土を踏まぬだろう）

空に、星がまたたいている。

明日は、よい天気になるであろう。

滑川勝庵は、本郷の患家から町駕籠で帰って来ていた。

そこで白石又市が、宗春の隠れ家の様子を見に行こうとしているところへ、宗春があらわれた。

おたみも、其処《そこ》にいた。

「白石から聞きました。江戸を離れるそうですな」

と、勝庵がいって、白石に、

「おい、何か食わせろ。その前に酒だ」

白石は、すぐに台所へ入って行き、おたみも手つだいをするつもりらしく、白石につづいて、台所へ入った。

片桐宗春は両手をつき、

「勝庵どの。何と申してよいか……」

「いや、そのように気をつかわれては困ります。若先生に女ができた……この一事だけで、私は気が安まりました」

「まことに？」

「さよう。もっとも、相手の女によって、尚更に気がかりも生じようが、あの、おたみさんとやらなら大丈夫。一目で、あなたによく似合う女《ひと》だとわかりましたよ、若先生」

「そのように申されると、こたえるすべがない。ときに勝庵どの」

「はい」

「実は……」

と、ここではじめて宗春は、腹ちがいの兄・萩原孝節について、勝庵に語りはじめた。

はなしがすすむにつれ、勝庵は蒼《あお》ざめながらも身を乗り出してきた。

宗春のはなしが今日の斬り合いのところへくると、勝庵の顔に、ねっとりと冷たい汗が滲《にじ》んできた。

さらに宗春は、初乃のことについても、あますところなく語った。

これには勝庵はおどろいたらしく、しきりに生唾《なまつば》をのみ込むばかりで、相槌《あいづち》の声も出ない。

宗春が語り終えたとき、滑川勝庵はぐったりとしてしまい、

「若先生。あなたというお人は、まあ、よくもいままで……」

「肝心の事を自分の胸の内ひとつに仕舞い込んでいたのも、あなたに、この上の迷惑をかけまいとおもってのことです。どうか、ゆるしてもらいたい」

「水くさい、お人だ」

「すまぬ」

「水くさい、水くさい……」

いいながらも、勝庵の両眼が、見る見る潤《うる》んできて、

「さようでござるか。亡き宗玄先生は、江戸におられた折に、男の子を……」

「さよう」

「少しも知らなんだ。私の父も知っていたか、どうか……」

「御存知だったのではあるまいか」

「でも、私には、何もいってはおらなんだ……」

台所から、魚を焼く香ばしい匂いがただよってきた。

「お待ち遠さまでございました」

声をかけて、酒肴を運んで来たおたみが、宗春と勝庵の徒《ただ》ならぬ様子に気づき、立ちすくんだ。

八

この夜は、別れの宴となったわけだが、宗春も勝庵も、いつものように酒をすごさなかった。

まだまだ、気はゆるせぬ。

今日の、千住での一件については、勝庵が白石やおたみに語らなかった。

いずれにせよ、刻一刻と、宗春とおたみが江戸をはなれるときがせまりつつある。

勝庵は、

「明日は早い。おたみさんは先に眠るがよい」

奥の間へ、白石に仕度をさせ、おたみを寝かせてから、

「さて、若先生。江戸をはなれて何処へ行きなさるので？」

「越中の井波《いなみ》というところへまいるつもりです」

「越中……」

越中（富山県）砺波《となみ》郡・井波は、越中の高岡より七里。

五箇山《ごかやま》から飛驒《ひだ》へつづく利賀《とが》の山地を背負った平野にあり、古いむかしの南北朝のころ、後小松天皇の勅許を得て創設された瑞泉《ずいせん》寺という大刹《たいさつ》がある。

片桐宗春が井波を知っているのは、堀内源二郎一行に追われて旅をつづけるうち、二度ほど立ち寄っていたからだ。

北陸の地は「真宗《しんしゅう》王国」である。

戦国のころの、宗徒たちが法灯《ほうとう》を守るための結束は非常なもので、その激烈な抵抗に、戦国大名たちは大いに悩まされたという。

大刹・瑞泉寺の大伽藍《だいがらん》のすべてを埋めつくした見事な木彫も、井波の工人の手によるものだそうな。

「道を歩いて行くと、軒をつらねた木彫り師の家から、鑿《のみ》の音が絶え間もなく聞こえてくる。人の情がこまやかで……井波は、そのような、よいところなのです」

と、宗春は語ったが、勝庵も白石又市も、

（江戸のような、よいところは他にない）

おもいきわめているのだから、どうしても腑《ふ》に落ちない。

「ただ、冬になると、風がすさまじい。厚い戸が、外から吹きつけてくる風に弓なりになって、いまにも破れるかとおもうほどです」

片桐宗春は、井波へ立ち寄ると、町医者・久志本長順《くしもとちょうじゅん》の家へ滞留する。この人と亡父・宗玄とは、若き日、親しかったそうな。

そのこともあって久志本長順は、宗春の身の上のこともわきまえていてくれ、

「何、此処《ここ》までは追っても来まいし、来ても、われらが必ず、おぬしを守り通してみせる。どうじゃ、小三郎殿。おもいきって、この井波へ住みついては……わしは妻子のない老人ゆえ、おぬしがわしの跡をつぎ、井波の人びとの病気を診《み》てやってくれれば、何よりうれしい。よくよく考えてみてくれぬか」

何度も、すすめられた。

実は、今年の夏に江戸へもどる前にも、そのことを考えていた片桐宗春なのだが、江戸の住み心地のよさを忘れかね、

「舞いもどって来たのです」

「それ、ごらんなさい」

いまとなっては、堀内源二郎らの追手を少しも怖れぬ片桐宗春であるが、

（私が江戸にいるかぎり、彼らも黙って、手をこまねいてはいまい）

篠山藩の権力者である家老の堀内源左衛門は、何としても、宗春暗殺を目ざし、ひそかに手をまわすであろう。

これと争い、斬り合って、血をながすのは現在の宗春にとって本意ではない。

何となれば、

（これよりの自分は夏目小三郎としてではなく、医者・片桐宗春として生きぬく……）

決意をかためたからだ。

となれば、江戸を去るよりほかに道はない。

その宗春を、滑川勝庵も押しとどめるすべ《・》がなかった。

そして宗春には、生涯を共にする女・おたみがいる。

「どうやら、今夜は大丈夫だな」

勝庵が盃をなめながら、

「吉野屋の内儀が密告をせぬかぎり、若先生が此処におられることはわかるまい」

そろそろ、夜半になる。

白石又市は、

「これでは、とても眠れません。ゆっくりとのみあかしましょう」

「よし。そうしよう」

白石が台所へ入り、酒肴の仕度をはじめた。

片桐宗春は、夜が明けて、あたりが暗いうちに、勝庵宅を出発するつもりであった。

「若先生。三年ほどのうちに、私のほうから白石を連れて、一度、井波へまいりますよ」

「まことか？」

「はい」

「それは、うれしい。その日を、いまからたのしみにしています」

のむうち、語るうちに、夜明けが近づいてきた。

白石又市が、宗春好物の白粥《しらがゆ》と秋茄子《あきなす》の塩漬けに芥子《からし》をそえ、運んで来た。

宗春が奥の部屋へ行くと、おたみは、ぐっすりと眠っている。

「おい、これ……おたみ」

「あ……」

「間もなく朝だ」

「は、はい」

「よく眠れたか？」

「あい。夢も見ませんでした」

「何よりだ。さ、起きて仕度を……」

「ほんとうに、先生と旅に出られるのですねえ」

「そうだ」

「まるで、夢のような……」

おたみの顔に、生き生きと血の色がのぼってきた。


やがて……。

片桐宗春とおたみは、勝庵宅を出た。

二人とも、荷物はわずかなもので、ことに、おたみの旅仕度は、道中をしながら買いととのえるつもりの宗春であった。

二人より先に、白石又市が出て、あたりの様子をうかがいつつ、田圃道《たんぼみち》をえらんで千住へ向った。

二人と共に、見送りの滑川勝庵が歩む。

昨日の驟雨《しゅうう》は、今朝の旅立ちに、ほとんど影響をあたえていなかった。

「今日は、吉野屋の葬式です」

塗笠の内で、宗春がつぶやくようにいった。

「若先生のかわりに、線香をあげて来ましょうか？」

「それにはおよびますまい。なれど私は、吉野屋清五郎という人物を、一生、忘れぬでしょう」

「なるほど。その心が、取りも直さず、死者の冥福《めいふく》を祈るということになりましょうな」

百姓地をぬけ、三人が千住大橋の南詰めへ出ると、白石又市が待っていた。

日は、まだ昇りはじめていない。

荒川から大川へかけての川面に、靄《もや》がたちこめている。

「今日は、よい日和《ひより》になりますな」

と、白石又市。

「白石さん、ありがとう」

一礼した宗春が、

「勝庵どのと共に、井波へおいで下さい。ぜひとも……」

「はい。必ず」

早朝のこととて、長さ六十六間の千住大橋には、人影を見なかった。

「あ、もう、これまでにしておいて下さい」

橋の上の中央近くまで来たとき、宗春が勝庵と白石に、

「さらばでござる」

「若先生。おしあわせに」

白石は、無言で頭を下げた。

宗春とおたみは、大橋を北詰めに向って歩む。

その途中で、二人は振り返り、勝庵と白石へ一礼した。

白石が、しきりに手を振っている。

千住大橋をわたりきったとき、片桐宗春は足を停め、此処からは見えぬが、彼方の萩原孝節の方へ両手を合わせた。

おたみが不審げに、

「どうなさいましたか？」

「いやなに……あの方角に住んでいた、私の患者が、昨日、息を引きとったのだ」

宗春は、おたみをうながし、街道へ歩み出した。

解説——池波小説の真骨頂

里中哲彦

残された春秋がわずかとなっても、池波正太郎のみずみずしい好奇心は衰えなかった。還暦（六十歳）をこえてもなお、人生をなめつくしてやろうという気魄《きはく》があり、精神はますます若やいでいくのであった。

そもそも誰にとっても、人生それ自体が初めての体験であるのだが、池波正太郎の場合は、老境そのものでさえ、開拓すべき人生の原野であったようだ。ある随筆では「年齢を重ねるにつれて、若いときには思いもかけなかった心象の世界がつぎつぎに展開してくる。それがたのしくてたまらなくなってくるのである」と叙している。みずからの死さえも「大いに不安であり、恐怖を感じるが、自分が、どんな最期をとげるか、それを、いよいよ見とどけるという興味と好奇心がないでもない」と述べてもいる。

この旺盛な好奇心は、最後まで虚構の世界から離れようとはしなかった文学的態度にもあらわれている。

人情小説や剣豪もので出発しながら、のちに史料を渉猟《しょうりょう》して堅実な歴史物語や史伝に転じるというのはよくある作家の型である。一見、出発点に安住することなく、新たな境地を求めているかのようにも見えるが、虚構の物語をつむぎだす想像力の涸渇《こかつ》を見ないではいられない。

もちろん史実を基軸とする歴史小説にも想像力は必要だ。だが、それは虚構の世界の想像力とは、質においても量においてもいちじるしく異なる。虚構としての時代小説は、まったくの無から有をつくりださなくてはならない。時代やら人物やら事件やら展開やら、ぜんぶひとりで案出しないといけないのだ。虚構の物語をつくりだすほうが、はるかに想像力を必要とするのはいうまでもないことだ。池波正太郎をして、これを可能たらしめたのは、大いなる好奇心があってこそだろう。

むろんのこと、この鬱勃《うつぼつ》たる好奇心は作中人物の胸中にも向けられた。人はだれでも秘密をもつ。作者自身、「秘密の生活がいっぱいあるんですよ」とほくそ笑んでいる。小説でも、登場人物に秘密をもたせ、そこに舌なめずりせんばかりの好奇心をいだき、執拗なペンで彼らの秘密を読者に暴露した。

初期の短篇『秘図』（昭和三十四年発表・著者三十六歳）という作品を読んでみよう。威厳俊邁《しゅんまい》の風格をもつ「火付盗賊改《ひつけとうぞくあらため》」の長官・徳山五兵衛《とくのやまごへえ》秀栄《ひでいえ》は、夜ごと、男女が交歓する秘戯画を描く密事があった。そこでは、昼間の謹厳と夜の痴愚《ちぐ》の狭間で苦しむ男の図がまざまざと描かれている。

晩年になっても、秘密にたいする作者の興味は失せなかった。その『秘図』から三十年ちかく経ったのちに書かれた本作品『秘密』（昭和六十一年発表・著者六十三歳）においても、片桐宗春、山田宗春、夏目小三郎という三つの名をもたざるをえなかった主人公の人知れぬ過去を克明に書き記している。

宗春ばかりではない。その実父・片桐宗玄も我が子にもいえぬ秘密をもっているし、好々爺に見える商人《あきんど》・吉野屋清五郎の心奥もうかがい知れない。また、宗春と因縁の浅からぬ初乃（お初）の胸底にもいくつもの屈託がとぐろを巻いている。

世に驚くべきことは多いが、人間の心ほど不思議なものはない。「人間の行動はいちいちが因果ではない」と看破《かんぱ》していた池波正太郎にとって、人間の心は計《はか》りがたいものであった。だから、この世は勘違いで成り立っている、との自説持論を池波正太郎はくりかえすのだった。

人間は、正直でもあり嘘つきでもあり、勇敢でもあり臆病でもあり、気が弱いとされていた人間がとつぜん大胆なことをしてみたり、正義感の強い人が悪に心をひかれたりする。人間の心身には善と悪が入り交じっており、そのつどそのつど、さまざまな事情によって、どちらが顔をだすのかわからない。要するに、人間は鬼にもなれば仏にもなるのである。

池波正太郎は、理屈では説明しきれない人間のこうした不可解な心の動きをとらえて、なるほどと納得させる小説世界の構築を目指した。もののはずみで思わぬ方向に人生が横転していく偶然や、勘違いの錯綜によって翻弄される人間の不思議を好んで小説の舞台にのせた。池波小説の真骨頂は、そうした運命のいたずらにもてあそばれる人間社会のありようを描いて人生の実相を穿《うが》つことだといってよい。

それゆえ、池波正太郎の描く物語世界は、真面目で滑稽、崇高で猥雑、慈悲ぶかくて残酷という、矛盾を抱えた人間が織りなすいとなみの総体となってあらわれる。池波小説の読者は、わが身をふりかえりつつ、人生は天運の流れに小舟を浮かべているようなものだとしみじみ想うはずである。

人生は運命の皮肉にみちている——池波正太郎はこのことに心を砕いて小説を書いた。とはいえ、そうした運命がしぜんに感じられるのはどういうわけか。偶然が必然を引き寄せる。そんなふうにも感じられる。なぜ池波小説において、そうした離れ技が可能だったのか。

それは、登場人物を二色に分けて類型化しなかったからであろう。人間を単色の言葉で染めあげないのが池波流の小説作法なのだ。

池波小説には非の打ちどころのない人格者はひとりもでてこない。いつなんどきでも剛毅《ごうき》廉潔《れんけつ》である好漢はどこにも見あたらないし、なにからなにまで清楚可憐な淑女もいっこうに顔をださない。

善人と悪人の色分けさえもしようとはしない。ひとりの人間に悪が入ったり、善が顔をだしたりする。そうかと思えば、善行が不運を招いたり、悪行が人に幸運をもたらしたりする。善に巣くう悪、悪に宿る善が重層的に描出され、さらには悪がみちびく善、善がもたらす悪が巧みに彫琢《ちょうたく》される。

偶然が必然の風貌をもって顔をだすのはこうしたときだ。ひとりの人間を多面的に描いたからこそ、偶然が憑依《ひょうい》してもそれが必然やら運命に感じられるのだ。

池波小説に物語の牽引力があるのは、描写の卓抜や会話の精妙によるものだけではない。作中人物を多面的に書き分け、偶然と勘違いをほどよく交錯させ、どの話にも伏線と仕掛けをはりめぐらし、意表をつく展開と爽快な結末を用意したからであろう。こうして池波正太郎は、小説のお手本のような作品をたくさんものにしたのである。もちろん、本作品『秘密』がその代表作であることはいうを俟《ま》たない。

読んでもらえなければ小説ではない。

おもしろくないものは小説とはいえない。

池波正太郎は、おもしろい、といわれるのを最高のほめ言葉としてうけとっていた。池波小説からは、あなたに読んでもらわなくてもいい、気に入らない読者はべつの小説をどうぞ、という声は微塵《みじん》も聞こえてこない。

こうして池波正太郎は、心理小説における人間観察の精度を保ちながら、推理小説における娯楽性をも保持するという芸当をやってみせ、時代小説に新たな境地を切り拓いたのである。

最後に余談をひとつ。物語の最後で、宗春が移り住もうとしている越中（富山県）の井波《いなみ》は、作者の先祖が暮らしていた土地である。父方の先祖は宮大工《みやだいく》で、天保（一八三〇～一八四四）のころに井波から江戸へ移ってきたらしい。池波正太郎はこの地をおとずれ、人びとの人情の濃いのにふれて、たいへんに感激したようだ。「晩年は井波で暮らしたい」とつぶやくこともあったという。

（コラムニスト）

本書の無断複写は著作権法上での例外を除き禁じられています。
また、私的使用以外のいかなる電子的複製行為も一切認められておりません。

文春文庫

秘《ひ》密《みつ》

定価はカバーに
表示してあります

2013年２月10日　新装版第１刷
2019年７月25日　　　　第７刷

著　者　池《いけ》波《なみ》正《しよう》太《た》郎《ろう》

発行者　花田朋子
発行所　株式会社 文藝春秋

東京都千代田区紀尾井町 3-23　〒102-8008
TEL　03・3265・1211㈹
文藝春秋ホームページ　http://www.bunshun.co.jp

落丁、乱丁本は、お手数ですが小社製作部宛お送り下さい。送料小社負担でお取替致します。

印刷・凸版印刷　製本・加藤製本

Printed in Japan
ISBN978-4-16-714296-4